森は知っている

吉田修一

幻冬舎文庫

森は知っている

CONTENTS

1　南蘭島

少年たちが水路を匍匐《ほふく》前進していく。縦に並んだ三つの尻が、右に左に軽やかに揺れる。普段この水路には森の湧き水が引き込まれているが、ここ数日、雨がなく、濡れた木の葉が堆積している。

真ん中を進む少年には知的障害がある。たまに、「アー、アー」と楽しくて仕方がないとばかりに声を漏らす。

「柳《やなぎ》！　寛太《かんた》を黙らせろ！　見つかるぞ！」

最後尾の少年が注意すると、柳と呼ばれた先頭の少年が、「寛太、シーッ！」と振り返る。それでも寛太と呼ばれた少年の興奮は収まらない。

水路は森の斜面をサンセット通りに向かっていく。色づき始めた夕日が、島で一番賑《にぎ》わうビーチを染めている。ビーチハウスやカフェが並ぶサンセット通りには大音量でダンス音楽が流れており、その裏山で寛太が騒いだところで目立たない。

目的のビーチハウス裏まで水路を進んだ少年たちは、体中についた木の葉を払った。三人とも汗と泥まみれになっている。

柳と呼ばれた先頭の少年が、弟らしい寛太の汚れを払っている隙に、最後尾にいた少年がビーチハウスの壁の穴から覗《のぞ》き見を始める。

「鷹野《たかの》、誰かいるか？」

「いる、いる」

待ち切れぬとばかりに尋ねた柳に、鷹野と呼ばれた少年も即答する。

穴の向こうはシャワー室で、四つの女の尻が並んでいる。間仕切りはあるが、カーテンがないので四つの尻は丸見えだった。鷹野は更に顔を壁に押しつけた。

「何人いる？」

待ち切れず、柳が鷹野を壁から引き離そうとする。それでも鷹野は壁にしがみつき、「若いのが三人。あと、お前らの母ちゃん」と笑った。

鷹野の冗談に、「アー、母ちゃん、母ちゃん」と、寛太が笑い出し、柳がその口を押さえる。

同じ女の尻といっても形は様々で、丸い尻、痩せた尻、それぞれ肌の張りも違うのか、石鹸《せっけん》の泡が流れていく感じもまた違う。

「早く代われよ！」

さすがに待ち切れなくなった柳に、鷹野は壁から引き剝《は》がされ、そのまま尻もちをついた。

柳がまず寛太の頭を壁に押しつけ、「一、二、三、四……」と早口で十まで数えたあと、

「はい、交代！」とすぐにその体を押し退《の》ける。

ちゃんと見せてもらえなかったくせに、寛太も、「お尻、お尻」と喜んでいる。

夕日が沈むのは早い。いつの間にか裏山には日が届かなくなり、背後の森は暗い。

「今日は当たりだな」

柳がそんな声を漏らした瞬間、フェンスの向こうで叢《くさむら》が揺れた。そこからぬっと顔を出したビーチハウスの主人が、「お前ら、また！」と怒鳴る。

「やべっ」

壁から離れた柳がきょとんとしている寛太を鷹野に押しつけ、「こいつを頼む」と言い捨てると、フェンスを乗り越えようとしている主人のもとへ駆け寄った。

「おっさん、こっち、こっち」

尻を叩《たた》いて挑発する柳に、主人が顔を赤くする。

その隙に鷹野は寛太の手を引き、逆側へ駆け出した。寛太が兄貴と離れるのを嫌がるので、仕方なく背負って走る。

破れたフェンスをくぐり抜け、鷹野はサンセット通りに出た。通りはまだ海水浴客たちで

賑わっており、その間を縫って駆けていく。水を切る石のような鷹野たちに水着姿の海水浴客が驚いている。

「心配すんなって！　お前の兄貴は大丈夫だよ」

鷹野は背中の寛太に声をかけた。

背負われて走るのが楽しくなってきたらしく、背中で寛太が立ち上がろうとし、鷹野の足がふらつく。全身から汗が噴き出し、汗ばんだ腕で寛太の太腿《ふともも》が滑る。

ビーチではスタッフたちがパラソルを片付けている。水平線の夕日はすでに弱々しく、ビーチには背後の夜空が迫っている。

寛太を背負ったまま、鷹野はビーチを駆け抜けた。まだ白砂は熱く、二人分の体重で踵《かかと》が埋まる。ビーチの端まで来ると、船着き場の桟橋《さんばし》に駆け上がった。

桟橋は海へ延びている。遠くで夕日が沈む。鷹野は桟橋を全速力で駆け出した。

「行くぞ！」

突端まで助走して、そのまま高く跳び上がる。跳び上がった瞬間、背中の寛太が悲鳴を上げた。暴れた寛太の体が空中で離れ、それぞれ大きな水飛沫《しぶき》を上げて水に落ちた。

火照《ほて》った体が一瞬で冷めた。サンセット通りの喧噪《けんそう》も一瞬にして消える。

海面に顔を出すと、すぐそこで寛太が溺《おぼ》れかけている。鷹野はその体を引き寄せた。

夕暮れのビーチが目の前でゆらゆらと揺れていた。八月の終わり、大勢の海水浴客で賑わった青戸《あおと》浜《はま》の一日が終わろうとしていた。

水を飲んだらしく、寛太がえずいていた。

鷹野は水の中でその背中を叩いてやった。

「アー、アー」

「どうした？　苦しいのか？」

「アー、アー」

咳《せ》き込みながらも、寛太が桟橋の方を指差す。見れば、ビーチハウスの主人から逃げ切ったらしい柳が桟橋をこちらに向かって走ってくる。

「ほら、お前の兄貴、大丈夫だったろ」

鷹野がそう言ったとき、突端まで走ってきた柳もまたその勢いのまま空高く跳び上がった。

鷹野たちが暮らす南蘭島《ならんとう》は、沖縄県石垣島の南西六十キロに浮かぶ洋梨形の孤島で、そのほとんどが隆起珊瑚礁《さんごしょう》から成っている。

島にはリゾート開発された西側の青戸地区と、南に位置する旧市街の玉野《たまの》という二つの町があり、この両地区を通称サンセット通りが結んでいる。

一方、安楽岬《あんらくみさき》のある北側から東側にかけての道路を、島の住人たちは単に「東路」と呼ぶ。以前はサンセット通りも「西路」と呼ばれていたのだが、青戸浜のリゾート開発の過程でその呼び名が消滅した。

ビーチや古くからの町がある西側と比べて、開発の手が入っていない東側には未《いま》だ椰子《やし》の原生林が広がっており、その中を通る東路もまた未舗装のままで、夜間は街灯もなく、落石や椰子の枯葉が放置されているため、滅多に車が通ることはない。

この東路を、鷹野と柳はスクーターで走っていた。柳の背中には寛太がしがみついている。二つのライトが照らす道には落石が多く、所々ひび割れている場所もある。

さっき海に飛び込んだので、三人は半裸だった。それでもすでに夜風で肌は乾き始めている。

先を走っていた柳のスクーターのブレーキランプが光る。一瞬、辺りの叢までが赤く染まった。

急停車した柳のスクーターの横に、鷹野もスクーターを並べた。

「どうした？」

鷹野は柳の顔を覗き込んだ。月明かりで濡れているように見える。

「あと二ヶ月で、俺、十八だ」と柳が呟《つぶや》く。

「ああ」と鷹野も頷《うなず》いた。

「無理だよな？　こいつと一緒に生きてくなんて……」

柳の背後では、その寛太が眠そうな目を擦《こす》っている。

「……こいつと一緒に暮らしながら、ＡＮ通信でなんか働けるわけねぇもんな。だって、産業スパイだぞ……」

独り言のようだった。もしくは夜道に話しかけているようで、鷹野は返す言葉が見当たらない。

「……なぁ、もし俺がいなくなったら、こいつ、どうなるんだろうな……俺とこいつ、ずっと一緒だったんだぞ。俺がいなくて、こいつ生きてけんのかな？」

「そのときには、寛太はちゃんとした施設に……」

「分かってるよ！」

口を挟もうとした鷹野を、柳が遮《さえぎ》る。

「……そんなことは分かってんだよ。でも、どんなに立派な施設でも、そこに俺はいねぇだろ。俺がいねぇと、こいつダメなんだよ。だって、俺が下痢して便所にこもってると、こいつ、じっとドアの前で待っててんだぞ。そんなヤツなんだぞ」

鷹野は長い沈黙を作った。

「なぁ、鷹野」

「ん？」

「ここからは冗談だと思って聞いてくれよ」

そう言って、柳が確かめるように鷹野の顔を覗き込む。

「なんだよ？」と鷹野は焦《じ》れた。

「……俺さ、逃げるよ」

「え？」

「俺、寛太と一緒に逃げる。そんで、こいつと一緒に生きてく」

風が立ち、暗い森の樹々が揺れる。

「そんなの無理に決まって……」

「だ、だから冗談だと思って聞けって言ったろ」

「にしても……」

「とにかく、俺は金になりそうな情報を一つ二つ、うちの組織から盗み出して寛太と一緒に逃げる。あとはもうどうにでもなれだよ。カリブ海辺りでプエルトリコ系の美人に囲まれて暮らすもよし、ヨーロッパの田舎町で葡萄《ぶどう》かなんか作りながら生きてもいいよ。だってほら、寛太ってそういうの得意だろ？　熱心に世話して誰よりも甘いトマト作ったの、お前だって知ってるだろ？」

　いつの間にか、スクーターのライトに無数の羽虫がたかっていた。飛び回るその姿が影絵になっている。

「……って、無理だよな」

　沈黙のなか、先に口を開いたのは柳だった。「……うちの組織から情報かっぱらうなんて、やっぱ無理だよな」と悲しそうに笑う。

「無理だよ」と鷹野は吐き捨てた。

「じゃあ、このまま組織に入って、三十五歳になるまで雑巾みたいに使われ続けるのかよ。生き残れるわけねぇよ。そんなの無理に決まってるよ。だからこそ、鼻先に人参ぶらさげるんだよ。三十五まで生き残ってれば、あとは自由だって。金だろうが、なんだろうが、好きなものをくれてやるなんて」

　鷹野は暗い森を見つめた。誰かがこの会話を盗み聞きしているようで気味が悪かった。

「……なぁ、鷹野。お前に一つ頼みがあんだよ」

　柳がそう言いながらアクセルを吹かす。その音が暗い森の奥に響く。

「……もし、俺になんかあったら、寛太のこと頼む。さっき、こいつを背負って逃げてくれたみたいに。もし俺になんかあったら……、こいつのこと、頼む」

柳の目がこれまでになく真剣で、鷹野は上手く返事ができない。

組織から逃げるなんて、柳にそんな度胸があるわけがない。でも、寛太を背負い必死に逃げようとする柳の姿もまた想像できる。

「ああ」と鷹野は短く応えた。

「ありがと。約束だぞ」

そう呟いた柳が一瞬泣きそうに見えた。その顔を隠すように柳がスクーターを急発進させ、驚いた寛太がその背中にしがみつく。

「さぁ、帰ってメシメシ！」

そう叫んだ柳の声だけが、真っ暗な森の中に残った。

東路を逸《そ》れ、山側の坂を上がっていくと、「轟《とどろき》集落」の入口がある。東路との分岐点にも「轟集落」と書かれた標識がいちおう立っているが、すでに朽ち果てて文字は読めない。

集落の入口で鷹野はクラクションを鳴らし、柳たちと別れた。

集落には古い民家が点在し、鷹野が暮らす家は集落内でも一番山奥にある。

人が一人通るのがやっとの短い木橋を渡り、鷹野は玄関前でスクーターを降りた。土間から甘い煮物の匂いがして、腹が鳴る。

鷹野は土間を覗き込んだ。「角煮？」と声をかけると、「すぐ食うか？」と知子《ともこ》ばあさんが振り返る。

知子ばあさんはしゃがんでとうもろこしの皮を剝《む》いている。

鷹野はビーチサンダルを脱ぎ捨て部屋に上がった。足の裏が砂でざらつき、汗まみれの体が臭う。再び縁側から外へ飛び下り、バケツに水を溜《た》める。真っ裸になって、溜まった水を頭からかぶる。

足元で立った水音が背後の黒い森に響いた。濡れた体を風が撫《な》でていく。

部屋に戻ると、食卓に特大の角煮丼が置いてあった。さっそく角煮にかぶりつき、湯気の立つ白飯をかき込む。

「ばあちゃん、そのとうもろこし、これから茹《ゆ》でんの？」

「これ、豚の餌《えさ》だ。甘くねえから。お前さんも食うのけ？　豚の餌」

ばあさんの声が聞こえたのか、裏の豚舎で花子たちが鳴き声を上げる。

「一本だけ茹でといてよ。あとで砂糖醬油《じょうゆ》つけて自分で焼くから」

「だから、これ、豚の餌だって」

ばあさんが声を上げて笑いながら、つやつやしたとうもろこしを一本、ポンと流し台に投げる。

鷹野はあっという間に丼飯を平らげた。裸足で土間へ下り、鍋のふたを開ける。

「ばあちゃん、寛太がこの前持ってきたトマトは？」

鷹野は立ち食いしながら訊《き》いた。

「あれ、もうねえ。甘かったから、ばあちゃん、食っちまって」

「一人で全部？」

「ああ、全部。甘くて」

そのとき、ふと背後に人の気配を感じた。

振り返ると、徳永《とくなが》が立っており、土間の明かりがその足元まで届いている。白い開襟《かいきん》シャツに革靴というだけだが、集落内では正装しているようにさえ見える。

鷹野は小さく会釈した。

徳永が手招きする。鷹野は外へ出た。月明かりで日に灼《や》けた徳永の顔がはっきりと見える。

「今頃、めしか？」

「さっきまで青戸浜にいたんで」

「これを今夜中に暗記しろ。分からない用語も読み飛ばさず、ちゃんと辞書で調べろ」

徳永が差し出したファイルを鷹野は受け取った。パラパラと捲《めく》ってみると、フランス語だった。

「なんですか、これ?」と鷹野は訊いた。

「『V・O・エキュ』という企業の資料だ。フランスの水メジャー企業の一つで、前身は一八五三年にリヨンで創業。そのファイルに全部書いてある」

「水メジャーって?」

「日本と違って、世界には上下水道事業が民営化されている国も多い。今現在、世界各国の上下水道事業は、この『V・O・エキュ』を含めた三、四社に寡占《かせん》されている。それが水メジャー企業だ」

鷹野は改めてファイルを捲った。ただでさえ不得意なフランス語な上、専門用語が多い。

「今夜中なんて無理ですよ」

鷹野は口を尖《とが》らせた。

「暗記したらそのファイルは燃やせ。分かったか?」

立ち去ろうとする徳永を、「角煮丼ありますよ。食ってきます?」と鷹野は呼び止めた。

「今、腹いっぱいだ」

初めて徳永が相好《そうごう》を崩す。

「……あ、そうだ」

歩き出そうとした徳永が足を止め、「お前、来週から二週間フランスだ」と言う。

「来週？　学校始まりますけど」

「学校にはもう俺が連絡入れといた」

「このファイルとなんか関係あるんですか？」

「お前なんかにまだ仕事を任せるわけねぇよ。たぶん、お前は飯の食い方に品がないから、向こうでみっちりテーブルマナーでも学ばせるつもりだろ」

鼻で笑った徳永の前で、鷹野は箸と丼を持って突っ立っている。

徳永は笑いながら短い木橋を渡った。その背中を鷹野は見送った。

徳永はこれから同じ集落内にある自宅へ戻る。廃屋を中途半端に補強した家で、台風が近づけば、身の回りの物を抱え、ここ知子ばあさんの家に避難してくる。

すでに四十歳近いはずだが、妻や子供はおらず、掃除洗濯食事は、鷹野と同じように知子ばあさんに頼っている。


鷹野が寝起きする部屋は母屋《おもや》の裏手にあるのだが、屋根の上に小屋が増築されており、その上、梯子《はしご》で上っていくので、木の上の鳥小屋のように見える。

室内は板敷きで、窓際にベッドがあり、天井から蚊帳《かや》が吊《つ》られている。窓からは集落の全体が見下ろせる。

すでに深夜二時を回ったこの時間、集落に明かりのついている家はない。井戸のある広場だけが、唯一の街灯で青白く照らされている。

例のファイルを放り投げた鷹野は、寝汗をかいた首筋をタオルケットで拭いた。明かりに集まってきた虫を捕まえようと、蚊帳にはヤモリが這《は》っている。鷹野はヤモリを指で弾いた。壁まで飛んだヤモリが慌てて床を這っていく。

四時間もかけ、まだファイルの半分も読めていなかった。「V.O.エキュ」という企業の変遷、世界シェア、関連会社まではスムーズに読めたのだが、肝心の事業内容となると、上下水道事業に関する専門用語が多過ぎて、一行読むたびに二度も三度も辞書を引かなければ進まない。

おそらく徳永もこれを明日の朝までに暗記できるとは思っていない。

鷹野はファイルを放り投げ、パンツを下げると性器を摑《つか》んだ。ベッドの下に隠してあるエロ本を引っ張り出すのも面倒で、力任せに性器をしごく。二分と経たずに溜まっていた精液が腹の上に飛散する。ティッシュで拭いているうちに徐々に瞼《まぶた》が重くなってくる。

結局そのまま眠ってしまった鷹野は、夜明け前に嫌な夢で目を覚ました。起きた瞬間、夢の内容は忘れたが、無意識にベッドの下に落ちていたファイルを拾い、眠い目を擦りながら翻訳を続けた。

岸壁に青い波がぶつかっていた。まるで絵の具を溶かし込んだような青い波が、岸壁に当たって砕けている。

*

栈橋に横付けされたフェリーのエンジン音が足元から伝わってくる。

詩織《しおり》は手すりから身を乗り出した。日を浴びた岸壁の所々がなぜか色づいている。よくよく見れば、パパイヤやマンゴスチンの残骸が干涸《ひから》びたものらしい。

その岸壁に栈橋を渡ってたくさんのスクーターが走り込んでくる。その全てに若い男の子たちが乗っていた。

「おじいちゃん、あれ、何？」と詩織は尋ねた。

「島のタクシーみたいなもんだよ」

隣に立つ祖父が教えてくれる。

「タクシー？」

「島には車のタクシーがほとんどないし、バスも一時間に一本。だから、みんな、あの子たちのスクーターを使うんだよ。この栈橋から青戸浜までなら二百円、屋台街がある玉野地区まで行けば五百円」

「ふーん」

下船準備が整ったらしかった。島での滞在を楽しんで下さいというアナウンスが流れる。

詩織も甲板から出口へ下りた。タラップを渡って岸壁に立つと、強い日差しで目が痛い。

すでにあちこちでスクータータクシーの交渉が始まっていた。「ホテルどこですか？」「バスなら一時間待ちですよ」「荷物は半額でこいつが運びますから」などと少年たちが乗客たちに声をかけ、最初は戸惑っていた客たちも、その料金を知り、他の客たちが次々とスクーターに乗っていく様子を見ているうちに、乗り遅れまいと商談がまとまっていく。

「あ、あそこに柳くんと鷹野くんがいた！」

祖父がそう叫んで、手を振りながら男の子たちのもとへ歩いていく。知り合いらしく、二人も紅龍《ホンロン》という果物を食べながら祖父に手を振り返すが、その目は詩織に向けられている。

二人の口元が紅龍で赤い。

「詩織！　おいで！」

祖父に呼ばれ、詩織も乗客やスクーターの間を縫ってあとを追った。

「ああ、良かった。柳くんたちがいて」

パナマ帽を取り、額の汗を拭きながら祖父がスクーターに跨《また》がる。

「ほら、詩織は鷹野くんの方に乗って」

　祖父がもう一台を指差す。

「え？」と詩織は躊躇《ためら》った。

「坂道きついから、ほら、早く」

　柳という少年のスクーターに跨がった祖父は、暑くて我慢できぬとばかりにパナマ帽で顔を扇《あお》いでいる。

「この子ね、私の孫娘。えっと、柳くんたち、今、三年生だっけ？　だったら詩織と同級生だ。来週からよろしくね」

　そう言って、祖父が「早く出せ」とばかりに柳という少年の肩を叩く。

「じゃ、お先」

　少し下卑《げび》た笑みを残して、柳のスクーターが走っていく。

　詩織は改めてもう一人の少年のスクーターを見つめた。しかし鷹野と呼ばれた少年は、乗れとも乗るなとも言わない。

　目の前で赤く汚れた口元を拭う。白いTシャツの袖《そで》が赤くなる。周囲からは次々とスクーターが出発していく。

　詩織は一歩前へ出て、自分が乗るらしいシートを人差し指で押してみた。

「固いから乗り心地は良くないよ」と少年が笑う。

その笑い声でふっと緊張がほぐれた。

詩織はシートの後ろに跨がった。座ってみれば、そう乗り心地が悪いわけでもない。

「摑まってた方がいいと思うけど」

少年に言われ、詩織は摑まる場所を探した。

「俺の肩か、腰」

そう言われ、目の前の肩に手を置く。その肩が驚くほど熱かった。

現在、祖父母が暮らしている「ラ・レジデンス南蘭島」は青戸浜を見下ろす丘の上に建つ三階建てのリゾートマンションだった。詩織は五年ほど前に一度だけ訪ねてきたことがある。

このリゾートマンションには、祖父母のように余生を南洋の孤島でのんびり過ごそうと、リタイヤした老夫婦たちが多く暮らしている。全戸が海側に広いテラスを持ち、そこに設置された露天風呂には、千波《ちなみ》山から温泉が引かれている。

鷹野という少年の熱い肩に摑まったまま、詩織はサンセット通りを走り抜けた。前に来たときよりも、通りは更に賑わっている。

ガソリンスタンドの手前で、スクーターが山道に入っていく。

トンネルのような椰子の原生林が美しかった。

この坂道を上り切ると、「ラ・レジデンス南蘭島」の豪奢《ごうしゃ》なエントランスが見えた。

しかし先に着いているはずの祖父たちの姿がそこになかった。

エントランス前にスクーターを停めた少年が、「柳たち、いないな」と呟く。

「おじいちゃんがスーパーに寄るって言ってたから」と詩織は応え、スクーターを降りた。

「ここで待ってる？」

「え？」

質問の意味が分からず、詩織は訊き返した。

「鍵」と少年が続ける。

「あ、ああ。それなら大丈夫。中におばあちゃんがいるから」

詩織は三階建てのレジデンスを見上げた。つられて少年も顔を上げる。

「ありがと」と詩織は礼を言った。

「え？」と今度は少年が驚いている。

「あ、いや、あの、送ってくれて」

「あ、ああ」

「お金は……」

「柳が菊池《きくち》さんにもらってると思う」

「あ、うん」

短い沈黙のあと、詩織はエントランスへ向かった。

「これからここで暮らすの？」とその背中に少年の声が届く。

「うん」と詩織は振り返った。

「俺、鷹野」

「え？」

「俺の名前」

「あ、ああ。……私、菊池、菊池詩織」

また沈黙が流れる。

「じゃ」と、先に手を上げたのは鷹野だった。片足を軸にスクーターの方向をくるりと変える。

急発進したスクーターが走り去っていく様子を詩織はなんとなく眺めていた。

＊

夕方、鷹野は島で一番大きな町である玉野地区へ向かった。玉野地区は役場や郵便局がある元町と、古くからの屋台街「老街《ろうがい》」の二地区から成り、青戸浜の観光客たちも夜になるとこの屋台街へ繰り出してくる。

まださほどこみ合っていない老街に入ると、鷹野は果物屋の屋台にスクーターを横付けしてマンゴージュースを買った。

屋台広場には、果物屋、牛肉そば屋、この島の名物「龍蝦《たつえび》」のすり身揚げ屋などが並んでいる。

その広場のテーブルに同じクラスの平良《たいら》たちがたむろしており、「おい、鷹野！　お前があの子、乗せたんだって？」と声をかけてくる。

鷹野はポリ袋に入った冷たいジュースを受け取り、平良たちのテーブルに向かった。

「なんか喋《しゃべ》った？」

スクーターを押して近づく鷹野に、早速平良が声をかけてくる。

「別に」と鷹野は応えた。

「東京の子らしいぞ。こっちに住むんだって。来週からうちらの学校に転校してくるって」

平良が興奮気味に教えてくれる。鷹野は、「へぇ」と知らないふりをした。

「でもさ、なんで高三の二学期に転校なんだろな？」

牛肉そばを啜《すす》っている平良の口から強い大蒜《にんにく》の臭いがする。

「向こうの学校でなんか事件起こしたんじゃねえの？　あ、妊娠とか？」

「え、ええ⁉」

「親いねぇのかな？　あそこのじいさんばあさんと暮らすんだろ」

鷹野は同級生たちの会話を聞きながら、平良の椅子に半分だけ尻を滑り込ませ、「一口だけ、ちょうだい」と大蒜たっぷりの牛肉そばの汁を啜った。

「自分で買えよ！」

尻で押し返され、結局椅子から転がり落ちる。

青戸浜からのバスが到着したらしかった。ぞろぞろと観光客が降りてきている。

この時間もまた島の少年たちの稼ぎ時で、このあと青戸浜のホテルに戻る客たちを拾える。

少し離れたテーブルでやはり牛肉そばを啜っている徳永の姿があった。蚊に足を刺されたらしく、片手でぼりぼりと臑《すね》を掻《か》きながら同時にそばを啜っている。

鷹野は徳永のもとへ向かった。

徳永が顔も上げずに、「『V.O.エキュ』の現社長の名前と前職は？」と訊いてくる。

「フィリップ・エーメ。前職はＪＰウェールズっていうオランダの投資会社のシンガポール支局長です」

「最近成功させた事業は？」

「シンガポールのニューウォーター計画」

「内容は？」

「マレーシアからの淡水輸入の長期計画の見直しと、海水の淡水化、あと下水の再処理利用」

「シンガポール政府のメリットは？」

「メリットですか？」

「長期的に見て、『V．O．エキュ』に発注したのは成功か？　失敗か？」

「分かりません。でも、その際、二百五十億円かけて自国の企業にも、水事業のビジネスノウハウや技術は学ばせてます」

丼を両手に持ち、徳永が濃い汁をごくごくと飲み干して大きなゲップをする。

「これ、来週のフランス行きのチケットだ」

徳永がテーブルに置かれていたファイルの中から封筒を取り出す。

「お前、ヨーロッパは初めてだろ？」

「はい。初めてです」

鷹野は封筒を受け取った。

「向こうの空港で、一条《いちじょう》って男がお前を待ってる。あとはそいつの指示に従え」

立ち上がった徳永が汚れた口元を拭《ぬぐ》いながら歩いていく。

「あの、徳永さん」

「ん？」

徳永が面倒臭そうに振り返る。

「いや、あの……」

「なんだ？」

「あの……、徳永さんって、なんでこんな所にいるんですか？　その年齢なら、もう好きな所で好きなことができるはずでしょ？」

徳永は鷹野の質問を無視して立ち去ろうとした。しかしふと足を止める。

「俺なりに好きな所で好きなことやってるつもりだけどな」

徳永はそう言って、また一つゲップをした。観光客たちで広場が賑わい始めていた。

2 世界史

翌週、鷹野が雨のシャルル・ド・ゴール空港に到着したのは、南蘭島を出発してから二十一時間後のことだった。

以前、教えられた通り、飛行機や列車で長時間移動する際は搭乗前に腹を満たし、できるだけ中では睡眠を取るつもりだったのだが、あいにく隣り合わせた初老の夫婦が話好きで、高校生の一人旅である鷹野に興味を持ち、何かと話しかけてきた。

夫婦はフランス各所のワイナリーを回るらしかった。

一般的に、人は入眠後、最初の深い眠りである徐波《じょは》睡眠に到達するまでに二十分ほどかかると言われているが、以前の身体検査で、鷹野はこの到達時間が極端に短く、七、八分で達することが分かった。徐波睡眠に到達すると、体温の低下や呼吸、心拍数の減少が見られ、体の修復作業が行われる。

七、八分でこの状態になる鷹野の体を、「根っからこの仕事に向いてるよ」と徳永は笑っていた。

鷹野は初老の夫婦と雨のシャルル・ド・ゴール空港で別れた。「とにかく気をつけるのよ」と心配してくれる品の良い夫人に別れを告げ、到着口から出た途端、見知らぬ男が近寄ってくる。

「鷹野一彦《かずひこ》か？」

白いポロシャツにジーンズというラフな格好をしているが、サングラスの奥の目だけが鋭い。

「はい」と鷹野は頷いた。

タイミング悪く、同じフライトだった大阪からの団体ツアー客たちに囲まれ、男が鷹野の背中を押して売店の前まで連れていく。ショーウィンドウに並んだサンドイッチはどれも乾燥していてまったく美味《うま》そうに見えない。

「俺が一条だ。お前、パリは初めてか？」

男に訊かれ、「はい」とまた頷く。

「こっちで何をやるか聞かされてるか？」

「いえ、何も」

無表情で応えた鷹野を、男がさも可笑《おか》しそうに笑う。

「大したもんだ。自分がこれからどうなるのか知りもしねえのに、その余裕は大したもんだよ」

長話をするつもりはないらしく、男がポケットからメモを出し、「これから、この住所に一人で行け。俺が連れてく予定だったが急用で行けなくなった」と押しつけてくる。

鷹野は素直にメモを受け取った。

「……ランスって町まで電車で行って、そっからはタクシーでも拾え。お前、少しはこっちのこと知ってるか？」

「いえ、何も」

と応えれば、もう少し丁寧に教えてくれると思ったのだが、男は薄いフランスのガイドブックを出し、「これ、やるよ。昔、成田の売店で買ったやつだけど、少しは役に立つだろ」とくれただけだった。

「……お前、腹減ってるか？」

「いえ」

「連れてってやれない詫びに、そこのサンドイッチ買ってやるよ」

男がまったく美味そうに見えないサンドイッチを買い、鷹野の胸元に投げて寄越す。

てっきり戻ってくるかと思ったが、男はそのまま、「じゃあな」と外へ出ていった。

不味《まず》そうなサンドイッチと薄いガイドブックを持ったまま、鷹野はその背中を見送るしかない。

鷹野は辺りを見渡した。ツアー客たちがガイドに先導されて大型バスに乗り込んでいく。もらった薄いガイドブックを開いてみる。まずセーヌ川流域の観光スポットが紹介され、洒落《しゃれ》たカフェの写真が並んでいる。それらを読み飛ばし、ランスという町を探した。いったんパリ市内へ出て、TGVに乗り換えれば一時間ほどで着くらしかった。

鷹野は歩き出すしかなかった。


到着したランス駅前の風景は、鷹野がぼんやりと想像していたフランスという国の印象に近かった。

すぐにタクシーには乗らず、石畳の広場へ向かう。広場にはカフェのテントが張り出され、多くの客が寛《くつろ》いでいる。濃い街路樹の葉は古い石造りの教会を更に美しく見せ、濡れたような大聖堂が突如現れる。

新婚旅行中らしい日本人のカップルからカメラを渡され、幸せそうな二人を前にシャッターを押す。大聖堂の中に入っていく二人を見送ると、鷹野は自分のために写真を写すように、一度ゆっくりと目を閉じた。

少し乾いた夏の空気は心地よかったが、もう南蘭島の濃い森の湿気が懐かしかった。

広場の先でタクシーを拾った。運転手に鷹野のフランス語はまったく通じなかった。一条から渡されたメモを出し、あとは運転手の鼻歌を聞きながら車窓からの景色を眺める。

広場を離れたタクシーは古い石造りの住宅地を抜けていく。ほんの少し走っただけだが、町中にＪＵＤＯと書かれた看板をいくつも見かけた。柔道着を着た子供たちがバス停に並んでいる姿もあった。

町を抜けたタクシーは森の中へ入った。ときどき樹々の間に古い教会が見える以外、建物はない。

「メモの住所はホテルですか？」と鷹野は運転手に声をかけた。

今度は伝わったようで、「この辺にホテルなんかないよ。メモにあったのは昔の修道院だけど……、自分がどこへ行くのかも知らないのか？」と運転手が笑う。

車が薔薇《ばら》園を突っ切るような小道に入る。

「あれだよ」

運転手が指差した場所に、古びた石造りの建物があった。

「昔、修道院だったなら、今はなんですか？」と鷹野は訊いた。

「さぁ、俺が子供の頃はまだシャンパンを造ってたけどね」

車はその門前に停車した。目の前に高い鉄格子の門がある。

降り立った鷹野は、薔薇園の中を引き返していく車を見送った。車が見えなくなると、辺りは風の音だけになり、蜜蜂の羽音さえはっきりと聞こえる。

「君がカズヒコ・タカノか？」

とつぜん背後から声をかけられ、鷹野は振り返った。鉄格子の門の向こうに、銀髪の初老の男が立っている。

「はい」と鷹野は頷いた。

「フランス語と英語、どっちがいい？」

男が門を開けながら尋ねてくる。

「英語がいいです」

男は赤い鷲鼻《わしばな》の白人で、白シャツの袖を捲った腕に獣のような毛が生えていた。でっぷりとした腹にベルトが載っており、一ミリでも位置がずれるとそのままずとんとズボンが落ちてしまいそうに見える。

「ずいぶん若いな」

門の中へ招き入れた男が改めて鷹野を一瞥《いちべつ》してそう呟く。

「……いくつだ？」

「十七です」

「ほう。つい先月、韓国からも一人ここに送られてきたが、彼も君と同じ十七と言ってたな。君たちみたいな若者がここに送られてくるということは、これからはまた日本や韓国の株が買い時なんだろうな」

鷹野は男の背後に目を向けた。濡れたような石造りの壁には蔦《つた》が絡まっている。

「昔の修道院だ」

鷹野の視線に気づいた男が教えてくれる。前庭は荒れ放題で、割れた石畳の間に雑草が生い茂っている。

「ここで何をするか、聞かされてるか?」

男に問われ、鷹野は首を横に振った。

「プライベートなマナー教室だと思えばいい。危険はない。私が君の先生だ。フィリップと呼んでくれ」

手招きする男について鷹野は家へ向かった。

重そうな木製のドアを開けると、外観からは想像もできない瀟洒《しょうしゃ》な空間が広がっている。床がタイル張りのホールには年代物のテーブルが置かれ、白い花が生けられ、高い天井からは豪勢なシャンデリアが垂れ下がっている。

その奥に十人ほどが座れるダイニングテーブルがあり、使われていない暖炉が見える。二階への階段の壁にずらっとかけられた僧侶たちの肖像画は気味が悪いくらい古いもので、鷹野にはその全ての僧侶の目が欲求不満でぎらぎらしているように見えた。

「マナー教室というと？」

二階へ上がりかけたフィリップに鷹野は尋ねた。

「君のクラスを上げるための教室だ。日本語だとセンスというのか？」

フィリップがまた手招きし、階段を軋《きし》ませながら上がっていく。鷹野は重いトランクを持ち直し、そのあとを追った。

二階にいくつかのドアがあった。フィリップが突き当たりのドアを開け、「ここを使え」と言う。

階下の装飾に比べて、驚くほど質素な部屋だった。小さな木製のベッドと簡易デスク、窓からはさっきの鉄格子の門が見え、その先に薔薇園が広がっている。

「センスを磨くのに一番安上がりな方法が何か分かるか？」

窓からの景色を眺めていた鷹野にフィリップが訊いてくる。

「いえ、分かりません」

「最初に、一番良いものを知ることだよ」

ここに到着するまで、自分の身に何が起こるのかと不安だったが、実際に二週間、マナーとやらをここで学ばされるだけらしい。

「……いいか。センスを磨くには最初に一番良いものを知ることだ。ワイン、キャビア、日本の寿司、なんでもそうだ。もちろん食べ物だけじゃない。オペラ、絵画、女、最初に何に触れるかだ。君はまだ若い。君がこれから初めて触れるものが、この世界にはまだ限りなくある。君は幸せな若者だ」

フィリップは夕食までしばらく休めと告げて、部屋を出ていった。

鷹野は小さなベッドに体を投げ出した。知らず知らず緊張していた体から力が抜けていく。

フィリップの足が軋ませる階段の音が消えると、自分の鼓動が聞こえるほど部屋は静かだった。

固い枕を抱いて寝返りを打つと、土壁にハングルで落書きがある。ナイフで削ったような文字に指で触れてみた。ぼろぼろと壁が剝がれる。

鷹野は電子辞書のハングル辞典で、その文章を翻訳してみた。

〈兄弟へ　フィリップはゲイだ。夜、部屋の鍵はかけて寝ろ　キム〉

鷹野は鼻で笑った。小さなベッドで思い切り背伸びをすると、これだけのことでも旅の疲れが取れる。

窓の外には青い空が広がっていた。南蘭島の空よりも薄く、とても高い場所にあるようだった。

＊

椰子の葉を揺らした風が、教室内に吹き込んでくる。九月半ばの南蘭島はまだ真夏のような日差しだが、それでも窓際の席で居眠りしている鷹野の髪を揺らしている風だけは秋の気配がする。

教師が黒板に長い数式を書いている。詩織は窓の向こうに見える南蘭島の森に目を向けた。

詩織がこの学校に初登校した始業式から二週間、鷹野はずっと学校を休んでいた。そして今日になってとつぜん登校してきた。

詩織は最初に仲良くなった比嘉由加里《ひがゆかり》というクラスメイトに、「あの鷹野くんって人、病気か何かだったの？」と尋ねた。

「違うでしょ。なんで？」

「だって、ずっと休んでたから」

「ああ。島の東側に轟集落って所があるのよ。うちの学年だと、鷹野とか、二組の柳とかがそこで暮らしてるんだけど、ちょっと訳ありの生徒なんだよね。たぶん、家庭に事情があって、集落のおばあさんたちが一時的に預かってるの。で、たまに長期で休んだりするのは、たぶん、自分の家に戻ったりしてるんだと思うよ」

由加里の説明に、詩織は特に疑問を持つことはなかった。なぜなら自分も似たような境遇だったからだ。

南蘭島に越してきて、そろそろ一ヶ月になる。詩織は日に日にこの島が好きになっている。特に好きなのは島の朝だ。島の美しい朝は特別な一日が始まりそうな気にさせる。

教室に笑いが起きて、詩織は視線を転じた。見れば、大きな鼾《いびき》をかいて居眠りしている鷹野の背後に教師が立ち、丸めた教科書でその頭を叩こうとしている。

「おい！　鷹野！」

教師の呼び声に、「はい？」と寝ぼけた鷹野が顔を上げる。ただ、教壇に立っていないので、夢でも見たと思ったのか、また机に突っ伏してしまう。生徒たちがその姿に笑いを堪《こら》える。

「こっちだよ」

再び声をかけた教師が丸めた教科書でその頭を叩く。「パコン」と鳴ったその音に、教室内にどっと笑いが沸き上がる。

慌てて起きた鷹野が、また教壇に目を向ける。

「だからこっちだって」と笑う教師を振り返り、「すいません」と頭を掻いている。

「お前なぁ、授業中の居眠りってもんはこっそりやるもんだぞ。それをなんだ、気持ち良さそうに鼾までかいて」

教師の言葉に更に教室内が沸く。

鷹野は涎《よだれ》を拭きながら、「ハハハ」と愛想笑いを振りまいている。

「ほら、顔洗ってこい」

教師が丸めた教科書で、また頭をポコンと叩く。

クラスメイトたちの笑いのなか、鷹野が席を立ったところで終業を知らせるチャイムが鳴った。

次の授業の準備をして、詩織は廊下に出た。日当たりの悪い洗面所で、鷹野が顔を洗っていた。ついでに水に頭を突っ込み、濡らした髪を乱暴に手で乾かしている。

背後を通った詩織に、その鷹野が気づく。「おっ」と驚くので、「あっ」と詩織も返した。

「あれ、同じクラス？」

鷹野が今さら自分たちの教室へ目を向ける。

「……ごめん、気づかなかった」

「だって、二週間も休んでて、登校してきたかと思ったら、すぐに机で寝ちゃうし」と詩織は笑った。

「時差ボケなんだよ」

「え？　時差ボケ？」

「うそうそ、冗談。あれ、選択科目、美術取ったんだ？」

詩織が持っている画板に気づき、鷹野が話を変える。

「そう。鷹野くんは？」

「俺、音楽」

「ねぇ、それよりタオル持ってないの？」

鷹野の髪からずっと水滴が垂れていた。

「教室にあるよ。それより、少しは慣れた？」

「え？」

「この島とか、学校とか」

「あ、うん。みんな仲良くしてくれる」

「由加里たち？」

「え？」

「ほら、比嘉由加里とか、世話焼きだから」

「うん。由加里ちゃんも同じマンションだし」

「そうか。あいつもあそこか」

濡れた髪を振りながら、鷹野が教室へ戻っていく。詩織も美術室へ向かって階段を駆け上った。スクーターに乗せてもらったとき、ずっと摑んでいた肩の熱さがまだ手のひらに残っていた。

＊

午後の授業を終えて校舎を出た鷹野を、駐輪場で柳が待っていた。

「乗せてけよ」

柳はすでに鷹野のスクーターの後ろに乗っている。

「お前のは？」

「今朝、パンクして、今、バイク屋で修理中」

スクーターに跨がり、鷹野はエンジンをかけた。

校門を出て、長い坂道をゆっくりと下りていく。テニスコートへ向かう女子部員たちが互いの足の太さを笑い合っている。

「お前、このあと何か予定あんのか？」

柳に訊かれ、「夜、徳永さんに会う約束あるけど」と鷹野は応えた。

「じゃ、それまでヒマだろ。このまま安楽岬までドライブしようぜ」

「岬まで？　いいよ、面倒臭い」

「そう言うなって。老街でなんか食ってからさ」

柳が駄々をこねるように体を揺らすので、ハンドルがぶれて倒れそうになる。

「分かったよ、分かったって！」

坂を下り、サンセット通りに出ると鷹野はスピードを上げた。潮の匂いがする風が顔を叩く。

「なぁ、お前、いつ戻ってきたんだよ？」

後ろで柳がそう叫ぶ。

鷹野は奇妙に感じ、思わず振り返った。一瞬、視線がかち合うが、すぐに柳が目を逸らす。

「別に、いつ戻ってきたかくらい訊いたっていいだろ。どこで何してきたか、なんて訊かねえよ。ただ、いつ戻ったんだって訊いただけだろ！　そんなことも教えてくれないのかよ！」

　鷹野は返事をせず、更にスピードを上げた。

　明らかに柳の声が苛立《いらだ》っていた。

「昨日だよ！　昨日の晩！」

　鷹野は舌打ちするように怒鳴った。自分の声が風にさらわれていく。

　柳もそれ以上は何も訊いてこない。鷹野は無言でスクーターを走らせた。

　老街に着くと、鷹野たちは香草たっぷりの焼きそばを屋台で買った。時間が早く、まだ屋台街は半分ほどしか営業しておらず、観光客の姿も少ない。

　腹を減らした野良犬が食い残しの焼きそばを期待して鷹野の足元に寝そべる。

「さっきは悪かったよ」

　音を立てて焼きそばを食っていた柳が、謝るというより喧嘩《けんか》でも吹っかけてくるように言う。鷹野は無視して、ライムを焼きそばの上で搾《しぼ》った。

「なぁ、なんで俺ら、こんなこと、律儀に守ってんだろうな」

　柳が口いっぱいに焼きそばを頬張ったままモゴモゴと言う。

　鷹野が何も応えずにいると、「結局、お前は俺のことなんて信用してないってことだよ」と柳がからんでくる。

「なんだよ、さっきから」

さすがに腹が立ち、鷹野は箸を置いた。

「だってそうだろ？　お前がこの二週間、どこで何をしてたかはもちろん、そこからいつ戻ってきたのかってことさえ、俺たちは訊いちゃいけない」

「そういう決まりだろ」と鷹野は吐き捨てた。

「分かってるよ。でもさ、俺たち、別にずっと監視されてるわけじゃないだろ。ここでの会話を誰かに聞かれてるわけでもない。でも、俺たちはお互いにお互いが何をしてたかなんて一切訊かない。そうだよ、そういう決まりだからだよ。ガキの頃からずっとそう言われてきたから、それがもう体に染みついてんだよ。自分以外の人間は誰も信じるな。そう言われ続けてきたんだからな。でも、俺は結局、お前と違ってこの仕事には向いてないんだろうな。自分以外の誰かのこと、ちょっと油断するとすぐ信じそうになるんだよ」

「だから、何が言いたいんだよ」

鷹野は香ばしい焼きそばの匂いに負けて、また箸を持った。

「いや、だから、さっき嬉《うれ》しかったってことだよ」

柳がとつぜん声色を変える。

「……さっき、お前、応えてくれたろ。昨日の晩、この島に戻ったって。お前もちょっとは俺のこと信じてくれてんだなって。嬉しくて、思わず後ろから抱きつきそうだったよ」

柳が結局全て冗談に変えようとする。

鷹野は焼きそばを頬張った。香草とスパイスと甘い豚肉。飽きるほど食べてきた味だが、こんなにも美味いものだったのかと改めて気づく。

「なぁ、もし俺たちが普通の同級生だったとして、俺ら、親友になれたと思うか？」

さすがに照れ臭いのか、柳が焼きそばを箸で混ぜながら言う。

「親友って？」と鷹野ははぐらかした。

「親友は親友だよ。辞書に載ってる通り」と柳が笑う。

「だったら、お前と親友なんてごめんだよ」と鷹野も笑った。

柳が、「ありがと」と呟く。

鷹野は聞こえなかったふりをして、足元の野良犬に残りの焼きそばをくれてやった。

「決まったみたいなんだ」

唐突に、柳が呟いたのはそのときだった。

「決まったって何が？」と鷹野は慌てた。

「言えないよ」

柳が無理に笑っている。

柳はあとひと月ちょっとで十八歳になる。十八になれば、初めての任務につくことが決められている。これまでのような模擬任務ではなく、実際にAN通信の一員として動く正式な任務だ。

「終わったら、戻ってこられるのか?」と鷹野は尋ねた。

「どこに?」と柳がとぼける。

「どこにって……、だって学校は?」

「ハハハ。お前、マジで言ってる? 戻ってこられると思うか? 俺、もう腹決めたよ。逃げも隠れもしねぇ。この前は寛太を連れて逃げるなんて威勢のいいこと言ってたけど、あれもナシだ。まぁ、決まってたことが、いよいよ始まる。ただ、それだけのことだよ」

高校など卒業するために通っているのではないと分かっていながらも、とつぜん柳がこの島を離れることが、上手く現実として受け止められない。

「寛太は? 寛太はどうなるんだよ? お前がいなくなったら、あいつはどうなるんだよ?」

摑みかかるように鷹野は訊いた。

「千葉県に施設があるらしい。寛太はそこに入る」

「施設って……、お前、それでいいのかよ……」

「その施設には農園があるんだ。パンフレットで見せてもらった。デカい農園だぞ。寛太はきっと気に入るよ。そこで育てた野菜は無農薬だから高い値段で売られてるんだって。寛太は畑仕事が好きだからな。朝から晩まで葉っぱ毟《むし》ったり、土こねたりしてんのが、一番好きだからな」

　自分に言い聞かせるように柳が話す。しかしそんな柳に、「いつ？　なぁ、いつ、この島出るんだよ？」と鷹野だけが急《せ》いていた。「なぁ、どこで？　どこで何をやらされるんだよ？」と。

　そのとき鷹野の肩を、柳がポンと叩いた。そして、「お前がそんなこと訊いてくるの、初めてだな。違反だぞ」と笑う。

「茶化すな。いつだ？　いつからだ？」

「なぁ、別に永遠の別れってことでもねえだろ。またどっかで会うよ、きっと」

　シャルル・ド・ゴール空港で会った一条という男を、鷹野はふと思い出した。

柳は「またどっかで会うよ」と言う。実際にそうなのかもしれない。しかしその再会は、あのときと同じような冷たいサンドイッチと薄いガイドブックだけの関係になる可能性もあるのだ。

　結局、その後、二人は安楽岬へは向かわず集落へ戻った。

鷹野は何度も岬へ行こうと誘ったが、今度は逆に柳が頑《かたく》なに首を横に振った。「誘ったの、俺なのにな」と力なく笑いながら。

集落で柳を降ろすと、とぼとぼと歩いていくその後ろ姿を鷹野は見送った。

たぶん柳は恐れたのだと鷹野は思う。もしこのまま安楽岬へ行ったら、柳は何もかもを話してしまう。それをあいつは恐れたのだ。

その夜、鷹野は徳永の家を訪ねた。

真っ暗な集落を横切ると、すぐそこで火が立っていた。火影に蛾《が》が舞っている。

夜空に立つ火柱が、森の静けさをいっそう際立たせていた。

藪《やぶ》を抜けると、火の前に立つ徳永の影がある。プラスチックの焼ける臭いがする。

徳永が何やらバサッと火の中に投げ入れた。その瞬間、ぼっと火の粉が舞い上がる。

「今頃、ゴミ燃やしてるんですか？」と鷹野は声をかけた。

足音に気づいていたようで、「フランスはどうだった？」と徳永が振り返りもせずに尋ねてくる。

「ヴィンテージのシャンパン飲んで、苦いチョコレート食って、他には……」

「いい女、抱いてか？」

火の向こうへ回り込んだ徳永が笑う。その顔がゆらゆらと赤く揺れる。

「あんなのがなんの訓練になるんですか？」と鷹野は火に近づいた。

「フィリップに教えられたことで、何が一番記憶に残ってる？」

鷹野はあっという間に過ぎたフランスでの二週間のことを思い出そうとした。

「別に。ほんとに食って寝て、パリに行って夜遊びしてただけの二週間だったし」

「一つくらい覚えてることあるだろ？」

火に飛び込んだ蛾や羽虫が嫌な音を立てて焼け死んでいく。

「ミケランジェロはルーヴルじゃなく、ドォーモで見るものだ」

鷹野はフィリップから言われた通りの言葉を伝えた。

「見に行ったのか？」

「はい」

「で、どうだった？」

「……別に」

徳永がまた紙の束を火にくべる。

「でも、戻ってきて、気づいたことはあります」と鷹野は続けた。

「……老街の焼きそばや知子ばあちゃんが作るめしが、こんなに美味かったのかって」

「じゃあ、まあ、高い授業料を払った甲斐《かい》はあったんだろ」と徳永が頷く。

燃える紙片が風に舞い上がり、足元に落ちる。鷹野は踏みつけてその火を消した。焦げた紙面に柳たち兄弟の名前が微《かす》かに読み取れた。

「あの……」

鷹野はつい柳のことを訊きそうになり、その言葉を呑《の》み込んだ。

「最後の夜、パリのクラブに連れてかれたろ？」

逆に徳永に訊かれ、鷹野は、「はい」と頷いた。

「そこで何があった？」

「フィリップの指示で、女を口説きました」

「どんな女だ？」

「名前はサラ。二十歳の女の子で、父親は中国人、母親はコロンビア人だと言ってました」

サラは濡れたような褐色の肌をしていた。嗅《か》いだことのない甘い香水をつけ、それが汗と混じり合っていた。

「で、口説き落とせたのか？」

「いえ。まったく相手にされませんでした。付き合って二年になる恋人が香港《ホンコン》にいて、月に一度パリと香港を行き来してるって」

「『V.O.エキュ』には香港支社がある。アジア全域を統括する支社だ。彼女の父親がそこのトップだ」

鷹野は以前読んだ資料の中から香港支社について書かれた箇所を思い出そうとしたが、支社長の名前までは出てこなかった。

「他に彼女とどんな話をした？」

「柔道の話です。フィリップの所にいる間、時間があると町の柔道教室で子供たちに教えてたので」

「じゃあ、彼女、食いついたろ？」

「はい。弟が柔道やってるって」

「しばらく連絡を取り続けろ。手紙でもメールでもなんでもいい。近いうちに香港で偶然会うことになるはずだ」

徳永がまた黙々と段ボールから書類を火の中へくべていく。話はそれ以外なさそうだった。

この書類が柳たち兄弟に関するもののような気がして、鷹野はその場を立ち去れない。

「他に何か報告することがあるのか？」

徳永に訊かれ、「いえ」と鷹野は応えた。

「……ただ、火って見飽きないなと思って」

鷹野の言葉に徳永もしばらく黙って火を見つめる。そして、紙片がまた一枚燃えながら舞ったとき、「もう帰れ」とだけ言った。

帰り道、鷹野は遠回りして柳の家の前を通った。

すでに部屋の明かりは消えており、寛太が飼っている犬が尻尾を振って近づいてきただけだった。


翌朝、その知らせが鷹野の耳に入ってきたのは、一限目の世界史の授業が終わった直後だった。

「柳、急に転校したってよ。朝礼で先生がいきなり」

隣のクラスの生徒がとつぜん駆け込んできたのだ。

「えー」という声と共に、鷹野たちの教室もざわついた。

「もう今日来てねえの？」

「どこに引っ越し？」

「なんで急に？」

「あいつって、親がどっかにいたんだっけ？」

「大阪？　神戸？」

「えー、っていうか、挨拶《あいさつ》もなしかよ」

「俺、百円貸してたのに」

あちこちで驚きの声が上がる。

そんななか、鷹野はじっと動かなかった。前の席に座っている平良が振り返り、「お前、知ってたの？」と訊いてくる。

「いや、知らない」と鷹野は応えた。

目を伏せると、世界史の教科書があった。鷹野は表紙に描かれている世界地図をじっと見つめるしかなかった。

その日、学校が終わると鷹野は柳と寛太が暮らしていた家に寄った。

二人の荷物はすでになく、寛太が飼っていた犬だけが犬小屋で体を丸めて寝ていた。

柳たちの世話をしていたばあさんの姿が台所にあった。何か自分への言付けがあったのではないかと、鷹野はわざとばあさんが気づくように犬に声をかけた。

しかし、声に気づいて出てきたばあさんは、「寛太がいなくなったのが分かるんだねぇ。朝から水も飲まないよ」と犬の頭を撫でただけだった。

柳と寛太が同じ船で島を出ていったのか、それとも別々だったのかを知りたかった。

知ったところでどうしようもないが、もしも一緒だったなら、柳には寛太にちゃんと説明してやる時間があったはずだ。

3　初恋

暗い森が一斉に金色に姿を変えた。今まさに山裾から朝日が昇っていた。色を変えた樹々の中から白い鳥が一羽飛び立つ。

千波神社の長い石段の上で、詩織はその様子を眺めていた。

石段の下に何か駆け込んできたのはそのときだった。揺れた叢から、それはとつぜん現れた。一瞬、猪《いのしし》かと詩織は思った。しかし叢から飛び出してきたのは、なんと鷹野だった。

かなり消耗しており、それでも這うように石段を上がってこようとする。

体がもう言うことを聞かないらしかった。必死に手足は動かすが、ほとんど石段を上れない。まるで気持ちだけが石段を駆け上がり、体はその場に置いてきているようだった。

それでも鷹野は上がってくる。近づいてくるにつれて、その獣じみた呼吸が高くなる。

詩織は思わず門柱に身を隠した。

喘《あえ》ぐような声が近づいてくる。ようやく石段を上り切った鷹野が四つん這いになり、その場でぜぇぜぇと息をする。鷹野の口から涎とも唾《つば》ともつかぬものが垂れ、朝の冷えた敷石を濡らしている。

「びっくりした……」

そう声を上げたのは手水舎《ちょうずや》にいた詩織の祖母だった。祖母もまた、猪でも上がってきたのかと脅えていたらしい。

祖母の声に気づいた鷹野が、「お、はよう、ございます」と乱れた呼吸のまま挨拶をする。

「鷹野くん」と、そこで詩織も前へ出た。「どうしたの?」と思わず鷹野のもとへ近寄る。

まるで海から出てきたような汗だった。その両手が小さな砂利をぎゅっと摑んでいる。

「ラ、ラン、ランニング」

「ランニングって、ここまで走ってきたの?」

詩織は声を上げた。

鷹野が暮らす轟集落からここ千波神社までは七、八キロある。

「毎朝、走ってんだよ」

やっと呼吸を整えた鷹野が立ち上がろうとする。詩織は思わず手を貸した。触れた腕も汗まみれだった。

「何が上がってきたのかと思ったわ」

そう言って笑い出した祖母のもとへ鷹野が近づき、手水舎の水を杓《しゃく》で飲む。

「これ、飲めるの？」

祖母の質問に、「そこの湧き水から引いてるから」と鷹野はすぐに二杯目も飲み干した。

祖母は、まるで人が水を飲む姿を初めて見るような顔で、その様子を眺めている。

「走ってきたって、あなた、轟集落に暮らしてるんでしょ？」

祖母もやはりその距離に驚いているらしい。

「はい。……あれ、おばさんたちは？　ここまでどうやって来たんですか？」

「おじいちゃんが釣りに行くって言うから、下まで車で送ってもらったのよ。詩織と、そこの共同浴場に入るつもりだったんだけど、まだ管理人の方も見えてなくて。ねぇ、詩織」

祖母に声をかけられ、詩織は、「うん」と頷いた。

「管理人いなくても入れるよ。いつでも鍵開いてるし」と鷹野が詩織に教えてくれる。

「それは知ってるけど。誰もいないと、ちょっとねぇ……」

応えたのは祖母だった。

千波神社の石段下には町営の共同浴場があった。

見晴らしの良い露天風呂で、町民は無料だが観光客からは二百円の入浴料を取る。以前は無人の施設だったらしいが、料金の徴収箱ごと盗まれたり、脱衣所で窃盗事件が起こったため、ここ最近は管理人を置いているという。

「俺が見張ってましょうか？　おばさんたちが風呂に入ってる間」

鷹野の提案に、祖母は一瞬嬉しそうな顔をしたが、「そんなの悪いわよ」とすぐに表情を変えた。

「せっかく来たんだし。俺なら大丈夫ですよ。どうせしばらくここで休憩するし」

「だって、ねぇ、詩織、悪いわよね？」

中途半端に同意を求められた詩織は、「おばあちゃん、入っておいでよ。私も、鷹野くんと一緒に見張っててあげるから」と応えた。

「こんなおばあさんがお風呂に入るのを、そんなにねぇ？」

祖母が今度は鷹野を見る。

鷹野が、「行きましょ」と歩き出す。詩織もそのあとをついていく。

なんだかんだと言いながら、結局祖母は一人で温泉に入った。

鷹野と二人、外のベンチに腰かけると、朝日に椰子の葉々が輝いていた。風の音しかしなかった。ときどき祖母が浴びる水音が、静まった森に響く。

「せっかく来たんだから入ればいいのに」

鷹野に言われ、「おばあちゃんに誘われて断れなくてついてきただけだから」と詩織は応えた。

黙り込むと、また風の音だけになる。詩織はわざと足元の小石を踏んで音を立てた。

「鷹野くんの班、もう体育祭の準備終わったの？」

「まだ。応援旗なんて下描きもできてないよ。そっちは？」

「うちの班もぜんぜん。去年は柳くんが全部仕切ってたんでしょ？」

柳の名前を出した途端、鷹野の顔色が変わる。

「あ、ごめん」と詩織は慌てた。

「え？」と鷹野が首を傾《かし》げる。

「だって、柳くんと仲良かったんでしょ？」

「なんで？」

「由加里ちゃんたちがそう言ってたから。柳くんと鷹野くんは兄弟みたいに仲が良いって」

「家が近かったし」

鷹野が朝日に目を細める。

「ねぇ、柳くんが転校して、やっぱり寂しい？」

「別に」

鷹野は即答した。あまりに早く、詩織の方が、「え？」と動揺する。

「ねぇ、もし気に障ったらごめんね」

しばらく続いた沈黙を埋めるように詩織は口にした。

「……轟集落から通ってる人って、何か事情がある人なんでしょ？」

「事情って？」

鷹野が特に動揺することもなく訊き返してくる。

「家庭の事情とか……。そういう理由で親元離れて暮らしてるって」

「誰から聞いたの？」

「クラスの子たち」

「まぁ、そんな感じ」

「ごめん、急に」

「いいよ、別に。ほんとのことだし」

「……あの、実は、私も似たようなもんなの。……じゃないと、高校三年の夏に親元離れて、こんな島に一人で来ないよね」

その理由を訊いてくれると詩織は思った。それを無意識に待っていた。しかし鷹野は何も尋ねてこない。とつぜん血の気が引くようだった。自分だけが今を楽しんでいたのだと思い知らされたようで、急にそわそわしてしまう。

「……私の場合は、死んじゃおうかなんて思ったりしてて。かなりきつい経験しちゃって……」

自分が何かを待っているわけではないと伝えたくて、詩織は慌てて言葉を繋《つな》いだ。

「……一日」

すると、鷹野がそんな言葉を漏らす。そして漏らしたきり、そのあとは何も言わない。

「一日？」と詩織は尋ね返した。

「前にある人に言われたんだ。一日だけなら生きられるだろって。先のことなんか考えなくていい。たったの一日だけ。それを毎日続ければいいって」

鷹野がベンチを立つ。

「俺さ、柳が転校して、腹立つよ」

「え？」

「だから、柳が転校して腹が立つ。……なんか、むしゃくしゃするから、いつもより長い距離走ってる。なんか、むしゃくしゃするから、いつもより速く走ってる」

鷹野は真っすぐに森を見ていた。

「ねぇ、それを寂しいっていうんじゃないの」

ふと思いついた言葉だったが、鷹野の心にもすとんと落ちたようだった。きょとんとしたまま詩織の顔を見つめてくる。その視線は子供のように一切の躊躇いがない。

詩織は照れ臭くなって顔を逸らした。

バイクが一台、坂道をこちらに上ってくる音がした。上ってきたのは共同浴場の管理人のバイクで、詩織たちに気づくと、「お湯、熱くなってなかった？」と声をかけてくる。

「さぁ、分かりません。入ってないんで」と鷹野が応えた。

バイクを降りた管理人が、「ほっとくと熱くなるし、水で埋めるなって言われるし……」などと愚痴をこぼしながら管理人室に入っていく。

「鷹野くん、また走って帰るんでしょ？」と詩織は訊いた。

「うん」

「先に帰っていいよ。おばあちゃんもそろそろ出てくるだろうし、私たち、そこからバスに乗って帰るから」

「バス、もう走ってる？」

「走ってる。さっき調べた」

鷹野は一瞬躊躇ったようだが、「じゃ、俺、お先に」と歩いていく。

「うん、じゃや、また学校で」

振り返った鷹野が、今度は後ろ向きに歩き出す。

「危ないよ」と詩織は笑った。

「うん」と頷きながらも、結局見えなくなるまで、鷹野はずっと後ろ向きに歩いていった。

体育祭の前日になっても応援旗などの準備が終わらず、全員居残りで作業することになった。

応援旗にはクラスメイトの平良の手で、白馬に乗った騎士が描かれようとしている。

その横に突っ立って絵を眺めている鷹野に、平良が再三「お前も手伝えよ」と言う声が、詩織にも聞こえてくる。

詩織たちは応援用のはちまきを縫っていた。

「お前、空の部分、描けよ」

また平良の声がする。

「無理だよ。絵心ない」

逃げようとした鷹野の足を平良が摑み、絵の上で二人がプロレスじみたことをしている。

「あんたたち、いい加減にしなさいよ！　特に鷹野！　あんた、さっきから何もやってないじゃない！」

声を上げたのは由加里で、さすがに二人も静かになる。

「ほら、星くらい描けるだろ」

起き上がった平良に、鷹野が無理やり絵筆を持たされている。

鷹野もいよいよ観念したのか、「分かったよ」と絵の上にしゃがみ込む。

「他の奴らは？」

「テントの設営だって」

鷹野が教室の外へ目を向ける。すでに日は暮れかけており、赤く染まったグラウンドよりも、蛍光灯に照らされた教室内の方が明るい。

鷹野が絵筆を握って、また立ち上がり、「で、何を描けばいいんだよ？」と甘える。

「だから星だって。夜空だから」

「これ、夜？」

「そうだよ。てきとうに星を描いてくれればいいから」

「星、いくつ？」

「いくつでもいいよ」

「大きさは？」

「ったく、お前はいっつもそうだよな。『俺は一匹狼だ』みたいな顔してるくせに、ああしろ、こうしろって言われないと動けないんだよ」

二人のやりとりに教室のあちこちで笑いが起こっている。

鷹野は応援旗の空白部分を見下ろしているが、やはりどこにどのような星を描けばいいのかまったく浮かばないらしい。

「じゃ、ここと、ここと、あとこの辺に三つ、四つ。あと、この辺は雲」

平良が親切に絵の上にクリップを置いてやる。やっとしゃがみ込んだ鷹野が、最初にクリップが置かれた所に星を描き始める。

詩織は思わず立ち上がってその絵を見た。典型的な星印を描いているだけだった。それでも不安なのか、「こんな感じ？」と鷹野が尋ね、「そうそう」と平良が見もせずに応える。

「塗り潰すぞ」

「はいよ」

「こっちは三つ？　四つ？」

「じゃ、四つ」

描いていくうちに面白くなってきたらしい。形は不揃《ふぞろ》いだが、鷹野の足元に星が散らばっていく。

鷹野は一つ星を描くたびに立ち上がり、その出来映えを確認する。

テント設営に駆り出されていた生徒たちが戻ると、途端に教室が騒がしくなった。すでに日は暮れ、窓の外には本物の星空が広がっていた。教室を出て、洗面所で詩織が手を洗っていると、ふと背後に人の気配がした。詩織は驚いて小さな悲鳴を上げた。

「ご、ごめん。俺、俺」

暗闇のなか、鷹野の方が更に驚いている。

「ごめん、足音聞こえなかったから」

詩織はフッと息をついた。

「今、ちょっといいかな？」と鷹野が言った。

「いいけど」

「ちょっと来てくれないかな。詩織ちゃんに話があるって」

「話？　誰が？」

「俺の友達」

「友達って？」

詩織は首を傾げた。

「いいから、ちょっと」

鷹野が少し乱暴に詩織の肩を押す。一瞬よろけながらも詩織は暗い廊下を歩き出した。

「校長室の所だから」

鷹野は何度も詩織の方を振り返りながら歩いていく。

校長室の前に平良が立っていた。暗くてその表情は見えない。

「平良くん？」と詩織は尋ねた。

「そう」

頷いたが、もう鷹野は振り返らない。

「行ってやってよ」

鷹野がまた背中を押す。そして本人は手前の階段を下りていく。

詩織はその場に立ち尽くした。平良が待ち切れずにこちらに歩いてくる。

「ごめん。急に」

少し離れた場所から平良が声をかけてくる。

「どうしたの？」と詩織もその場で訊いた。

「ちょっと菊池さんに話があって」

「私、あの……でも……」

なぜか慌てた。階段にはもう鷹野の姿はない。

「先に言わせてよ。あの、俺と付き合ってくれないかな？」

平良の声がひどく震えていた。詩織は一歩後ずさった。

「あの、ごめんなさい。私、今、他に好きな人がいて」

思わずそんな言葉が口をついて出た。

＊

そのとき、鷹野は階段の踊り場にいた。

詩織と平良の声は、はっきりと聞こえた。鷹野は壁に背中をつけ、そのままずるずると座り込んだ。

平良に、「菊池詩織を呼び出してほしい」と頼まれたとき、断れなかった。ただ、ではなぜ断りたいのかも分からなかった。ついこの間、千波神社で詩織と会った。あのベンチで何を話したわけでもないのに、その帰り道、なぜかとても気分が良かった。

そういえば、あれは去年だったか、柳が一学年下の女の子から告白された。手紙をもらったらしかった。鷹野は冷やかした。柳も満更ではなさそうだった。

それから数日後、ふと思い出して、「その後、どうなった?」と鷹野は訊いた。柳はただ、「どうもならねえよ」と笑っただけだった。

平良と詩織の話は終わったらしかった。「付き合ってほしい」と言った平良に、「好きな人がいる」と詩織は応えた。

まず先に平良が走っていく足音がした。次にとぼとぼと歩いていく詩織の足音もした。

鷹野は踊り場にしゃがみ込んだままだった。

月明かりで階段に自分の影が伸びていた。その影が笑っているように見え、鷹野は慌ててその場を立ち去った。

「どうもならねえよ」

そう笑った柳は続けてこう言った。

「だって考えてみろよ、もし本気でその子のことを好きになったらどうする？　別れるとき、つらいぞ、苦しいぞ。言ってみれば、寛太がもう一人増えるってことだぞ。そんなの考えただけで、もう悲しいよ」と声を上げて笑っていた。


南蘭島高等学校の体育祭は、秋晴れのなか盛大に行われた。

鷹野はプログラム最終種目で、町民と生徒混合リレーチームのアンカーを務めた。バトンを受け取ったときにはかなり離されていたが、走り出すとその距離を一気に縮め、大喝采のなかでゴールを駆け抜けた。

よほど興奮したのか、応援に来ていた知子ばあさんまでグラウンドに飛び出し、胴上げされる鷹野に拍手を送っていた。

毎年、高校の体育祭が終わると、南蘭島の様子は一変する。毎日のようにフェリーで渡ってきていた観光客が減り、玉野地区の老街はもちろん、サンセット通りの店も、その七割方がシャッターを下ろしてしまう。

夏の観光で成り立っている島なので仕方ないが、島の男たちはこの時期から東京へ出稼ぎに行くのが恒例となっており、鷹野のクラスメイトたちの父親も一人、また一人と島を離れていく。

そんななか、高校では三年生が東京にある姉妹校を訪問するという行事が毎年行われる。姉妹校の生徒たちとの交流を目的としたものだが、これから社会へ出る高校三年生という時期に、東京へ出稼ぎに行っている父親たちの姿を見てもらおうというのが当初の趣旨だったらしい。

現在も三泊四日の旅程中、それぞれの父親と過ごす時間が丸一日設けられている。東京に父親がいる生徒は、父親たちの仕事場や共同で暮らすアパートを見学し、逆に東京に父親がいない生徒たちはグループに分かれ、やはり地元出身の男たちの暮らしぶりを体験させてもらう。

この旅行の前夜、鷹野が自分の部屋で荷造りをしていると、梯子の下から、「徳永さんが来てるよ」と知子ばあさんに呼ばれた。

鷹野はとりあえず替えの下着類をバッグに突っ込み、梯子を下りた。

家の前へ出てみると、徳永が立っている。

「明日から東京だろ?」

徳永に問われ、「はい。三泊四日です」と鷹野は頷く。

「東京で風間《かざま》さんと会ってこい」

唐突だったせいもあり、鷹野は慌てた。

「風間さんって……」

「風間さんは風間さんだよ。会うの、何年ぶりになる?」

「二年、いや、三年になります」

「明日からの旅行、向こうに親父が出稼ぎに行ってる奴らは、その親父たちと会うんだろ。そのとき、風間さんがお前に会いにくることになってる」

「でも、グループで行動するように決められてます」

「親戚だって言えばいい」

徳永がそのまま帰ろうとする。

「あの、もしかして……」と鷹野は慌てて呼び止めた。

「……もうこの島には戻れませんか？」

「そう慌てるな。戻ってこられるよ」と徳永が振り返らずに歩いていく。

鷹野はただその背中を見送るしかなかった。

南蘭島へ来る以前、鷹野はこの風間という男のもとで暮らしていた。十二歳の頃からの三年間をそこで暮らし、そして南蘭島の高校に入学した。

ふと視線を感じて鷹野は振り返った。知子ばあさんがすっと身を隠したのが見えた。

鷹野は気づかなかったふりをして戻った。そして土間にいるばあさんに、「うわっ、いたの」とわざと驚いてみせた。

「ばあちゃん、東京のみやげ、何がいい？」

「みやげ？　いらんよー、そんなもん」

隠れていた場所からばあさんが出てくる。

「そう言うなって。何か言ってよ」

「じゃあ、写真いっぱい撮ってきてくれ」

「写真？　東京の？」

「そうさー。人がいっぱいおる所やら、満員電車やらの写真」

「そんなんでいいの？」

「ああ。それでいい」

「分かった。じゃ、できるだけ撮ってくる」

鷹野は部屋へ戻ろうとしたがふとその足が止まった。振り返ると、ばあさんが上がり框《がまち》に腰かけている。

「ばあちゃん、俺、戻ってくるから」と鷹野は声をかけた。

ばあさんが振り向かずに、「うん」と頷く。

＊

二クラス総勢四十八名の団体だった。上京した鷹野たちが滞在したのは、代々木公園に近い国立の宿泊施設だった。

短い滞在期間のスケジュールはびっしりと組まれており、羽田からバスで到着後、すぐに姉妹校である高校を訪ね、その日の午後は討論会が行われた。

今年は「観光立国としての日本」というのがテーマで、さほど盛り上がらなかったが、どの学校にも平良のようなお調子者はいて、終始和やかな雰囲気で討論会は進んだ。

その後、代々木の宿泊施設へ姉妹校の生徒たちを招いての夕食会が開かれた。

消灯前になると、割り当てられた部屋を抜け出して生徒たちは一室に集まり、こっそりと持参した泡盛での乾杯となる。毎年恒例のことで、引率の教師たちもこの日ばかりは見て見ぬふりをする。ただ、なかには生まれて初めて酒を飲む生徒もいて、酔いつぶれた者から順番に枕を抱いて眠りに落ちる。

今年、最後まで残ったのは鷹野と平良だった。

すでに深夜二時を回り、面白がって男子の部屋に遊びにきていた女子生徒たちも、それぞれの部屋に戻っていた。女子生徒たちのなかに、詩織の姿はなかった。

女子生徒たちが帰ると、急に平良に酔いが回った。起きている者が鷹野しかいないこともあり、「菊池詩織が好きな奴って誰だろうな？」という話になる。

平良は、前の学校に彼氏がいて、遠距離で付き合っているのだと予想した。ならばまだ望みはあるかもしれないと、酒臭い息を吐きながら鷹野に同意を求めてくる。

鷹野は何も応えなかった。かなりの量の泡盛を飲んだせいで、訳もなく愉快だった。赤ら顔で喜んだり落ち込んだりする平良も面白かったし、高鼾で寝ている他の生徒たちの姿にさえ、声を上げて笑いそうになるほどだった。

ここに柳もいればいいのにと素直に思った。あいつがいれば、もっと楽しいはずだと、誰かに言いたかった。

翌朝、ほとんどの生徒が二日酔いで朝食に手をつけられないなか、鷹野と平良の二人だけは完食した。

朝食後、鷹野は引率の教師に、急遽《きゅうきょ》東京の親戚が会いにくることになり、グループ行動に参加しない旨を伝えた。特に教師からは質問もなかった。

九時を回ると、ホテルのロビーに生徒の父親たちが集まり始めた。再会を喜ぶ女子生徒たちをよそに、男子生徒の親たちは親同士で一ヶ所に固まり、そこから少し離れた場所でその息子たちも固まっている。

十時になって、それぞれが親に連れられてホテルを出ていき始めた頃、シルバーのボルボから降りてくる風間の姿が鷹野の目に入った。

「来ました」と鷹野は横にいた教師に告げた。

「よし、じゃ、行ってこい。八時までに戻れよ。何かあれば、ホテルに連絡しなさい」と背中を押される。

数年ぶりに会った風間は、少し老け込んでいた。気のせいか、身長も縮んだようだった。風間もまた同じことが気になったようで、「何センチ伸びた？」と驚いている。

「二十センチくらい」と鷹野は応えた。

「富美子《ふみこ》さんが予想してた以上だな」と風間が笑う。

富美子というのは、風間の家にいた家政婦だった。懐かしくなり、「お元気ですか？」と尋ねたが、「ああ、元気だ」としか風間は応えない。

富美子が焼いてくれたアップルパイの甘い匂いを思い出した。鷹野が皿ごとテーブルから払い落としたアップルパイを拾う、彼女の痩せた尻が浮かぶ。

「富美子さんの様子を尋ねられるくらいには成長したんだな」

風間の言葉に、「世話になりましたから」と鷹野は応える。

風間のあとについて外へ出た。「乗れ」と背中を押され、ボルボの助手席に乗る。

車はすぐに走り出した。

ホテルの敷地を抜けると、高速の高架橋があり、その奥に代々木公園の緑が広がっていた。

「他の生徒は親父たちに連れられて、どこを見物するんだ？」

「東京タワーとか。……女子たちはみんなでディズニーランドに行くって」

まるで新車のような車内だった。ミラーにお守りがあるわけでも、ダッシュボードにガムが置いてあるわけでも、サイドポケットに地図が入っているわけでもない。ただ、ちらっと覗き込んだメーターにはかなりの走行距離が表示されている。

「徳永から何か聞いてるか？」

「いえ、何も」

「後ろに資料がある」

鷹野は体を捻《ひね》って分厚いファイルを手にした。

「東京の八重洲《やえす》という場所に『和倉《わくら》地所』という不動産会社がある。親会社は『和倉物産』。総合商社系でデベロッパーとの繋がりはない。デベロッパーは分かるだろ？」

「はい。土地の開発業者」

「これから、その『和倉地所』の下見に行く。そして今夜、お前に忍び込んでもらう」

途端に膝に載せたファイルが重くなる。

車は代々木公園から原宿へ向かっていた。広々とした歩道をカップルや家族連れが歩いている。

鷹野は視線をファイルに戻した。ページを捲ろうとする指が微かに震えていた。

4　ライバル

　急に水が冷たく感じられ、食器を洗っていた北園《きたぞの》富美子はレバーをお湯に切り替えた。外でまた音が立つ。管理会社の清掃員が苔《こけ》庭の落葉をブロワーバキュームの風で飛ばしていた。

　しばらくして庭のバキューム音が止まったのと、富美子が洗い物を終えたのが同時だった。濡れた手を拭きながら外を見れば、落葉に埋もれていた庭に美しい苔が戻っている。

　コンコンとサッシ戸がノックされ、富美子は振り返った。清掃員が軍手を外しながら立っている。

「ご苦労さま。すぐお茶淹《い》れますから」と、富美子はサッシ戸を開けた。

「いやー、このあともう一軒入ってて」

「あら、そうですか」

「来月末にまた伺いますので」

「落葉もきれいですけど、苔庭にはねぇ」

「天敵ですよ」

受け取った書類にサインして、富美子は清掃員を見送った。西日が差し込んだ苔庭は美しく、しばらく見とれてしまう。

冷たい風が吹き込んで、富美子は手を擦り合わせた。素手で洗い物をしたせいで、肌がひどく荒れている。

電話が鳴ったのはダイニングテーブルに着いた富美子が手にクリームを塗り始めたときだった。

富美子は指先でつまむように受話器を持った。

「もしもし、風間です。さっき、鷹野に会ってきました」

聞こえてきたのは、今朝早く東京へ出向いた風間の声で、その声が心なしか弾んでいる。

「はい」とだけ富美子は返事をした。

「『富美子さんはお元気ですか』って」

「鷹野くんが？　あの子がそう言ったんですか？」

「ええ。それくらいの口を利ける程度には成長してましたよ」

心なしか弾んでいた声色の理由が分かり、思わず富美子も、「はい」と明るく声を返す。

「二十センチも身長が伸びたそうです」

「二十センチも……」

　富美子は食器棚に目を向けた。ここにいた頃の鷹野は、ちょうど上から二段目の棚辺りに顔があったはずだ。とすれば、今ではこの食器棚くらいの身長があるのかもしれない。

「……そうですか、そんなに大きく」

「ええ。私たちが想像していた以上です」

　富美子は立ち上がって食器棚の横に並んでみた。なるほど、見上げるほどに大きい。

「何か、ありましたか？」と風間はいつもの口調に戻り、「いえ、特に。さっきまで管理会社の方が庭のお掃除にいらっしゃってました」と富美子もいつもの調子に戻る。

　特に用はなかったようで、風間が電話を切ろうとする。鷹野の様子を伝えようとしてくれただけらしかった。次の瞬間、「あの」と富美子は思わず声をかけた。しかしすぐに、「いえ、すいません……。やはり結構です」と声が細る。

「どうかされましたか？」

「いえ、なんでもないんです」

「おっしゃって下さい。気になりますから」

「あの……、じゃあ、もちろん無理なことは承知での頼みなんです。たぶん今夜、鷹野くんは初めての任務につくのだろうと思います。だからこそ、風間さんがわざわざ東京に出向かれたのだと。……それで、本当に無理なお願いであることは分かっているのですが、今回だけ……、次からは絶対にこのようなことは言いませんので、今回だけ、鷹野くんが無事に任務を終えたら、私に連絡をもらえませんでしょうか。……電話の呼び出し音を三回鳴らして切ってもらうだけ。それだけで結構です。……すいません、こんなことを言い出して……」

長い沈黙が流れた。そして返ってきたのは、「約束はできません」という短い言葉だった。

その後どれくらいぼんやりしていたのか、気がつくと富美子はいつも鷹野が座っていたダイニングの椅子を見つめていた。

鷹野が初めてここへ来た日のことを、富美子ははっきりと覚えている。

その前夜、富美子は一睡もできなかった。風間から渡された資料を読んだせいだった。資料には明日ここにやってくる男の子の、まだ短い人生が、とても冷たい文章で書かれていた。

鷹野一彦（仮名）

昭和五十六年生まれ　現在十一歳九ヶ月。出生から保護されるまでの経歴（抹消済）

※保護にいたる事件の裁判記録

昭和六十年八月に大阪市のマンションで幼児二人（四歳の兄と二歳の弟）が母親に置き去りにされ、二歳弟が死亡した事件の裁判は十一日、大阪地裁（重久伸二裁判長）で被告人質問があり、殺人罪に問われた母親が、兄弟をマンションに閉じ込めたあと、知人男性宅で過ごしていたことが分かった。

被告人質問で母親は、弁護側から長男と次男に対する殺意の有無を問われたが、「それはありません」と否定した。

だが、ガムテープで部屋中のドアや窓を密閉し、子供たちを置き去りにすれば死に至ることが予想できたはずであると弁護側から説明を求められると、「そうです」と、とても小さな声でその殺意を認めた。

午前中に行われた証人尋問では、幼児二人が受けた苦痛について精神科医が説明した。「おそらくこの子たちは、自分たちの汗を舐《な》め、尿を飲み、便を食べていたと推察できます。飢餓の苦しみは大量虐殺と同じ程度であります」

被告の母親は俯《うつむ》いて聞いていた。

※事件の概要

二歳と四歳の子供たちが監禁されたのは、厳重にドアやサッシ戸がガムテープで密閉された部屋だった。部屋にはゴミが散乱しており、当時、連日の猛暑のなか、エアコンもなく、夜には真っ暗闇になる状態で、もちろん飲み物も食べ物もなく、彼らは暗闇のなか手探りで食べ物を探し、母を捜していたと推察される。

母親が遺棄した直後には、部屋のインターホンから「ママー！　ママー！」という叫び声が長時間続いていたこともある。

この声に対し、マンション住人が警察に通報もしている。しかし市の職員がその十二時間後に訪れてみたが、通報にあったような声はなく、再三のチャイムに応答もなかったという。

二人が発見された居室部分には冷蔵庫があった。単身者用の小さなもので、発見当時、開いたままだった扉には、子供たちが食べ物を求めてべたべたと触りまくったあとが残っていた。

二人は発見前の数日間、何も食べていないことが分かっている。母親が彼らのために置いていったのは、水のボトル二本と菓子パン三つのみだった。

発見されたとき、二歳の次男はすでに餓死していた。その体を四歳の長男が抱きしめて寝ていたという。

大阪地裁は容疑者の子供に対する殺意を認定。検察側の無期懲役の求刑に対し、懲役三十年の実刑を言い渡した。その後、裁判は最高裁まで争われ、懲役三十年が確定している。

資料を読みながら、富美子は声を殺して泣いた。こんな壮絶な体験をした男の子が、二歳の弟の凄絶な死を見とった男の子が、明日この家にやってくるのだ。

抑えても抑えても嗚咽《おえつ》が漏れた。落ちた涙が資料を濡らし、濡れた箇所を必死に拭く。それでも次から次に涙は落ちた。

保護された四歳の男の子は、児童福祉施設に預けられた後、裁判所の決定により、実父二十五歳（無職）に託されることになる。実父は被告である母親とはすでに離婚しており、更に、AN通信はこの実父もまた、一緒に暮らしていた当時、長男に対して凄絶な虐待を行っていた事実を摑む。

その後、どのような工作が行われたのか富美子は知らない。だが、この男の子は実父のもとへ返されず、施設内で死亡したことになる。

そして秘密裏に別の施設に移され、「鷹野一彦」という新たな名前を与えられたのだ。

彼はその後の七年間をAN通信の庇護のもとで暮らし、そしていよいよ明日、この家にやってくる。

当日、富美子は一睡もできずに朝を迎えた。予定では昼前に風間本人が軽井沢駅まで迎えに行き、鷹野を引き取ってくるということだった。

富美子は最初の昼ごはんに何を食べさせてあげようかと、そのことばかりを考えていた。風間から渡された資料には食事に関することなど、日常生活に対する指示も書かれていたが、食に関して言えば、そこにあるのはアレルギーの有無だけで、彼がどんなものが好きで、どんなものが嫌いかというようなものは一切なかった。

迎えに出かける風間を、富美子は玄関先まで見送った。車に乗り込もうとした風間がふとその手を止める。

「富美子さん、一つだけ言っておきます。あなたはこれから私が連れてくる子の母親になるわけではない。そこだけは気をつけて下さい」

冷たい口調だった。何かを見透かされていたようで、富美子は返事ができなかった。

凄《すさ》まじい経験をしてきた子なのだから、どんなことがあっても温かい気持ちで接してあげたい。暴れても、泣き叫んでも、この腕でしっかりと抱いてあげたい。

富美子はただそう考えていた。

その一時間後、敷地内に入ってくる車の音が聞こえ、富美子は玄関に走った。

迎えに出たい気持ちを抑え、二人の足音が近づくのを玄関で待つ。男の子は中に入ろうとしないかもしれない。逃げ出そうとするかもしれない。

「いらっしゃい」

何度も練習した言葉をもう一度確かめる。

そのときドアが開いた。風間と男の子が立っている。

もうすぐ十二歳にしては小さかった。近くの小学校に同じ年頃の男の子を見に行ったときに想像した姿よりも二回りほども小さかった。

男の子は真っすぐに富美子を見つめている。富美子は笑みを浮かべようとするのだが、頰が強《こわ》ばって上手くいかない。

「いらっし……」

言葉が詰まった瞬間、風間が男の子の背中を押した。

中に入ってきた男の子は笑みを浮かべた。富美子が浮かべようとした笑みだった。

「鷹野一彦です。今日からお世話になります。よろしくお願いします！」

きちんとした挨拶だった。礼儀正しく野球帽も取り、深々と頭を下げる。

張りつめていた緊張がプツンと切れた。富美子はその場にしゃがみ込みそうなほどほっとして、「いらっしゃい。疲れたでしょ?」と声をかけた。

男の子の笑顔は無理に作っているようには見えなかった。廊下の奥を覗き込むその眼差し《まなざ》は、新しい環境に好奇心いっぱいという、元気な男の子そのものだった。

しかし次の瞬間、富美子は気づいた。男の子の手が尋常ではないほど震えていた。摑んだ野球帽を握りつぶしてしまいそうだった。

＊

深夜二時を回り、ホテルの大部屋ではあちこちでクラスメイトたちの寝息や鼾が聞こえていた。そんな薄暗い部屋の中、鷹野は体を起こした。

一日中東京見物を楽しんできたクラスメイトたちに起きる気配はない。泡盛で盛り上がった前夜とは違い、今夜は消灯の時間も待たずに静かになっていた。

布団を抜け出した鷹野は大の字で寝ている平良の体を跨ぎ、部屋を出ようとした。その平良がガバッと起き、「どこ行くんだよ?」ととつぜん声をかけてくる。

「べ、便所」と鷹野は慌てた。

「もういいって」

「え?」

平良はそのまま寝てしまう。寝言らしかった。鷹野はほっと息をついた。

廊下にある便所で服を着替えた。脱いだジャージを清掃用具入れに隠し、非常階段を下りていく。

非常階段から新宿の高層ビルが見えた。

地下駐車場に行くと、風間の車が待っていた。鷹野が助手席に乗り込んだ途端、すぐに走り出す。

「そう難しい侵入じゃない。気楽にいけ」

風間から声をかけられ、「はい」と鷹野は頷いた。

車はすぐに首都高に入った。深夜二時とはいえ、交通量は多く、道は明るい。

鷹野はポケットから小型カメラを出し、流れる夜景を収めた。

「なんだ?」と風間が眉をひそめる。

「すいません。東京見物のみやげです。今、世話になってるばあちゃんに」

高速を下りた車が停まったのは、東京駅から少し離れた場所だった。オフィス街で、この時間、広い通りにぽつぽつとコンビニの明かりだけが残っている。

「動きは全部頭に入れたな?」

「はい」

鷹野は助手席から出た。

ビルと街路樹が一直線に並んでいる。信号機だけが明るい。

鷹野は一ブロック先の「和倉地所」本社ビルへ歩き出した。午前中、とつぜん風間に任務を言い渡されたときの緊張はもうない。頭の中にあるのは命じられた手順だけだった。

東京駅八重洲口からほど近い「和倉地所」本社ビルは、昭和四十二年に建てられた五階建てのビルで老朽化が目立つ。それでも当時にしては斬新なデザインで、今となってはそのタイル張りの外観や古めかしい内装が、昭和時代を描く映画やドラマのロケ先として使われることもある。

このビルの一階には小さな商店が入ったアーケードがある。旅行代理店、文具店、散髪屋などが並んでいるが、どれもこの時間はシャッターが下ろされている。薄暗いアーケードには入らず、鷹野はそのまま裏口へ回る。

ビルを囲む生け垣の切れ目に、警備室の窓口がある。この時間、警備員は三名。そのうち一人が現在、定時の見回りに出ているはずだった。

訪問者が映るようになっている警備室の鏡を避けて、鷹野はまず通用口の車寄せに忍び込んだ。

「警備員が今、五階に着いた」

インカムを差した耳に風間の声がする。警備員の懐中電灯が室内を照らす光を、風間が確認したらしい。

鷹野は植え込み沿いに奥へ進み、鉄格子で囲われた非常階段まで来た。

五階まで外階段が延びており、その先に東京の明るい夜空がある。

鉄格子の鍵は旧型のテンキー式ロックで、警備室とは連動していない。風間に教えられた四桁の番号を打ち込むと、すぐに開いた。

「非常階段に入りました」

鷹野の報告に、風間からの返答はない。

音を立てないように鷹野は外階段を上った。周囲のビルから吹きつける風で、古い鉄格子が音を立てる。

五階まで駆け上がったとき、「警備員が四階に下りた」と風間からの指示が入る。

五階の非常ドアは古く、ノブに鍵の差し込み口があるタイプだった。

「開けます」

鷹野は二本の針金で簡単に解錠した。

ドアの先には暗い廊下が延びている。非常口を示すライト以外に明かりはない。そのまま廊下を進むと、エレベーターホールがあり、明かりのついた自動販売機が低い音を立てている。

目指す部屋は廊下の突き当たりにあった。副社長兼事業企画部長が使っている部屋で、風間に見せられた図面によれば、小さな応接セットとデスクがあるだけだった。

鷹野は重いドアを開けた。大通りに面しているため、室内は明るい。壁に飾られた創業当時の社屋ビルのモノクロ写真もはっきりと見える。

鷹野は侵入すると、まずデスクにあったパソコンを起《た》ち上げた。すぐにパスワード入力画面が出る。

持参した小型端末を接続する。手順通りにパスワードを探る。予定では一つ目の予測が三十秒以内に出るはずだったが、なかなか確定しない。

鷹野は窓に近づき、通りを見下ろした。歩道の街路樹が近かった。ただ、南蘭島では見かけない寒々とした樹だった。

パソコンのモニターの明かりを隠そうと、鷹野がジャケットで覆った瞬間、予測パスワードが出た。

入力すると、通常画面になる。

「一発で開けました」

鷹野は拍子抜けしたように風間に告げた。

もっと時間がかかると思っていたので、つい気分が軽くなって椅子に腰かける。

「『V.O.エキュ』関連の資料を探せ」

耳に届いた風間の声に、「え?」と鷹野は驚く。

「……それって」

以前、徳永に渡された資料の会社だった。

「もし社名で引っかかるものがなければ、資料の中にあった人名、事業名、なんでもいいから、覚えているものでどんどんファイルを選び出せ」

「はい」

鷹野はすぐに「V.O.エキュ」で探してみたが、該当するファイルは一つもない。あまりにもとつぜんのことで頭が真っ白になり、読んだはずの「V.O.エキュ」の資料のどんな文章も出てこない。

鷹野は一度立ち上がった。大きく深呼吸して目を閉じる。

資料を読んだ南蘭島の自室を思い浮かべる。窓から見渡せる轟集落。蚊帳を吊ったベッド。明かりに集まる羽虫を狙うヤモリ。

その辺りで、まるで写真にでも撮ったように資料の紙面が浮かんでくる。浮かんできた紙面を頭の中で捲っていく。キーワードとなりそうな言葉がそこに浮き出してくる。

鷹野は椅子に戻り、浮かんできた言葉を次々と打ち込んだ。空振りが多いが、たまに一つ二つとファイルが見つかる。そして「ブルー・プラネット・プロジェクト」と打ち込んだ瞬間、モニターに大量のファイルが選び出された。

「ブルー・プラネット・プロジェクト……」と鷹野は呟いた。

耳に、「それだ」という風間の声が届く。

「どれくらいでコピーできそうだ？」

「おそらく、二、三分で」と鷹野は応えた。

「やれ」

「はい」

コピーを始めると、鷹野は席を離れてまた窓辺に寄った。思った以上に順調で鼻歌でも歌い出したい気分だった。

カーテンに隠れるように東京の街を眺める。おそらく目の前に建つ大きなビル一つの敷地が、轟集落全体とそう変わらない。となると、東京という街の広大さが分かる。

「おい……」

風間の声が聞こえたのはそのときだった。一瞬、インカムの雑音かと思ったが、「おい！

おい！　誰か非常階段を上ってくぞ！」という風間の焦った声が続く。

「え？」

「コピー、まだか？」

風間の声に、鷹野はデスクに飛びついた。残り一分と出ている。

「もう少しです」

「おい、誰か上ってくぞ。誰だ？」

更にインカムから風間の緊迫感が伝わってくる。

「今、二階……、三階……、お、おい、あいつ、な、何やってんだよ」

風間の声だけでは状況が摑めない。

「……あのバカ、三階に入ったぞ。警備員と鉢合わせするぞ。……おい、まだか？」

「あと、もう少し！」

「急げ。終わったらすぐに逃げろ」

次の瞬間、警備員の怒声が聞こえた。誰かが階段を駆け上がってくる音がする。

「不審者発見！　男が四階、いや、五階に上がっていきます！」

無線連絡する警備員の震えた声が近づいてくる。

そのとき、コピーが完了した。鷹野は端末ケーブルを引き抜いた。すぐに部屋を出ようとしたが、すでに足音はドアの向こうにある。

「誰か来ます！」と鷹野は思わず叫んだ。と同時にドアが蹴り破られる。

そこに男が立っていた。

鷹野は端末を入れたバッグを抱え、壁際に身を寄せた。男が一歩中に入ってくる。窓明かりで、その顔がぼんやりと見える。

体格の良い若い男だった。いや、若いどころか、鷹野と同じ十七、八歳にしか見えない。

真っすぐに鷹野を見つめている。

「それ……渡せ。もうコピー終わったんだろ？」

アクセントに微妙な違和感がある。

次の瞬間、耳に風間の声が届く。

「こっちの無線を傍受されてたらしい……」

鷹野は一歩前へ出ると、「お前、誰だよ？」と男に訊いた。

追いかけてくる警備員の足音はなく、代わりに非常ベルが鳴り出す。

「お前、若いな」

相手も同じように驚いているらしいが、首を傾げながらもジリジリと詰めてくる。

「おい、何やってる？　すぐに出ろ！」

再び耳に風間の怒声が響く。次の瞬間、殴りかかってきた男を、鷹野はなんとか躱《かわ》した。しかしその反動で背中を壁に打ちつけ、息が詰まる。

「渡せよ」

近づいてきた男の腹を鷹野は蹴ろうとした。しかし逆に足を払われ倒された。鷹野は男の襟首《えりくび》を摑んだ。引き寄せようとする自分の力と、引き離そうとする相手の力が互角だった。

鷹野は男の腰を蹴り、床を転がって逃げた。すぐに男が飛びかかってくる。

「おい！　何やってる！　非常階段はもう無理だ！　警備員たちがいる！　警察も向かってるぞ！」

小さかった警報が徐々に大きくなっている。鷹野は覆い被さってくる男をまた蹴り飛ばした。吹っ飛んだ男が、大理石のテーブルに肩をしたたかに打ちつける。

その隙に、鷹野は立ち上がって窓を開けた。窓枠に足をかける。

鷹野は歩道の街路樹までの距離を測った。

落下しながらしがみつけそうな太い枝を咄嗟《とっさ》に探し、両手で窓枠を摑んで勢いをつける。

鷹野は五階の窓から飛び下りた。

背中に、「おい！」という男の声がする。

飛び下りた瞬間、街路樹がぐっと眼前に迫った。鷹野は夢中で手を伸ばし、体ごと預けるように太い枝にしがみついた。

折れた枝葉がバラバラと道路に落ちていく。樹が大きく揺れる。しがみついた枝が根元でメキメキと嫌な音を立てる。

鷹野が太い枝に足を伸ばした瞬間、とつぜん背中に衝撃を受けた。真似して飛び下りてきた男がもがくように同じ枝にしがみついてくる。

「おい！　やめ……」

叫ぼうとした瞬間、枝が折れた。

鷹野は咄嗟に男の体を蹴り、別の枝に手を伸ばした。折れた枝と共に男が落下し、また別の枝に腰を打ちつけて止まる。

鷹野は歩道までの高さを測った。まだ相当に高さがあったが、鷹野は飛び下りた。着地した途端、足首に激痛が走る。

鷹野はそれでもその場から走り出した。背後で重い音が立つ。男もまた飛び下りたらしかった。

鷹野は振り返った。歩道を転がった男がすぐに立ち上がろうとするが、その足元が覚束《おぼつか》ない。

鷹野は更に走った。風間の車を目指した。しかし停まっているはずの場所に車がない。

「風間さん？　どこですか？」と問いかけてみるが返答もない。

警備会社の車が二台走ってくる。鷹野は思わずビルの陰に身を隠した。

＊

床暖房を切ったせいで足が冷えた。ダイニングテーブルで、じっと電話を待っていた富美子は毛糸の靴下を履《は》いた。

外の気温は一度まで下がっている。寒さに音があるとすれば、その音は隙間風のように室内にも忍び込んでくる。

すでに午前五時半を回っていた。もう二時間も前に淹れた熱い生姜《しょうが》紅茶も、グラスの中で冷え切っている。

もしも風間から電話があるとすれば、今頃だろうと富美子は勝手に予想していた。鷹野の初任務がどこでどのようなことを行うのか、富美子はもちろん知らされていないが、それでも夜が明けるまでには、「無事に終わりました」という風間からの連絡が入るものだと信じ切っていた。

もちろん風間は「必ず連絡する」とは言ってくれず、「約束はできません」と言ったに過ぎない。しかし、今、いよいよ空が白み始め、富美子はその言葉の方に縋《すが》り始めている。すでに初任務は完了したのだ。ただ、風間が連絡をしてこないだけだ。

そう信じたいのに、ならばと見切りをつけ、自室のベッドに戻ることができない。

ここで暮らすようになってからの鷹野は、第一印象と変わらずとにかく礼儀正しい子だった。毎朝、六時半には自分で起き、七時の朝食までには身支度を済ませ、「おはようございます！」と元気にダイニングに現れる。

小学校にも特に問題なく通い始め、「学校、どう？」と富美子が訊くと、「楽しいです」と笑顔を見せた。

「お友達できたの？」と訊けば、転校したその日に仲良くなったという友人数名の名前を挙げ、「みんなに野球チームに誘われたから、僕も入ってみたいけど……」などと遠慮がちながら希望も口にする。

富美子が畳んだ洗濯物は自分で部屋に運び、きちんと揃《そろ》えてタンスにしまう。そしてちょっとしたことにも、「ありがとうございます」と必ず礼を言う。

鷹野が来る前に自分が抱いていた不安は杞憂《きゆう》だったのだと思う反面、初めて来たとき、顔には子供らしい笑みを浮かべながらも尋常ではないほど手を震わせていたことを富美子は忘れられなかった。

この子は無理をしている。

目に見える鷹野がどんなに明るく元気であろうと、富美子にはどうしてもこの気持ちが拭えなかった。

一方、風間は、当初から鷹野を放任していた。保護者面して優しい言葉をかけるわけでもなく、かといって監視役として厳しく当たるわけでもない。居間のソファで一緒にテレビを見ていることもあれば、鷹野に行き先も告げず数日家を空けることもあった。逆に風間が留守でも、鷹野が心配して、「どこに行ったんですか？」と訊いてくることもなかった。

そんな鷹野に変化があったのは、この家で暮らし始めて三週間ほどが過ぎた頃だった。ちょうどその頃、風間が家を空ける日が続いていた。

その朝、いつもの時間に鷹野がダイニングに姿を見せなかった。寝坊でもしたのだろうと富美子は待つことにした。たまにはギリギリまで寝かせてあげようと思った。

十五分ほど経った頃だった。階段を駆け下りてくる音がした。その慌てた様子に富美子は思わず笑みがこぼれた。やっぱり寝坊したのだと。

しかし、ダイニングに飛び込んできた鷹野の様子が違った。

「ごめんなさい！　ごめんなさい！　ごめんなさい！」と真っ青な顔で謝り続ける。

あまりに脅えたその様子に、富美子まで恐ろしくなった。

「い、いいのよ。寝坊くらい……」

鷹野は顔面蒼白《そうはく》で、ただ謝罪を繰り返す。その声がひどく震えていた。

その夜、鷹野が夕食を食べたくないと言い出した。体調も悪くないと言うので、富美子は鷹野の気持ちを尊重することにした。

しかし翌朝もまた、鷹野が部屋から下りてこない。十五分待ち、更に三十分待ったところで富美子は呼びに行った。

鍵はついていないはずなのに、ドアが開かなかった。何度かドアをノックすると、「今日、学校を休みたい」と中から声がする。

「とにかく開けて」と富美子は頼んだ。

「昨日、恐い夢を見て、ずっと眠れなかったから、もうちょっとだけここにいたいんです」

子供らしい言い訳ではあったが、それを伝える鷹野の声がいつもと違っていた。

富美子は嫌な予感がして、ドアに肩をぶつけた。何度かぶつけると、ミシッと内側で何かが剝がれる音がした。更に富美子は体当たりした。

ベリベリベリッと音を立ててドアが開いた。富美子は血の気が引いた。内側からドアがガムテープで密閉されていた。

部屋の中も同様だった。窓もガムテープで塞がれている。

「鷹野くん……」

鷹野は布団の中にいた。

「今日だけ、今日だけでいいから！　ここにいさせて下さい！」

悲鳴のようでもあり、泣き声のようでもあった。

富美子はどうすればいいのか分からなかった。強く抱きしめてあげなければと頭では分かっているのだが、足は一歩も動かなかった。

その日から明るく礼儀正しかった男の子は消えていった。代わりに、何に対しても激しく反抗する男の子との共同生活が始まった。


壁の時計はすでに六時になろうとしていた。富美子は椅子から立つと、台所でお湯を沸かした。もう一杯だけ生姜紅茶を飲み、そしてベッドに戻ろうと決めた。

火にかけたケトルを見つめながら、自分はあの子に何かしてあげられたのだろうか、とふと思う。ここで一緒に暮らした数年の間に、もっとしてあげられることがあったのではないだろうかと。

しかし自分ごときに何かができるわけもない。クラスメイトたちが東京見物を楽しんでいる間に、あの子は危ない仕事をさせられている。もしも自分があの子にしてあげられることがあったとすれば、そんな人生からあの子を救ってやることだったはずだ。それができもしないで、今さらあの子のために……、あの子が無事で……などと願っている自分が情けない。心から恥ずかしい。

気がつくと、湯が沸いていた。富美子は火を止めた。背後で電話が鳴ったのはそのときだった。

富美子は身を強ばらせた。もしも鷹野が無事ならば、この呼び出し音は三回で止まるはずだった。

「一……、二……」

富美子は祈るように数えた。

電話があったということは無事なのだ。そう分かってはいるが、三回目が鳴ったとき、

「止まって、止まって！」と心で叫ぶ。

呼び出し音は三度で止まった。

富美子はその場にしゃがみ込んだ。そして何かに感謝するように目を閉じた。

5　一日だけなら

誰かが窓を開けたらしく、教室に風が吹き込んできた。詩織は窓の外へ視線を向けた。窓際の席では鷹野がまた机に突っ伏して寝ている。

前の席にいる平良が振り向き、鷹野にちょっかいを出している。

「イテッ！」

とつぜん飛び起きた鷹野が頰を押さえる。鷹野の頰にはまだ生傷がある。

「おー、悪い悪い。まだ痛いんだ？」

「痛いよ。見りゃ分かるだろ。まだ生傷だろ」

詩織は自分の頰に触れた。まるで自分の頰にも傷があり、それがカッと火照るようだった。

とぼけた顔で立っている平良が、また鷹野の傷に触ろうとする。

「だから痛いって」

「しかし、寝ぼけて木に登るって……。で、落ちるって……。宿泊施設の中庭にあったあの木だろ？」

呆《あき》れたとばかりに平良が笑い出し、近くにいた他の生徒たちもつられる。

東京への旅行が、詩織にはもう遠く感じられる。しかし、鷹野の体にはそのときの傷が生々しく残っている。

あの夜、詩織はホテルを抜け出していく鷹野を偶然見かけてしまった。

たまたまトイレに行こうと廊下に出ると、そのトイレから普段着に着替えた鷹野が出てきたのだ。詩織は思わず身を隠したあと、非常階段を下りていく鷹野を追った。

勝手に足が動いた。ふと頭をよぎったのは、鷹野が向かう先にクラスの誰か、鷹野が好きな女の子が待っている光景だった。

鷹野は非常階段を地下駐車場まで下りた。しかしそこで待っていたのはクラスの女子ではなく、中年男性が運転する車だった。

鷹野は挨拶もなく、助手席に乗り込んだ。詩織にはその中年男性にもその車にも見覚えがあった。今朝、鷹野を迎えにきた親戚だったのだ。

車はすぐに走り出した。

こんな時間に出かけるとなると、親戚宅で何か不幸でもあったのだろうかと心配にはなったが、とりあえずクラスの誰かではなかったことに詩織はほっとした。

その後、部屋に戻っても詩織は眠れなかった。結局、鷹野の帰りを待つように部屋の窓から外を眺めていた。

車が戻ったのは、夜が白々と明け始めた頃だった。詩織は急いで地下へ下りた。偶然を装って、出迎えようとしたのだ。

しかし助手席を降りてきた鷹野を見て、詩織は息を呑んだ。顔は血まみれで、足を引きずって歩いてくる。

「いいか、担任には『寝ぼけて中庭の木に登ったら落ちた』って言え。包帯巻いて帰すわけにもいかないからな」

運転席の男の声が聞こえた。鷹野は足を引きずりながら歩いてくる。詩織は恐ろしくなり、走って自分の部屋に戻った。

その後、鷹野は担任の部屋を訪ねたらしかった。その際、おそらく寝ぼけていた担当教師が、「お前、島でも寝ぼけて木に登るのか?」と尋ね、鷹野は、「はい。たまに」と真面目に応えたというエピソードが、翌朝にはクラス中に回っていた。

「今日、ボート洗いのバイトあるけど、お前も来るか?」

ぼんやりと東京での出来事を思い出していた詩織の耳に、平良の声がふと戻った。視線を向けると、「何時から?」と鷹野も尋ねている。

「学校終わったらすぐ」

「いくら？」

「一艘《そう》、八千円」

「じゃ、行く」

　鷹野が大きく背伸びする。他にちょっかいを出す相手を見つけたらしく、平良は廊下へ飛び出していった。


　昼休み、売店に行くと、鷹野がサラダパンを買っていた。おつりをもらうのも待てないようで、その場で袋を開けて食べている。

「そうやって食べてもらったら、そのサラダパンも嬉しいだろうね」と詩織は声をかけた。

「腹減っちゃって」と鷹野も苦笑いする。

「それより、その傷、まだ痛そうだね」

「風呂入ると、飛び上がるくらい痛いよ。……今から、昼めし？」

「竹宮先生と話してて」

「期末テスト、悪かった？」

「おかげさまで期末はそこそこでした」

「じゃ、何？」

そう言って鷹野がサラダパンを口に押し込む。

「進路。ほら、私、みんなと違って、これまで相談してなかったから」

詩織は牛乳と甘そうなパンを二つ買った。

「卒業したら大学？」

振り返ると、鷹野が待っている。

「一応、そのつもり」と詩織は頷いた。

「東京の？」

「たぶん」

なんとなく二人で歩き出す。

「鷹野くんはどうするの？　卒業したら」

「俺は、まぁ、どっかに就職かな」

「東京？」

「たぶん」

血まみれで戻ってきたあの夜の鷹野の姿が浮かぶ。

「もしかして、あの親戚の人のところで働くの？」と詩織は思わず訊いた。

「あの親戚って？」と鷹野が顔を引き攣《つ》らせる。

夜中に呼び出された鷹野は、もしかするとあの親戚の男に殴られたのかもしれないと詩織は思った。そして次に浮かんだのは、つい先日テレビで見た「殴られ屋」という職業だった。路上で客から金をもらい、自分を殴らせる仕事がこの世にはあるという。

「ほら、宿舎に迎えにきてた人いたじゃない。ダンディなおじさん」と詩織はわざと明るく尋ねた。

「あ、ああ」

「あの人のところで働くの？」

「なんで？」

「別に、理由はないんだけど……。あの、ほら、就職って一生のことだから、ちゃんと考えた方がいいでしょ？　親戚とかって最初はいいけど、逆に近いだけ厄介になったりするし」

詩織は焦った。あの親戚の男に鷹野が殴られたと決まったわけではない。

鷹野はただ居心地悪そうにしている。

「私ね」と詩織は声を潜めた。

「……東京で見たのよ。鷹野くんが、朝方、血まみれで宿舎に戻ってくるところ。……私、偶然、見ちゃったのよ」

詩織は鷹野の反応を窺《うかが》った。何か自分には想像もできないような真実が、鷹野から語られると身構えた。

しかし、鷹野はきょとんとした顔をして、とつぜん爆発するように笑い出した。

「もしかして、詩織ちゃん、俺が叔父さんと喧嘩して、あんなことになったと思ってない？」

さもバカらしいとばかりに鷹野が腹を抱えて笑い出す。

「だ、だって……」

「すごいな、詩織ちゃんの想像力」

「じゃ、じゃあ、どうしたの？　だって中庭の木に登って怪我したなんて嘘じゃない」

「ああ、喧嘩は喧嘩だよ。でも、これから言うこと秘密にしてくれよ。実は、あの夜、宿舎抜け出して叔父さんと飲みに行ったんだよ。叔父さんが『お前も早く夜遊びくらい覚えろ』って。あの叔父さん、とにかく成長した甥《おい》っ子と酒を飲むのが夢だったらしくて」

「え……、飲みに行ったの？」

「そう。叔父さん行きつけの店。で、そこで他の客と喧嘩になって、あのざま。病院に行って手当てしてもらうと、部屋を抜け出したのがバレるから、そのまま帰ったんだよ」

話を聞いているうちに詩織も呆れてきた。「殴られ屋」まで想像してしまった自分がバカらしくなる。

「あのさ、詩織ちゃんってさ、青龍瀑布《せいりゅうばくふ》って知ってる？」

　鷹野が急に話を変える。

「何バクフ？」

「青龍の滝って、安楽岬から歩いていった所にあるんだけど……」

「それなら知ってる。おばあちゃんが『とってもきれいだった』って」

「今日の放課後、暇？」

　ふいに顔を覗き込まれ、詩織は目を逸らした。このような鷹野の子供っぽい仕草に、詩織は息が詰まるほど驚かされる。こういうものを無邪気と呼ぶのだろうが、たとえば「死ね」と言われれば、本当に目の前で死んでしまうような危うさもある。

「暇は暇だけど……」と詩織は応えた。

「じゃ、連れてってやろうか？」

「その滝に？」

「そう。歩くと遠いけど、バイクで行くと、わりとすぐなんだよ」

「行ってはみたいけど……。でも、急にどうして？」

「特に理由ないけど……」

鷹野自身もその理由を探しているようだった。しかし、結局、見つからなかったのか、「行こうよ」とただ念を押す。

「じゃあ、……うん」と、結局、詩織も頷いた。

青龍瀑布は島の北側、安楽岬から千波山へ向かう千波古道という遊歩道沿いにあった。岬から滝まで距離にして三キロ弱、渓谷沿いに延びる山道を歩くと一時間ほどかかる。遊歩道にはガードレールもなく、道幅三メートルほどのその片側は深い断崖になっている。

基本的に車輛《しゃりょう》の乗り入れは禁止されているのだが、スクーターだけは通行可というのが暗黙の了解になっており、島の住民たちがわざわざ出向くことはないが、観光客を乗せたスクーターが行き来することはある。

安楽岬から千波古道に入ったスクーターは、そこでスピードを落とした。詩織は鷹野の腰に回した手から力を抜いた。

「ちゃんと摑んどいた方がいいよ」と鷹野が笑う。

ここへ向かう途中、千波古道が道幅の狭い断崖絶壁の道だと鷹野は必要以上に詩織を脅していた。

「スピード出さなくていいからね!」

詩織は改めて鷹野の腰を強く抱いた。

「もう何度も来てるから安心していいって。そっちのギリギリの所だって走れるよ」

「いいから、そういうの！　もっと山側走ってよ！」

足元は断崖だった。詩織は恐ろしくて遠い山に目を向けた。

「その下を見られる？　ほら、ここの川の色、びっくりするくらい青いだろ？　だから青い龍の滝なんだって」

せっかく鷹野が説明してくれるが、どうしても断崖の方へ顔を向けられない。

十五分ほど走ったところで吊り橋が現れ、鷹野がスクーターを停めた。

吊り橋の向こうに、滝がある。真っ青な水が滝壺《たきつぼ》へと流れ落ちている。

「……うん。きれい」

詩織は思わず呟いた。

「行くよ」

鷹野の声に、詩織は慌てた。

「え？　この橋をスクーターで渡るの？」

「そうだよ。バランス崩れると川にダイブだから、渡り切るまで一ミリも動くなよ」と鷹野が笑う。

詩織はもう遠慮せずに鷹野の背中に抱きついた。

鷹野がゆっくりとアクセルを回す。前輪がゆっくりと吊り橋に乗る。

吊り橋を渡るというよりも、綱渡りをしているような感覚だった。森や滝、この景色のなかに、自分たちのスクーターが浮いているようだった。

じりじりと橋の上を進んだ前輪が対岸に乗り上げた瞬間、詩織は大きく深呼吸した。気がつけば、ずっと息を止めていた。

スクーターを停めて、そこからは岩と岩を縫うように滝壺へ下りた。

鷹野も久しぶりに来たらしかった。素直に滝壺の神秘的な青い色に見入っている。

「どう？」

鷹野に声をかけられ、「うん」と詩織は頷いた。

「水ってさ、やっぱすごいよな」

鷹野が素直に感動している。

「ねぇ、この前、鷹野くんが『一日だけ』って話してくれたでしょ？」

詩織はふいに話題を変えた。

「……ほら、この前、温泉に入ってるうちのおばあちゃんを二人で待ってたとき、『一日だけなら生きられる。先のことなんか考えなくていい。たったの一日だけ。それを毎日続ければいい』って。鷹野くん、言ったじゃない」

鷹野が、「うん、覚えてるけど」と頷き、青い滝壺に視線を向ける。

「あれから、私、よくあの言葉を思い出すの。最初聞いたときもハッとしたけど、考えれば考えるほど、ほんとにそうだなって思って」

鷹野が石を拾って滝壺に投げ、青い水飛沫が上がる。

「……私、東京でエスカレーター式の学校に通ってたのよ。友達もたくさんいたし、そこそこ楽しかったんだけど……」

詩織は自分でも何を話そうとしているのか分からない。ただ、鷹野ならこの話を聞いてくれそうな気がした。

「私ね、学校に好きだった先輩がいたの。本当に好きで、廊下ですれ違っただけでも心臓が止まるくらい緊張してた。高二の終わりにね、卒業するその先輩からデートに誘われたの。私、嬉しくて……」

詩織は目を閉じた。やはりこれ以上は話せそうにない。

「……でも、私、きっと男を見る目がないんだよ。その人、いい人なんかじゃなくて、私、すごく嫌な目に遭わされて。それで学校に行けなくなって、この島に来たのよ」

詩織は鷹野の横顔を見た。何か言ってくれるかと思ったが、鷹野はただ青い滝壺を見ている。

「……それでね、この前、鷹野くんから『一日だけ』って、『その一日を続ければいいんじゃないか』って言われて、なんて言うか、急に気持ちが軽くなったの」

石を拾って立ち上がった鷹野が、また滝壺に投げ込む。鷹野の手を離れた石を、詩織は目で追った。

「……その『一日だけ』って話なんだけど」

鷹野がふと口を開く。

「うん」と詩織は頷いた。

「その話、ある人に言われたんだ。それで、俺も言われたとき、詩織ちゃんと同じように、なんか急に気分が軽くなった」

伝えたかったことは何も伝えられなかったのに、詩織はなぜかとても幸せだった。鷹野と自分の気持ちが言葉ではなく、別の何かで重なったのだと思えた。

「俺さ、それから将来のことを想像するようになったんだ」

「将来？」

「そう。ほら、一日、そしてまた一日って繋いでいけば、それが将来だろ？」

鷹野の説明に、詩織は、「そうね」と頷く。

「だから、一日、一日って続いた先のことを想像するんだよ」

「どんな将来なの、鷹野くんの将来」

「俺の？　くだらない話だよ。単なる夢物語」

自分で言い出しておきながら、鷹野が今さらもったいぶる。

「いいじゃない、教えてよ」

詩織は周囲を見渡した。自分と鷹野、そして森と滝しかこの世界にはないようだった。

「……だからなんていうか、たとえばさ、スパイ集団みたいな秘密組織があるんだよ」と鷹野が話し出す。

「えー？　スパイ集団？　もう真面目に聞こうとしてたのにー」

詩織は大袈裟に呆れてみせた。一瞬だけ、「殴られ屋」のことが浮かんだ。もうバカバカしくて、自分でも笑えてくる。

「じゃあ、傭兵部隊でもいいよ」と鷹野が口を尖らす。

「ヨウヘイブタイって？」と詩織は話に乗った。

「だから私設の兵隊みたいなのが作る軍隊」

「もう！　何よ、それ」

詩織は笑い出した。

「まぁ、とにかく、俺は将来そこに入るんだよ。もちろん過酷な訓練とか任務とか、毎日生死を分ける日々が続く。だから、どうしたって今日というか、今のことで頭はいっぱいになるだろ。明日のことなんて考える余裕もない。その日その日を必死に過ごす。でも、その組織にはルールがあるんだ。三十五歳になったら任務は完了する。全ての任務から解放されて自由になれる。もちろん自由になれるだけじゃない。組織と俺たちには約束があるんだ。もし無事にその年齢まで過酷な任務をやり遂げられたら、退職金代わりに欲しいものを一つ、なんだってもらえるっていう」

そこまで一気に喋った鷹野が、心配そうに詩織を見ていた。

あまりにも子供じみた空想を笑われるのではないかと心配しているらしかった。

「欲しいもの、なんでももらえるの？」と詩織は訊き返した。ほっとしたように、「そうだよ。そういう契約だから」と鷹野が頷く。

「じゃ、鷹野くん、何もらうの？」

「それはまだ決めてないよ」

「でも、なんとなくは決めてるでしょ？」

「そうだな。三十五歳なんて、今考えると単なるおっさんだけど、人生まだそれの倍以上あるしな。やっぱ金かな？　金さえあれば、ほら、なんだって買えるし、好きなとこ行けるし」

「お金っていくらぐらい？」

「十億」と鷹野が即答する。

「え？　十億？」

「それだけあれば、余裕で暮らしてけるよ」

「そりゃ、そうだけど。じゃあさ、十億持ってどこで暮らすの？」

詩織の質問に、鷹野が真剣に悩み出す。そこまでは考えていなかったらしい。

「カリブ……」

そのとき、ふと何かを思い出したように鷹野が呟く。

「え？」

「……だから、カリブ海だよ。あの辺りの島で若いプエルトリコ系の美人に囲まれて、釣りなんかしながらのんびり暮らす」

「あー、やだ、もう発想がオジサンだね」

詩織は笑い飛ばした。すると鷹野が、「じゃ、どこがいいと思う？」と真剣に訊いてくる。

「十億円もあって、生活の心配もないんでしょ？」

「そう。どこだって好きな所で好きなことやれるんだよ」

「私だったら……」

詩織は真剣に考えてみたが、なかなかここという場所が出てこない。

「……だって、私、まだ東京と、この南蘭島しか知らないんだもん。三十五歳までにいろんな所を旅行してそれで決める。それじゃダメ？」

「あるよな？」

ふいに鷹野に訊かれ、詩織は焦った。

「……ここよりもっと良い場所、あるよな？」と鷹野が繰り返す。

「あるよ、いっぱい。私たちが知らないだけで」

そう応えたが自信はなかった。

＊

青龍瀑布から青戸浜へ戻る途中、水平線に夕日が沈んだ。

ハンドルを握る鷹野も、その腰に手を回している詩織も、なぜか元気がなかった。ここよりもっと良い場所がこの世界にあると言い合いながら、そこに確信が持てなかったことが尾を引いていた。

ラ・レジデンス南蘭島に詩織を送り届け、鷹野は轟集落へ戻った。

すでに日は完全に落ちており、真っ暗な集落へ入ると、とつぜんライトの中に男の姿が現れた。

鷹野は慌ててブレーキをかけた。

光の中で目を細めているのは徳永だった。鷹野は緊張した。ついさっき青龍瀑布で組織のルールについて、冗談とはいえ、詩織に話してしまったことが徳永に知られた気がしたのだ。

「徳永さん……」

様子を窺うように鷹野は声をかけた。

「どこ行ってた？」

徳永の口調はいつもと変わらない。

「友達と、青龍瀑布に」

「ちょっと、うちに寄れ」

そう言って徳永が歩き出す。鷹野はその足元をスクーターのライトで照らしながらついていった。

徳永が暮らすあばら屋は、夜になると更にみすぼらしく見える。

「上がれ」

徳永に呼ばれ、部屋に上がる。砂と埃《ほこり》でざらざらした畳に鷹野はあぐらをかいた。

「結局、『和倉地所』は、被害届を出さなかったそうだ」

突っ立ったままの徳永が、何やら資料を読みながら言う。

「……厳密には、いったん出した被害届を取り下げたそうだ。お前が盗み出した『V・O・エキュ』関連のファイルの存在を表沙汰にはしたくないらしい」

「あのとき、乗り込んできた若い男は？」と鷹野は口を挟んだ。

「奴もお前と同じくらいの若造だったんだろ？　今回、被害届が取り下げられた理由には、そいつが警備員に目撃されたおかげもあるよ。今回の侵入騒ぎは、対外的にも、社内的にも、どこかの悪ガキが面白半分にオフィスビルに侵入した、ってことで始末するらしい」

徳永がそう言いながら一枚の写真を差し出す。写真にはあの男の顔が写っている。

「こいつです」と鷹野は頷いた。

「風間さんが撮った写真だ。日本語のアクセントに違和感があったんだろ？」

「はい。ほんの少しですけど」

「韓国人だ。通称デイビッド・キム。まだ、どこの組織に属しているのか、どんな役目を負っているのか詳細は分からない。さすがにこの年齢でフリーってわけでもないだろうが、AN通信のソウル支局もまだ正確な情報は摑んでないらしい」

「うちと同じような組織が韓国にもあるってことですか?」

素朴過ぎる鷹野の質問に徳永が、「金儲けを考えてない企業があるか?」と笑い出す。

「すいません」

次の瞬間、鷹野はふとあることを思い出した。

「あの、うちのような組織が外国にもあるとして、そこの若い奴も、俺と同じようにフランスのフィリップの所でいろんなこと学んだりするんでしょうか?」

「ああ、もちろん可能性はある。ただ、あそこはいつ誰がどのような目的で来たかなんて一切外には漏らさない」

単なる偶然かもしれない。韓国人にキムという名の若者などいくらでもいる。ただ、ランスの森にあった洋館の、寝泊まりしていた部屋の土壁にハングルで書かれた落書きがあった。

〈兄弟へ　フィリップはゲイだ。夜、部屋の鍵はかけて寝ろ　キム〉

鷹野は「和倉地所」で摑み合ったデイビッド・キムという男の顔を思い浮かべた。

あいつは冷静だった。間違いなく自分よりも冷静で、決して諦めようとしなかった。街路樹から転落し、足を引きずりながらも尚、追いかけてこようとした。

「どうした?」

徳永に声をかけられ、鷹野は我に返った。

「いえ、俺が来る少し前に、韓国の若い奴が来ていたとフィリップが言っていたことを思い出して」

「こいつなのか?」

徳永が写真を指で弾く。

「分かりません。ただ、もしそうだったら……」

そこで言葉が詰まった。

「もしそうだったら?」

「……いえ、なんでもありません。ただ、ああいう奴らを相手にこれからやっていくのかと思って」

素直に応えたつもりだったが、徳永からの返答はなかった。代わりにもう用は済んだとばかりに風呂へ行く準備を始める。

「帰ります」と鷹野は立ち上がった。しかし土間に下りた瞬間、「おい」と声がかかる。

「今から俺が言うことを聞かなかったことにできるか?」

徳永はこちらに背を向けたままだった。

「なんですか?」と鷹野は訊いた。

「もし何か知ってるなら、素直に話せ。お前にはどうしようもないことだ」

鷹野は首を傾げながら、次の言葉を待った。

「柳から何か連絡受けてないか？」

「柳？」

思わず声が上ずる。

「何もないんだったら、それでいい」

「柳が……、柳がどうかしたんですか？」

「連絡はないんだな？」

「はい。ありません。島を出ていって、それきりです」

「柳が、姿を消した」

「え？……え？」

すっと血の気が引いた。手の指先が冷たくなってくる。

「もし何か連絡を取ってきたら、すぐ俺に知らせろ。分かったか？」

返事ができない。柳が逃げた……。

「おい！」

「はい」

「分かったか！　柳から連絡があったらすぐに俺に知らせろ。いいか、お前らでどうにかなる問題じゃない」

徳永に手を払われ、鷹野は外へ出ようとした。しかしその足が止まる。

「あの、寛太は？　寛太はどうなりますか？　あいつには関係ないはずです！」

思わず駆け戻って、鷹野は懇願した。

「お前が心配することじゃない。とにかく柳から連絡があったら、すぐに知らせろ。お前に伝えたいのはそれだけだ」

徳永はそれだけ言うと、奥の部屋に姿を消した。鷹野はその場に突っ立ち、音を立てて閉められた汚れた襖《ふすま》を見つめるしかなかった。


帰れと言われ、家に戻ってはみたものの、当然柳のことが頭から離れなかった。

事情を知らない知子ばあさんが、早く晩めしを食えと何度も声をかけにくる。

柳が本当にやった。本当に裏切って逃げた。

言葉にはできるが、それがどういうことなのか頭の中で像を結ばない。

「ここからは冗談だと思って聞いてくれよ」とあのとき、柳は言った。金になりそうな情報を一つ二つ盗み出して、俺は寛太と一緒に逃げると。

しかし、それが不可能なことは柳も知っているはずだ。

「もし、俺になんかあったら、寛太のこと頼む」

柳はそうも言っていた。真剣な顔だった。鷹野は、「ああ」と応えた。すると柳は、「ありがと。約束だぞ」と言った。泣きそうな顔だった。

鷹野は部屋からの梯子を飛び下りた。驚いた知子ばあさんが、運んでいたみそ汁をこぼしそうになる。

「どこ行くの？」

呼び止めるばあさんに、「すぐ戻る」と鷹野は玄関を飛び出した。

何かやれることがあるはずだと自分に言い聞かせ、徳永の家へ向かった。声もかけずに家の中に駆け込むと、徳永は座布団を枕に寝転がっていた。

息を切らしたまま突っ立っている鷹野を、「なんだ？」と睨《にら》む。

「柳はただ逃げたんですか？　それとも何かを盗んで……」

勢い込んできた鷹野をあしらうように、徳永は寝返りを打った。こちらに向けられた背中は一切の会話を拒んでいる。

「徳永さん！　教えて下さい！　柳は俺以外に頼る奴はいません。もし本当に逃げたのなら、絶対に俺の所に連絡が来るはずです。そのときは俺が必ず説得します。約束します。だから、柳が何をしたのか、教えて下さい！」

徳永からの返事はなかったが、こちらに向けられた背中に、ほんの少しだけ迷っているような気配が感じられた。

「徳永さん！　柳は、あいつはもう寛太の所に行ったんですか？　寛太はまだどこかの施設にいるんですか？　それだけ教えて下さい！　柳は絶対に寛太を見捨てません。何があろうと、寛太を迎えに行くはずです！」

鷹野は上がり框に額を押しつけた。

「……寛太の所には、まだ現れてない」

長い沈黙のあと、徳永が初めて返事をした。

「徳永さん！　お願いします！」と鷹野はまた頭を下げた。

「柳は、ただ逃げたわけじゃない」

徳永の声に力がなかった。まだ柳のことを味方だと思っているようにも聞こえたし、もうすでに敵として語っているようにも聞こえる。

「……あいつは単独である任務についた。最終試験みたいなもんだ。それが終われば……、分かるだろ？」

「はい」と鷹野は頷く。

「あいつは無事に任務を終えて、そのまま正式なＡＮ通信の人間になるはずだった。胸に例のものを仕込まれて……」

「じゃあ、まだ柳は……」

「ああ、まだだ。……柳がどんな任務についていて、どんな情報を盗んだのかは言えない。ただ、笑って済むようなものじゃない」

「寛太は、今どこに？」

「千葉の施設にいた。柳から何かその話を聞いてるか？」

「大きな農園があるから寛太は気に入るはずだって。寛太は畑仕事が好きだからって」

「もし、柳から連絡があったら、奴に伝えろ。千葉の施設に寛太を迎えに行っても無駄だって。寛太はもう別の場所に移した」

「じゃあ、もし柳が盗んだものを返せば……」

「返せばなんだ？　何もなかったことにして、また一からやり直せる？　お前、そう思うか？」

疲れ切ったような徳永の口調に、「いえ、思いません」と鷹野は応えるしかない。

「どっちにしろ、柳はもう終わった。使い道はない」

「どういうことですか？」

「今、言った通りだよ。うちの組織は慈善事業でお前らを育てているわけじゃない。おそらく柳は盗んだ情報を売りつける相手を探そうとする。あいつにそこまでやれるとは、俺は思わない。でも、人間、死にもの狂いで何かをやろうとすれば、可能性がないとは言えない。もしかしたら一生逃げ回って暮らせるかもしれない。ただ、奴には寛太がいる。奴が寛太を置き去りにできるとは俺も思わない」

ふと徳永がそれを期待しているように思えた。まさかとは思いながらも、柳が寛太を救い出し、二人で逃げ切ることを徳永が心のどこかで期待しているように感じられたのだ。

「……とにかく、この件でお前にやれることはない。お前がやれることは一つ。もし柳がお前に連絡してきたら、すぐに俺に知らせることだ。分かったか？」

「はい」

頷く以外になかった。

知子ばあさんから封書を渡されたのは、その翌朝のことだった。結局、一睡もできずに朝を迎えた鷹野が部屋から下りていくと、朝めしの準備をしていたばあさんが、「ほら、そこに柳くんからの手紙があるよ」と言う。

鷹野は驚いて、ちゃぶ台の上の封書に飛びついた。

「島を出ていくちょっと前に、柳くんからもらったんだ。ほら、今日がばあちゃんの誕生日だろ」

封書を握ったまま、鷹野は台所のばあさんを見た。

「……ばあちゃんに誕生日プレゼントだって、ほれ、そこにある。電動マッサージ器だと」

座布団の上に肩もみ用の器具が置いてある。

「これを、柳がばあちゃんに？」

鷹野はマッサージ器を手に取った。

「ああ、とにかく『誕生日までは開けるな、絶対に開けるな』って何度も言うから、約束守って今朝になって開けてみたら、そんなもん入ってたよ。いやぁ、嬉しいなぁ」

「そこにこの手紙が？」

「そうだ。包みの中に一緒に」

鷹野は平凡な茶封筒を開けた。中から一枚の便せんが出てくる。

〈またいつか、女のケツでも見に行こうな〉

便せんにそう書いてあった。しかし、それ以外には何も書かれていない。別れの挨拶にしてはあまりにも素っ気なかった。

6　クリスマスパーティー

一限目の授業が終わり、鷹野は廊下に出た。窓を開け、深呼吸する。結局、昨夜は一睡もできなかった。

〈またいつか、女のケツでも見に行こうな〉

別れの手紙にしてはあまりに素っ気なかった。この手紙を書いたとき、柳はすでに逃げることを決めていたのだろうか。

目を閉じれば、柳が処刑される姿を想像してしまう。しかし、実際に処刑などあり得るのだろうかとも思う。

幼い頃から組織を裏切れば処刑されると、子守唄のように聞かされてきた。実はそんな脅しを素直に信じているだけなのかもしれない。たとえば、普通に育てられた子が嘘をつけば舌を抜かれると思い込んでいるように。

もう一度深呼吸しようとすると、「昨日、ありがとう」とふいに声をかけられた。振り返れば、体操着に着替えた詩織と比嘉由加里が立っている。

「昨日って何よ？」

聞き捨てならないとばかりに、由加里が二人の間に割って入る。ひょろっとした由加里と並ぶと、詩織の胸の大きさが際立つ。

「昨日、鷹野くんに青龍瀑布に連れてってもらったのよ」

詩織が素直に応え、「へぇ」と由加里が意味深な笑みを浮かべる。

「鷹野も、やっと色気づいてきたかぁ」

由加里にドンと胸を押され、鷹野はガラス窓に背中をつけた。

「……あんた、いつの間にか背伸びたもんね。この島に来たとき、小学生かと思ったけど」

由加里が懐かしそうに喋り出す。

「鷹野くん、そんなに小さかったんだ」

「私よりも小さかったよね？　いつも野球帽かぶってて、子供って感じだったよね」

「うるせーよ」

鷹野は笑った。

「いつも柳くんと一緒だったから、親子みたいに見えて。ほら、柳くんって、その頃から髭《ひげ》なんか生えてて、ちょっとおっさん臭かったじゃない」

柳の名前に、鷹野の顔から笑みが消えた。

「ねえ、そろそろ行かないと」

鷹野の変化に気づいたのか、詩織が急かす。

「あ、ほんとだ。整列に間に合わないと、懸垂《けんすい》だった！」

廊下を走っていく二人の背中を鷹野は見送った。角を曲がるとき、振り返った詩織が微笑む。鷹野は慌てて片手を上げて応えたが、間に合わなかった。

女子全員が着替えると、入れ替わりで男子が教室に入る。鷹野は服を脱いだ。また柳が残した手紙の文章が蘇《よみがえ》ってくる。

〈またいつか、女のケツでも見に行こうな〉

そのとき、ふいにある光景が浮かんだ。今年の夏、柳や寛太と三人で覗きに行ったビーチハウスのシャワー室の光景だった。

その日の授業が終わる頃には、予感は確信に変わっていた。

鷹野はチャイムと同時に教室を飛び出し、サンセットビーチへ向かった。

シーズンオフのビーチハウスにはシャッターが下ろされていた。テラスには椅子が積み上げられている。鷹野は裏に回り、柵を乗り越えた。

あの手紙は単なる別れの手紙ではない。柳は最初から全て計画していた。計画通りに行動を起こして逃げたのだ。そしてそれが発覚する日まで計算し、たまたまその直後だった知子ばあさんの誕生日を使って、何かを知らせようとしているに違いない。

万が一、徳永にあの手紙が発見されても、〈またいつか、女のケツでも見に行こうな〉という文章だけでは何も気づかれることはない。

裏山に入った鷹野は、森の湧き水を集める水路に下りた。積もった枯葉を踏み、ビーチハウスの裏手へ進む。

途中には何もない。足元の枯葉も蹴り散らしてみるが、堆積した泥が現れるだけで、またそこに舞い上がった枯葉が落ちる。

水路を出ると、柳や寛太と覗いていた壁穴に応急処置でブリキ板が貼られていた。鷹野はブリキ板を剝がそうとした。ふと横を見ると、雨樋《あまどい》のパイプの裏に何か貼りつけてある。指で剝がしてみれば、ビニール袋に入れられた封書だった。

鷹野は辺りを見回し、しゃがみ込んでビニールを破った。知子ばあさんから渡された柳の手紙と同じ茶封筒だった。

鷹野はまた辺りを見回し、封を切った。中に便せんが一枚ある。

元気か？　驚いたろ？　ほんとに、俺、やっちゃったよ（笑）
ところで、来年の二月十四日、お前はソウルにいるはずだ。

俺は必ず会いに行く。そのとき、寛太の居場所を教えてほしい。

この手紙を見つけてくれることを祈ってる。


鷹野は二度読んだ。間違いなく柳の字だった。

今、自分が何を読んだのか、理解するのにしばらく時間がかかった。

来年の二月といえば、まだ二ヶ月も先のことになる。そのとき、自分がソウルにいる？

そこに柳が会いにくる？

混乱した。混乱したが、柳の文章には迷いがない。

二月十四日、ソウル、寛太の居場所。

そう心の中で呟き、鷹野は便せんを破り捨てた。復元できないほど細かくし、枯葉の積もった水路にまき散らした。

その後、スクーターでうちへ戻る途中、鷹野はふと嫌な予感に襲われた。

柳の手紙の存在を、自分は徳永に伝えるだろうかと自問していたときだった。

もちろん伝えるつもりはない。組織の規律を破ることが何を意味するのかは分かっている。

分かってはいるが、柳を裏切るという考えなど一切浮かばない。

嫌な予感がしたのはそんなことを繰り返し考えている最中だった。

知子ばあさんから渡された手紙も、そしてビーチハウスにあった手紙も、全て徳永が仕組んだものではないかとふと思ったのだ。とすれば、これは自分が組織に試されていることになる。

疑い出せば切りがない。柳が失踪したということ自体が嘘で、一連の流れ全てが自分を試すことを目的に作られたものだとしたら？

しかしそこまで思い及んで、鷹野は、いやと首を振った。知子ばあさんからもらった手紙も、ビーチハウスにあったものも、間違いなく柳の筆跡だった。柳が寛太に文字を教えるときにいつも書いていた、筆圧が強く、右上がりの癖字だった。

次の瞬間、今度は、柳もグルなのではないかとふと思える。徳永に頼まれて、柳が書いたものかもしれない。

鷹野は思わずスクーターを停めた。轟集落へ向かう東路には、落石があり、陥没があり、その様子がそのまま自分の今の気持ちに重なる。

自分以外の人間は誰も信じるな。そう言われ続けて育てられた。その結果がこの道のような心だ。

だがしかし、自分以外の人間は誰も信じるなという言葉には、まだ逃げ道がある。たった一人、自分だけは信じていいのだ。

鷹野はハンドルを握り直した。

あの手紙は柳のものだ。柳が決死の思いで自分に託したものだ。

自分を信じるならば、それ以外に答えはない。


その日、鷹野は学校帰りに平良に誘われ、玉野の老街に向かった。

向かう途中に日が暮れ、小雨になった。ハンドルを握る手が冷えてくる。南蘭島は冬場でも十度を下回ることはほとんどないが、それでも湿気が多いせいか、しっとりと濡れたような冷気が独特な冷たさで島を覆う。

シーズンオフの老街は、ほとんどの屋台が休業中で、広場では簡易テーブルと椅子が雨に濡れたままになっている。

広場の端でぽつんと営業していた屋台で、鷹野たちは牛肉スープと肉饅《にくまん》を買い、スクーターに腰かけて食べ始めた。

冬は冬で、本土からの避寒客がなくはない。広場の隅にはホテルの小型ワゴン車が二台停まっており、古い孔子廟《こうしびょう》でも見学に行っているのか、乗客たちの姿はない。

「お前さ、詩織ちゃんと付き合ってんの？」

肉饅にかぶりついた平良が唐突に言う。

「は？」

　鷹野は熱い牛肉スープを一口飲んだ。

「一緒に青龍瀑布に行ったんだろ？」

「ああ、行った」

「詩織ちゃんが『好きな奴いる』って言ったの、もしかしてお前？」

「まさか」

「じゃあ、お前はどうなんだよ？」

「俺？　どうって？　何が？」

「だから、詩織ちゃんのこと……」

　もちろん平良に何を訊かれているのかは分かるのだが、それが好きなのかという質問であれば、正直なところどちらとも言えない。好きか嫌いかが分からないのではなく、好きということがどういうことなのか、鷹野には確信がない。

「別に俺のこと、気にしなくていいぞ」

「え？」

　一瞬、平良が何を言い出したのか分からなかったが、「だから、俺に遠慮することねえし」と言われ、やっと意味が分かった。

「あ、ああ」と鷹野は頷いた。

「『あ、ああ』ってなんだよ」

「あのさ、お前、詩織ちゃんのこと好きだったわけだろ？」と鷹野は真面目な顔で尋ねた。

「なんだよ、いきなり」

「いや、どんな感じなのかなと思って」

「何が？」

「だから、その気持ちだよ」

「お前って、たまにマジでガキっぽいこと言うよな。『誰かを好きってどんな気持ち？』って、今、訊いてんだよな？」

平良が呆れたとばかりに笑い出す。

「真面目に応えろよ。真面目に訊いてんだぞ」と鷹野は睨んだ。

「じゃ、応えるけど、簡単だよ。誰かを好きってどんな気持ちかだろ？　たぶん性欲」

「性欲？」

「そうだよ。それだけ」

「でも、性欲なんて誰にだって湧くだろ？」と鷹野はまた真顔で訊いた。

「お前も身も蓋もないこと言うな。でも、まぁ、そうか。でもあれだよ、性欲が湧くなかでも一番可愛《かわい》い子ってことじゃねえか？……って言うと、なんかあれだけど」

　平良も応えながら迷ってきたようで、肉饅にかぶりつきながら首を傾げている。

「……ほら、今、涼太と飯野が付き合ってんだろ」

　平良がふと思い出したように言う。

「ああ、付き合ってんな」

「あいつら、毎日、飽きもせず一緒に帰るだろ。駐輪場まで手繋いで、そのあとバイクに二ケツして」

「だな」

「で、俺さ、前に涼太に訊いたことあるんだよ。『毎日毎日、飽きねえの？』って。そしたら、あいつ『ぜんぜん飽きない』って。毎日一緒でも『ぜんぜん時間足りない』って」

「なんで？」と鷹野は思わず訊いた。

「だろ？　俺も、『なんの時間が足りねえんだよ？』って訊いたんだよ。そしたら、『話す時間』だって言うから、『そんなに何話すんだよ？』って訊いたら、『自分のこと、話すんだ』って」

「自分のこと？」

「そう。なんか涼太曰《いわ》く、題材はなんでもいいらしいよ。たとえばテレビのバラエティ番組とか、子供の頃の話とか、学校でのこととか、なんでもいいらしいんだけど、俺はこう思うとかって話すのが楽しいんだって。で、飯野も同じように私はこう思うって話をして、涼太はそれを聞いてるのも楽しいんだって。……ほんとかな？」

平良が自信なさげに鷹野の顔を覗き込む。もちろん鷹野もそんなことの何が楽しいのかまったく理解できない。

短い沈黙のあと、「でも、やっぱ性欲じゃね？」と平良は決めつけた。「……涼太の奴、格好つけてるだけだろ」と。

それから黙って牛肉スープを啜った。孔子廟を見学していた旅行者たちが戻り、広場が少しだけ活気づく。

「これ、単なる噂なんだけどさ」

平良がふいに声を暗くする。鷹野は牛肉スープを啜るのをやめた。

「詩織ちゃんって、なんか向こうの学校でレイプされそうになったらしいな」

平良は淡々とそう言った。感情が動いていないのではなく、感情を動かさないようにしているらしかった。

「……レイプってわけでもないんだけど、好きだった先輩んちに行ったら、仲間が何人かいて、詩織ちゃんはすぐに逃げ出したらしいんだけど、そのまま学校行けなくなったって」

平良は尚淡々と話す。平良が必死に動かさないようにしている感情が、怒りではなく、悲しみなのだと鷹野は気づいた。

「誰に聞いたの？」と鷹野は尋ねた。

「ん？　ああ、まぁ、なんとなく噂で……」

平良はそれ以上話すつもりはなさそうだった。シートを開けて雨合羽を出し、何も言わずに帰り仕度を始めた。


老街からの帰り道、サンセット通りのスーパーの前に詩織と祖母の姿があった。

さっきの今で、動揺した鷹野はハンドルを切り損ねた。危うく転倒しそうになった鷹野に、詩織たちの視線が向けられる。

素通りもできず、鷹野は平良も誘って二人の前にスクーターを横付けした。

「あら、良かった。うちまで乗せてってよ」

早速、詩織の祖母が平良のスクーターに乗ろうとする。

「いいの？」

詩織に訊かれ、「うん」と鷹野もシートの後ろを空けた。

ラ・レジデンス南蘭島まで二人を送り届けると、「来週のクリスマス、あなたたち何やってるの？　もし、時間あるなら遊びにいらっしゃいよ」と詩織の祖母が誘ってくる。

予定などなかった鷹野は、「はい」と素直に頷いたのだが、へんに気を遣ったらしい平良が、「俺、デートなんで」と見え透いた嘘をつく。

「由加里もデートだって言ってたけど、もしかして相手は平良くん？」

真に受けたらしい詩織が驚く。

「俺と由加里？　ないない」

平良は全身を捩《よじ》って否定した。


その夜、鷹野が部屋でブルース・リーの自伝をパラパラと捲っていると、「いるか？」と徳永が梯子から顔を出した。

ここ数日、徳永は島にいなかった。鷹野はまず、「柳の居場所、分かりましたか？」と尋ねた。

しかし徳永は応えず、「パリで会ったサラって女の子と、連絡は取り合ってるな？」と部屋に上がり込んでくる。

ベッドを下りた鷹野は、机の引き出しから二枚の絵はがきを出した。

二枚ともパリを舞台にした古い映画のポストカードだった。鷹野が短いメッセージを添えて送った葛飾北斎のポストカードに対するサラからの返信で、一枚には彼女の弟が地元の柔道大会で準優勝したこと、そしてもう一枚には最近彼氏と喧嘩したことが書かれてあった。

「これだけか？」

徳永に訊かれ、「こちらから出したのは四通です」と応える。

「来週、香港に行ってもらう」

徳永がそう言って、ポストカードを投げ置く。

「香港？」と鷹野は繰り返した。

「向こうに一条も来てる。一条とはパリの空港で会ってるはずだ」

空港でガイドブックとサンドイッチをくれたあと、すぐに姿を消した一条の顔が蘇る。

「香港では一条の指示に従え」

「向こうで、サラに会うんですか？」

「とにかく一条の言う通りに動けばいい」

徳永が部屋を出ていこうとする。鷹野は、「あの」と呼び止めた。

「柳のことで、何か……」

梯子の途中で足を止めた徳永が、「何か動きがあれば知らせる。それまではもう柳のことは口に出すな。いいか？」と言う。とても厳しい口調だった。

鷹野は壁のカレンダーを見た。

来週の木曜日がクリスマスだった。詩織の家でのクリスマスを楽しみにしていたわけではない。しかし、他になんの書き込みもないカレンダーに、「クリスマスパーティー（プレゼント用意）」とだけ赤いペンで書き込んであった。

ふと平良の話が蘇る。クラスメイトの涼太と飯野の話だ。

「涼太曰く、題材はなんでもいいらしいよ。たとえばテレビのバラエティ番組とか、子供の頃の話とか、学校でのこととか、なんでもいいらしいんだけど、俺はこう思うとかって話すのが楽しいんだって。で、飯野も同じように私はこう思うって話をして、涼太はそれを聞いてるのも楽しいんだって」

青龍瀑布での詩織の横顔が浮かんでくる。あのとき、詩織は何かを言おうとしてやめた。もしかすると平良が言った前の学校での出来事を詳しく話そうとしたのかもしれない。「私はこう思う」と詩織は何かを伝えたかったのだ。そして自分は、「俺はこう思う」と言ってあげるべきだったのだ。

鷹野は「クリスマスパーティー（プレゼント用意）」と書かれたカレンダーの赤い文字をじっと見つめた。

＊

「あれ、鷹野くん？　詩織と何かお約束？」

　インターホンで話す祖母の声が聞こえ、詩織は自分の部屋を出た。その耳に、「いいえ、約束じゃないです」と応える鷹野の声も聞こえる。

「詩織！　鷹野くん」

　祖母に呼ばれたときには、すでに横に立っていた。モニターに鷹野が映っている。

「鷹野くん、どうした？」

「うん、ちょっと……」

「上がってもらいなさいよ」

　祖母がエントランスのドアを解錠する。

「いいの？」とモニターの中で鷹野が躊躇うので、「うん」と詩織は頷いた。

　詩織は洗面所で髪を整えた。しばらくすると、玄関のチャイムが鳴る。

　詩織は廊下を急ぎ、ドアを開けた。鷹野がどこか暗い顔で立っている。

「どうした？」

「うん、ごめん」と、なぜか鷹野が謝る。

「ごめんって？」

「あのさ、クリスマス……。あれ、来られなくなった」

「それでわざわざ？」

「うん、……ごめん」

そのとき、奥から、「詩織、上がってもらいなさいよ」と言う祖母の声がする。

「上がってよ」と詩織はその場を退いた。

鷹野が狭い玄関に入り、スニーカーを脱ぐ。

リビングでは祖父がソファに寝転びテレビでマラソン中継を見ていた。「お邪魔します」と挨拶する鷹野をちらっと見遣った祖父が、「いらっしゃい」と頷き、またテレビに視線を戻す。

「お紅茶でも淹れる？」

台所から祖母に訊かれ、詩織は鷹野の顔を見た。鷹野は「いらない」と首を横に振る。しかし、詩織が伝えるより先に、「……運んであげるから、詩織の部屋でお話しすれば？」と祖母が言う。

「行く？」と詩織は訊いた。

「あ、うん」

廊下を戻り、玄関横のドアを開ける。六畳ほどの部屋に、ベッドと机があり、あちこちにぬいぐるみが置いてある。

詩織は椅子に座って、くるりと鷹野の方へ目を向けた。鷹野は入口に突っ立っている。

「そこ、座ってよ」

他に椅子もないので、ベッドを指差す。

「……うん」

鷹野は花柄の布団に腰かけた。座り心地が悪いのか、何度も腰や手の位置を変え、なぜかそこにあった熊のぬいぐるみを摑む。

「邪魔でしょ。そっちに投げちゃって」と詩織は笑った。

しかし鷹野はまた「うん」と頷きながら、なぜかそのぬいぐるみを太腿に載せる。

「なんか、女の部屋だよな」

「え？」

部屋に入って初めての言葉がそれだった。

「そうかな？」

詩織も部屋を見回した。

鷹野はぬいぐるみの熊の目を引っ張ったり、弾いたりしている。

詩織は自分が裸足だったことに気づき、なぜか恥ずかしくなった。

「ねぇ、鷹野くんの部屋って、どんな感じ？」

「俺の部屋？　梯子で上ってく屋根裏みたいな部屋だよ。古いし、夜になると、ヤモリとか集まってくる」

ヤモリという言葉に、一瞬、詩織は足の指をキュッと縮めた。

「ヤモリ苦手？」と鷹野が信じられぬとばかりに訊いてくる。

「この島に来て、少しずつその手のものにも慣れてきてるけど、寝てるときに壁なんかにいるのを見たら、ちょっとした騒ぎは起こすと思う」

詩織の言い方が可笑しかったのか、緊張していた鷹野に初めて笑みが浮かんだ。

「詩織、お紅茶」

台所から呼ばれ、詩織はすぐに取りに行った。

「鷹野くん、クリスマス、来られないんだって」

祖母に言うと、「それをわざわざ伝えにきてくれたの？」と驚く。

「……この島の子たちは、ほんと、律儀っていうかなんていうか」

カップを盆に載せて運ぶ詩織のあとを祖母もついてくる。部屋を覗き込むなり、「何か予定でもできたの？」と祖母が鷹野に訊く。

「……クリスマス、来られないって。今、詩織が言ってたから。せっかく、おばさん、ちらし寿司でも作ろうかしらって張り切ってたのに」

「すいません。ちょっと用事ができて、来週、島にいないんです」

謝る鷹野に、「どこ行くの？」と今度は詩織が尋ねた。

「東京の親戚んち。就職を世話してもらうことになってて、その相談で」

鷹野はどこか浮かない顔だった。

「じゃ、やっぱり東京で就職？」

「まだ決まったわけじゃないけど」

「じゃ、ごゆっくりね」と微笑んで、祖母がリビングへ戻る。

「詩織ちゃん、なんか俺に言いたいことある？」

あまりにも唐突で、詩織はその真意を探るように鷹野を見つめた。

「言いたいこと？　鷹野くんに？」

「そう。ない？」

「どういうこと？」

「いや、いいんだ、ないんなら」

鷹野が立ち上がり、「そろそろ帰るよ」とまた唐突に言う。

詩織は、「う、うん」と頷くしかない。

玄関まで見送ると、「もう帰るの？」とリビングから祖母の声がした。

「お邪魔しました！」

鷹野が玄関を出ていく。詩織は何がなんだか分からぬまま、ただその背中を見送った。

＊

ホテルの窓から香港島の夜景が一望できた。ガラス窓の内側には狭いホテルの客室も映っている。

こちら側の九龍《クーロン》半島から香港島へ渡るフェリーの明かりを、鷹野はもう三十分近くも眺めていた。

昨日の午後、鷹野は香港に到着した。用意されていたのは海岸沿いに建つＹＭＣＡというホテルだった。香港のランドマークの一つザ・ペニンシュラ香港というコロニアル様式のホテルが隣接しており、車寄せにはロールス・ロイスが並んでいた。

ＹＭＣＡは高校生一人の宿泊が目立たぬように選ばれたホテルだったが、隣のペニンシュラとは宿泊料が一桁違うも、部屋からの夜景は遜色《そんしょく》ないと、さっき退屈しのぎに読んだガイドブックに書かれてあった。

チェックインして以来、鷹野はまだ一度もこの部屋を出ていない。

出発前、徳永に、「チェックインしたら、部屋で一条からの連絡を待て」と指示された。しかしすでに三十時間以上、一条からの連絡はない。

その間、鷹野はルームサービスで胃を満たすしかなかった。

ワンタン麺、蝦炒飯、フィレステーキ……、退屈を紛らわすように注文した。腹が減っているのではなく、何か食べていないと落ち着かず、数時間おきにルームサービスに電話をかけている。

ついさっきチーズバーガーを運んできた年配のボーイから、「気分でも悪いのか」と訊かれた。

彼が食事を運んでくるのはすでに三度目で、到着以来まったく外出しない鷹野をさすがに不審に思ったらしかった。

窓の外、港を渡るフェリーを眺めるのにも飽き、鷹野はまたベッドに戻った。冷え切ったフライドポテトを鷲摑《わしづか》みにする。テーブルには他にも冷めた料理が残っている。

ベッドに寝転がると、指の間から出たフライドポテトを鷹野は一本ずつ食べた。飲み過ぎたコーラのせいでゲップが出る。

　やっと電話が鳴ったのはそのときだった。

「鷹野か？」

　聞き覚えのある声がする。

「はい」

「一条だ。パリで会っただろ」

「はい」

「これから言う住所に『WAX』ってクラブがある。すぐに向かってくれ」

「はい」

　鷹野はフライドポテトをゴミ箱に捨て、脂まみれの指でペンを取ると、一条に教えられた住所を書き留めた。

「そのクラブに、お前がパリで知り合ったサラって女の子がいるはずだ。おそらくサラの他に、サラの兄や仲間たちがいる。明日、サラの自宅でクリスマスパーティーがあるから、そこに誘わせるように仕向けろ。分かったか？」

「はい」

　電話は切られた。一条がここ香港にいるのかどうかも分からなかった。

鷹野は時計を見た。十時になろうとしていた。

浴室に駆け込み、口に指を突っ込んで吐いた。膨れていた胃が空になり、気分がすっきりする。知らず知らずに極度のストレスを感じていたのか、南蘭島で暮らすようになってからは一度もなかった過食嘔吐《おうと》だった。

小さな石鹸の封を切って、手を洗う。鏡には寝癖をつけたままの自分が映っている。濡れた指で髪を整え、新しいシャツに着替えた。そのまま部屋を出ようとしてふと思い出し、一九三〇年代のパテック フィリップの腕時計をつける。

退屈しのぎにガイドブックの地図を眺めていたせいで、一条が告げた住所がどの辺の地区にあるのかも分かっていた。

ホテルを出ると、すぐにタクシーを捕まえようとして、ふとその手を戻す。タクシーで海底トンネルを行くのではなく、窓から眺めていたフェリーで香港島へ渡ってみたくなる。まさか一条が監視しているとも思えない。鷹野はすぐそこにあるフェリー乗り場に走った。

船着き場にちょうど出発待ちの船が停泊していた。薄暗い通路を抜けて、フェリーに駆け込む。鷹野は甲板に出た。対岸の高層ビル群の明かりが海面に映り込み、ゆらゆらと揺れていた。

すぐに出港したフェリーの甲板には熱く湿った風が吹きつけた。

錆《さ》びついた手すりから身を乗り出し、白波を立てる海を覗き込む。夜空を見上げ、低空飛行で下りてくる旅客機を眺める。街の明かりや旅客機のライトや星が一緒くたに降ってくるようだった。

対岸でフェリーを降り、すぐに乗ったタクシーが向かったのは、急な坂道が続く地区で、洒落たカフェやレストランが並んでいた。白人たちの姿が目立ち、タクシーの窓を開けると、大音量のダンス音楽が流れ込んでくる。

タクシーを降り、少し坂を下った場所にその「WAX」というクラブはあった。ガードが立っているわけでもなく、巨大なアルミのドアを抜けると、長い通路が延びている。薄暗い通路には香が焚《た》かれており、その煙と強烈な匂いで咳き込みそうになる。

通路を進むとと、つぜん視界が開け、大勢が踊っているフロアが見下ろせた。フロアへ下りる階段も客で溢《あふ》れ返り、歩くスペースもない。

鷹野は隣に立っていた女に、VIPルームはどこか尋ねた。若作りをした白人女性だったが、目尻に皺《しわ》がある。

女は不自然なほどじっと鷹野を眺めたあと、知っていても教える気などないとばかりに顔を背けた。

次の瞬間、こみ合った階段でちょっとした騒ぎが起こった。階段を上がってこようとする若い男に触れようと、女たちが手を伸ばし、男がもみくちゃにされている。

有名な若手俳優らしかった。鷹野は良い予感がして、今にも引きずり下ろされそうだったその男の手を引っ張ってやった。幸い、男は抜け出せたが、鷹野の手を乱暴に払うと礼も言わずに歩いていく。

鷹野はそのあとを追った。フロアへ下りる階段とは別に、もう一つ上階へのものがあり、男がそこを駆け上がっていく。途中、見張り役の男の肩をポンと叩く。

鷹野も続けて上がろうとしたのだが、見張りの男が立ち塞がる。しかし、五百ドル札を握らせると、すぐに鷹野の肩からその手は外れた。

階段の上はいくつかの個室になっていた。どの部屋もすでに大勢の客で埋まっている。さっきの俳優を探して先へ進むと、やはり俳優が入った部屋にサラの姿があった。革張りのソファの肘掛《ひじか》けに座り、連れらしい女と楽しげに話をしている。

鷹野はわざと目立つように個室を覗き込んだ。さっきの俳優がすぐに気づき、何か呟いて迷惑そうな顔をする。しかしその気配が室内に伝わったらしく、サラの目が鷹野に向いた。

鷹野はガラス戸に張りつくように、大袈裟に驚いたふりをした。目を丸め、「おっ！」と叫んで、サラを指差す。彼女もすぐに思い出したようだった。驚いた様子で、人を掻き分け部屋を出てくる。

7 香港島の高級別邸

今朝、軽井沢は零下五度まで下がった。この家にはセントラルヒーティングが設置されているが、さすがに今朝、富美子は寒さで目を覚ました。

ただ、起き出してすぐに薪《まき》をくべた暖炉のおかげで、徐々に家内は暖まっており、ガラス窓が結露で濃く曇っている。

風間がそろそろ起きてくる時間だった。富美子は朝食の準備を始めた。

風間の朝食は毎朝決まっている。卵二つの目玉焼きにハムが二切れ、トーストには少しだけ焦げ目をつけ、ヨーグルトにはブルーベリージャムをかける。

トーストを焼こうとして、富美子はその手を止めた。軽井沢銀座にある老舗《しにせ》パン屋で買ってくるいつもの食パンだったが、なぜか今朝に限って鷹野のことを思い出したのだ。

この家に来た当初、鷹野は良い子を演じていた。それがある日学校を休むようになり、部屋に閉じこもることが多くなった。その後、鷹野は富美子が恐怖を感じるほど、とつぜん家の中で暴れ出すような過酷な時期を迎えるのだが、そうなる少し前、家にある食材を手当たり次第に食べてしまうということを始めた。

その行為に気づいたとき、富美子は成長期の男の子というのはこれほど食欲があるのかと呑気《のんき》に驚いていた。しかし、しばらく様子を見ていたのだが、やはりその食べ方が尋常ではない。

夕方、学校から戻ると、富美子が用意したおやつを食べる。その量が凄まじい。アップルケーキを焼けば、一ホールそのまま食べてしまい、一リットルの牛乳を飲み干す。その直後の夕食でも、たとえばステーキの一切れで茶碗一膳を食べてしまうようなペースで、正直、見ている富美子が気持ち悪くなるような食べ方だった。

それでも食卓だけで済めばいい。しかし鷹野は夕食の席を立つと台所に寄り、食パン一斤まるごと部屋に持っていく。翌朝、富美子が鷹野の部屋に掃除に入れば、食パンの耳だけを残して食べ散らかした残骸がゴミ箱に捨ててある。その残骸は、空腹で食べたというよりも、嫌々ながら食べたように見える。

他にも、ほとんど毎日、夜中に台所へ下りてきて冷蔵庫の中のものを食べた。調理しないでよいものであれば、プリン、かまぼこ、林檎《りんご》、きゅうり、なんでも食べてしまう。あるときなど、ジャムを一瓶食べ尽くしたこともあった。

食べるだけならいいのだが、夜中にトイレから苦しそうに吐く声がするのだ。

もちろん注意した方がいいのは分かっているが、富美子にはそれができなかった。鷹野がどのような状況で保護されたかを知っていたからだ。

母親に置き去りにされた部屋で、鷹野は餓死寸前で保護された。死んだ弟の体を抱き、自身の汚物にまみれながら保護されたのだ。富美子には食べ物を求めて冷蔵庫を漁《あさ》る幼い鷹野が見えた。

当初、風間は呑気に構えていた。

しかしあるとき、鷹野が無茶な食べ方をするのは部屋に一人でいるときに限ることに富美子は気づいた。朝昼晩の食事とおやつはダイニングで取るが、それ以外ではリビングで何かを口にすることはない。更に言えば、実際に鷹野がおやつと食事時以外に何かを食べる姿を富美子は見たことが一度もなかったのだ。

富美子は改めて風間に相談した。富美子の真剣さが伝わったのか、風間もやっと重い腰を上げ、専門家に相談してくれた。

「一人きりになると、緊張状態に陥ることがあるそうです」と風間は教えてくれた。

「……もしかすると、自分では食べてる感覚がないかもしれないと専門家は言ってました。いつでも食べ物があって、食べたいときにはいつでも食べられるという安心感を与えるように、とのことでした。具体的には、いくらでも食べ物を部屋に持ち込ませてやって下さい。

そうすると、おそらくそういう子は食べ物を食べる代わりに身近に置いておくようになるそうです。手の届く所、見える範囲にそれらがいつもあれば、次第に治る可能性もあるということです」

その日から富美子はスーパーで必要以上に食材を買うようにした。これまでは買わなかったお菓子類をまとめ買いし、台所に置いた。

鷹野は買ってきたものは全部食べた。しかし一箱ずつ、自分の部屋へ持っていき、それを食べ終えると、また別のものを取りにくる。

「面倒でしょ？　まとめて持ってってていいのよ」と富美子は声をかけた。

それでも最初は遠慮して、二つ、三つしか持っていかなかったのだが、次第にその量が増える。そしてとうとうスーパーの袋ごと持っていくようになった頃、富美子が掃除に入ると、まだ封の切られていないものが部屋に残るようになった。

更に日が経ち、その数が増える。ベッドの枕元に菓子をずらりと並べることが多くなった。

鷹野がとつぜん南蘭島へ移されたとき、まず富美子が心配したのはこのことだった。慣れぬ場所でまた過食を繰り返していないか危惧したのだ。

しかし風間からの報告によれば、南蘭島ではもう無茶な食べ方などしていないという。富美子は安堵《あんど》した。

ちょうど朝食を整えた頃、風間がダイニングに入ってきた。

「おはようございます」

富美子は淹れたてのコーヒーを運んだ。

昨夜、あまり寝ていないらしく、風間の目が充血している。

「おはようございます」

コーヒーを受け取りながら、風間がふと思い出したように挨拶を返す。

「今朝、お部屋、寒くなかったですか？」と富美子は訊いた。

「ええ。今朝は氷が張ってるのかな」

風間が日を浴びた庭へ目を向ける。

「今年は特に寒いように感じますね」

富美子が台所へ戻ろうとすると、「富美子さんはここに来て何年になりますか？」と珍しく風間が会話を続けようとする。

毎朝、短く天気の話をすることはあっても、そこから会話が広がることはない。

「もう六年になります」と富美子は応えた。

「鷹野がここへ来る二ヶ月ほど前でしたか？」

「ええ、そうです」

ふいに鷹野の名前が出て、富美子は嫌な予感がした。風間も富美子の表情に気づいたようで、「いやいや、鷹野なら問題なくやってますよ」と微笑む。

「そうですか」

富美子はほっとして台所に向かおうとした。しかし今朝に限って、風間がまだ話を続けようとする。

「富美子さん、昨夜、鷹野の正式な任務が決まりました」

富美子は足を止めた。

「……遅くとも二月中には、今いる南蘭島から出ることになります」

「じゃあ、鷹野くんは卒業式には出られないんですね。少しかわいそうな気がします」

「鷹野自身も分かってたことでしょう」

風間の口調がとても冷たく響く。

「でも……、どうして、そんな大切なことを私に教えて下さったんですか？」

組織のことを風間が口にすることはほとんどない。

「富美子さんには知る権利があると思いまして」

「私はただの家政婦です」

「確かにそうですが、もしあなたがいなければ、おそらく鷹野は使い物にはなっていなかった」

物という言葉が更に富美子の心を乱す。

「鷹野くんは最終的に受け入れると思いますか？」と富美子は訊いた。

明確な言葉にはしなかったが、組織に忠誠を誓うため、胸に埋め込まれる爆破装置を受け入れるだろうかという意味だった。

「まだ土壇場にならないと分かりません。最後の最後で受け入れられない者も多い。でも、私には鷹野はもう覚悟を決めているような気がします」

風間は窓の外の庭をじっと見つめている。その目から感情を読み取ることは難しい。

「富美子さん、こんなことを訊くのは初めてですが……」

風間がふいに視線を戻す。

「……富美子さん、この仕事についたことを後悔されていませんか？」

どう応えればいいのか分からなかった。いや、後悔などしていないと応えるべきだとは分かっているが、素直にその言葉が出ない。では後悔しているのかと自問してみる。鷹野とここで過ごした三年の日々が頭の中をよぎる。

「……分かりません。ただ、あのとき、もし風間さんに声をかけて頂いていなかったら……」

そこで言葉が詰まる。

風間はそれ以上深入りしてくることはなく、フォークで目玉焼きの黄身を潰す。

富美子は廊下へ出た。

風間に「一緒に働きませんか？」と声をかけられたとき、一人息子の良典《よしのり》を失ってから五年が経っていた。しかし五年も経っていたが、富美子にはまだ昨日の出来事と同じだった。まだ何一つ、自分の中で整理するどころか、受け入れることさえできずにいた。

防ごうと思えば、防げた死だった。自分自身よりも大切だった良典を、富美子は自身の判断ミスで失ったのだ。

あの夜、すやすやと眠っていた良典を部屋に残して富美子は仕事に出た。あの夜だけ、これまで無理をしてでも払ってきた休日深夜数千円の託児所代を惜しんだ。いつもなら朝まで起きることのない時間帯だった。

あの夜、良典が布団で眠りにつく前に、何を話したのかを富美子はどうしても思い出せない。良典の最後の言葉を必死に思い出そうとしているうちに、五年という月日などあっという間に過ぎていた。

*

マクドナルドに入ると、鷹野は長い列に並んだ。九龍という場所柄、観光客が多く、注文時に言葉が通じないせいでなかなか列は進まない。店内にまだ一条は来ていないようだった。スペイン語圏からの観光客らしい年配の女性たちが、愛想なく働いている店員に頻《しき》りに声をかけている。若い店員は彼女たちの英語を理解しているのかいないのか、愛想が悪過ぎることへの遠回しな苦情に対して一切返事をしない。

「人生、楽しい？」

赤髪の客がそう声をかけるが、店員は応えない。

「楽しいわけないよね。毎日、こうやって働いてるだけだもんね」

別の一人がそう言って、トレイを受け取り去っていく。

順番になり、鷹野はその店員にチーズバーガーとコーラを頼んだ。やはり店員はにこりともしない。

席を探して二階へ移動し、ようやく空いたテーブルを見つけたが、椅子がケチャップで汚れていた。紙ナプキンで拭いていると、一条が現れた。

「約束できたか？」

一条に挨拶もなく訊かれ、「はい。パーティーには招待されました」と鷹野は応えた。

一条が勝手にカップにストローをさし、鷹野のコーラを飲む。

パリで会ったときは、三十代後半の徳永と同年代に見えたが、実際にはもう少し若いのかもしれない。

鷹野はチーズバーガーに齧《かじ》りついた。

「この前、八重洲の『和倉地所』からデータを盗み出したんだろ？」

一条が音を立ててコーラを飲み干す。

「……今回も要領はそのときと同じだ。とにかくデカい家だが、インカムで指示する通りにやれ」

一条が無線キットと小型盗聴器をテーブルに置く。鷹野はすぐにポケットに入れた。

「今夜、その盗聴器を仕込んでもらう。使い方は分かってるな？」

一条に問われ、「はい」と頷く。

テーブルに身を乗り出していた一条が、すっと体を背もたれに戻した瞬間、シャツの胸元が少しはだけた。二つ、三つボタンを外しているせいで、胸元が露《あらわ》になる。

「お前、もしかして、まだ見たことないのか？」

鷹野の視線に気づいた一条が、もう一つボタンを外して胸元を見せる。

ちょうど心臓部分の皮膚に小さな引き攣れがあった。

「実際、見ると大したことねえだろ。触ってみるか？」

「いえ、いいです」

鷹野はその傷から目を逸らした。

「今日のパーティー、何人くらい来るって言ってた？」

話を変えた一条に、「人数までは分かりませんが、毎年クリスマスパーティーは盛大にやるって言ってました」と鷹野は応えた。

「盛大ったって、ガキのパーティーだろ。昨日、なんか問題あったか？」

「いえ、特にありません。二時までクラブにいて、サラは迎えの車で帰りました」

「兄貴が一緒だったろ？」

「いえ、兄貴の方はたぶんそのあと連れの女と一緒にどこかに……」

鷹野はそこで言葉を濁した。マットというサラの兄貴が連れていた女にどこか違和感があったことを思い出したのだ。

「どうした？」

「いえ、別に。ただ、マットの恋人、アジア系のアメリカ人だと思うんですが、少し様子がおかしかったような気がして」

「マットの新恋人についてはまだ俺にも情報が入ってない。マットって奴、女をとっかえひっかえなんだよ。こっちに情報が来たときにはもう違う女だ。どうせ留学先のアメリカで引っかけてきたんだろうが。何かドラッグでもやってたんじゃねえか？」

「いや、そういう感じじゃなくて」

違和感があったのは確かだが、それを上手く説明できない。

「お前、金あるか？」

立ち上がった一条が、鷹野の返事も待たずに輪ゴムでまとめられた紙幣をテーブルに投げ置く。

「これで服を揃えろ。ガキのくせにカクテルパーティーなんだろ。この店のチャンさんって人に頼めば、間に合わせてくれるはずだ」

一条が名刺を置いて店を出ていく。名刺のテーラーはペニンシュラホテル内のものだった。

香港島の南部、浅水灣《レパルスベイ》周辺は高級別邸が建ち並んでいる。開拓したイギリス人や香港人はもとより、返還以降、中国共産党幹部所有の豪奢な別邸も増えている。

椰子の木が並ぶビーチ沿いの道から、鷹野が乗るタクシーは緑の多い急な坂道に入っていく。曲がりくねった石畳の道は、サラの一族が所有する別邸の私道らしく、カーブごとに監視カメラが取り付けられている。

「中まで入れるのか？」と、さっきから運転手が頻りに訊いてくる。鷹野はそのたびに、「入れる」と応えるのだが、それでもカーブを曲がると、また運転手が不安げに同じ質問をする。

しばらく上ると、巨大な鉄門が現れた。格子状の門の先に、更に道が続いている。タクシーが近寄ると、自動で門が開く。

駆け出してきた門番に、鷹野は名前を告げた。無線で確認が取られ、タクシーは更に進んだ。到着したのは、日本人建築家が設計したという木材とガラスのコントラストが美しい大豪邸だった。車寄せにはすでに到着している客たちの高級車がずらりと並んでいる。

駆け寄ってきたボーイに案内され、鷹野は家の中に入った。玄関を抜けると大きなホールで、その先にある中庭ではすでにパーティーが始まっている。

鷹野は中庭へ出た。

白いクロスがかけられた長テーブルに料理が並び、シャンパンボトルが何本も冷やされている。

集まった若者たちは形式張ったパーティーには興味を示さず、テーブルに足を投げ出し、ソファに寝転んで騒いでいる。

サラはソファ席の中心にいた。鷹野に気づいて手招きする。こみ合ったソファの自分の隣に少しだけスペースを空け、ここに座るようにと叩く。

鷹野は近くにいたボーイからシャンパンをもらって近づいた。

「彼が、さっき話してた人？」

サラの横にいた女の子がそう尋ねた瞬間、そばにいた女友達が一斉に意味深な視線を鷹野に向ける。鷹野は遠慮がちに微笑んだ。

悪い噂話をされていたわけではなさそうだった。値踏みするような女友達の視線のなか、鷹野はサラの隣に腰を下ろした。

「こちら、鷹野一彦さん。私の弟が向こうで柔道を教えてもらったのよね？　先生」

サラに茶化され、鷹野も微笑んだ。

近くでサラを見ると、浅黒い肌が更に艶っぽく、砂漠のような瞳の色が際立つ。

ふと視線を感じて鷹野は顔を上げた。昨夜も会ったサラの兄の恋人が、冷ややかな目でこちらを見ている。鷹野は小さく会釈したが、彼女は無視して立ち去った。大きな花瓶に生けられた花を手に取り、くるくると回しながら邸宅の中へと入っていく。

「鷹野さんって、彼女いないの？」

女友達の一人から唐突に訊かれ、鷹野は、「いないよ」と応えた。

「好きなタイプは？」

また別の友達の質問に、鷹野は無言でサラを指差す。途端に冷やかしの声が上がり、慌てたサラに、「嘘つき！」と肩を叩かれる。

一条から合図が入ったのは、それからすぐのことだった。鷹野は席を立ち、トイレに向かうふりをして邸宅内に入った。

「サラのオヤジとお袋の戻りが早まりそうだ。これからすぐに動けるか？」

一条の問いかけに、鷹野は、「はい」と小声で頷いた。

「今、どこだ？」

「玄関ホールです」

「周りに誰かいるか？」

「ボーイが二人」

「ホールの奥にトイレがある」

「はい。今、その前です」

「中に入れ」

鷹野はドアを押し開けた。一般家庭のトイレとはまったく違う。男女別なのはもちろんだが、中へ入ると、日本人建築家がデザインしたせいか、箱庭のようになっており、おそらく建築家は反対したのだろうが、石をくりぬいた小便器の横に、ししおどしまでついている。

「そこの窓から外へ出て、壁を伝って二階に上がれ」

一条の指示通り、鷹野は窓を開けた。ししおどしを踏み台にして、窓から外へ出る。

壁にある通気口を伝って、あっという間に二階の窓に手をかける。

「この窓は？」と鷹野は訊いた。

「割るなよ！　その先のバルコニーまで動け！」と慌てた一条の声が戻ってくる。

雨樋を伝い、バルコニーに回り込む。屈んでいないと、中庭の客たちから丸見えになる。

「そこのドアの鍵を開けろ」

壁一面に蔦が這っており、その中にガラスのドアがある。鷹野は簡単に鍵を開け、室内に入った。中は広々とした書斎で、壁一面に本棚が設《しつら》えてあり、マホガニーの机の上に不似合いなFAX付き電話がある。

「机の上の電話ですか？」と鷹野は訊いた。

「そうだ。いけそうか？」

「はい、三分もあれば」

鷹野はさっそく受話器の送話口を開け、盗聴器を仕込んだ。室内は静かで、壁に置かれた古い時計の音も聞こえる。

「完了です」と応えようとした瞬間、部屋のドアの向こうで音がした。鍵を開けようとしている。鷹野は受話器を置き、咄嗟にバルコニーへ逃げようとした。しかし、一歩間に合わずにドアが開く。

鷹野は体から力を抜いた。体だけでなく、その表情からも緊張を消す。

鷹野は少しとぼけた顔で振り返った。立っていたのはサラの兄の恋人だった。

鷹野以上に彼女が驚いている。

「ど、どっから入ったの？」

急いで中に入り、後ろ手でドアを閉めた彼女が言う。

「そっから」と、鷹野はしれっとそのドアを指差した。

「ここで、何してるのよ？」

まだ状況が把握できないらしく、彼女の目が動揺している。

「この家を設計したの、日本人なんだって。俺、建築に興味あって、ふらふら歩いてたらここに」

「勝手に？」

彼女の質問に、「そっちは？」と鷹野も訊き返す。

彼女は何も応えない。ただ、部屋を出ていこうともしない。

「名前、訊いてなかったよな？」と鷹野は尋ねた。

室内を見回し、鷹野以外に誰もいないと分かったらしい彼女が、「日本語でいいわよ。私はミキ。遠山《とおやま》ミキ」ととつぜん日本語で言う。

「日本人？」と鷹野は驚いた。

「国籍はアメリカ。日本に住んだことはないわ」

完璧な日本語だった。

沈黙が流れ、中庭からの笑い声が静かな部屋に微かに届く。

「ねぇ、あなたって、本気でサラのこと狙ってるわけ？」

ミキと名乗った女がヌードカラーのドレスの裾を持って歩き、大きなソファの肘掛けに腰を下ろす。

「どういう意味だよ？」

鷹野はその姿を目で追った。

「何が目的なのよ？」とミキがバカにしたように笑う。

「目的？」と鷹野は驚いてみせた。

「その年で、もう逆玉でも狙ってるわけ？　言っとくけど、あなたがここのパーティーに来るようなクラスの人間じゃないってことは分かってるから」

「どういう意味だよ？」

「あなたは、サラやマットの周りにいるようなお金持ちの子たちとは違う。そういうのって、いくら隠そうとしてもプンプン臭うのよ。たとえば、そうやって、これ見よがしに年代物のパテック フィリップを腕につけたところで、その臭いは消せないの」

「自分と同じ臭いがするってことか？」

鷹野は喋り続けるミキの口を塞ぐように言い返した。

「あなたがそう思いたいんなら、そう思ってればいいじゃない」

口調は厳しかったが、本気で怒っているわけでもないらしい。

「とにかく、お互い頑張りましょ。サラやマットに愛されれば、私たちの人生も変わるんだろうし」

鷹野は何も応えず、普通にドアから部屋を出ようとした。そのとき、「ねぇ、ちょっと」と声がかかる。

「……私たち、協力し合えない？」

そう誘うミキの目を鷹野は見つめた。

「協力って？」

「お互い、目的はきっと同じでしょ。あなたはサラ。私はマット」

真剣な誘いのようにも、からかっているようにも見える。

「俺はあんたみたいに、打算的に誰かを愛そうと思ったことなんてないね」と鷹野は笑った。

「味方になれないなら、これからも敵同士ね」とミキも笑う。

鷹野は何も応えず部屋を出て、ドアを閉めた。閉めたドアの向こうから、ミキの高笑いが聞こえる。なぜか鷹野まで、たった今自分が吐いた科白《せりふ》に笑いが込み上げてくる。

中庭へ戻ると、到着が遅れていたらしいサラの恋人が来ていた。両親は海運業で成功しているシンガポールの華僑《かきょう》で、本人は昨年ケンブリッジ大学を卒業し、現在は香港でイギリス資本のテレビ局で働いているらしいが、将来的には家業を継ぐことが決まっている。

見ていると、如才ない男で、サラを連れて招待客たちを回り、向かう場所ではどこも笑い声が起こっていた。

その後、一条から「取り付けた盗聴器が無事に作動した。外へ出ろ」という連絡が入った。

鷹野がサラに挨拶に向かうと、彼女は恋人をその場に置いて玄関まで見送りにきてくれた。

「こんなに早く帰るなんて。何か他に予定あるの？」

サラの質問に、「このあと家族とクリスマスディナーがあるんだ」と鷹野は応える。

「……もうデザートの時間だろうけど、最後に滑り込めばセーフ。クリスマスくらい良い息子でいてあげないと」

鷹野の嘘に、サラは好感を持ったようだった。

敷地を出ると、すぐにインカムをつけた。「出ました」と告げた途端、「さっきのミキって女、どう思う？」と一条が珍しく意見を求めてくる。

「玉の輿《こし》狙いのどこにでもいる女だと思いますが」と鷹野は歩きながら応えた。

海岸沿いの道へ出たところで、目の前にその一条のアウディが横付けされる。鷹野は助手席に乗り込んだ。

「本当にそう思うか？」

アクセルを踏み込むと同時に一条が声をかけてくる。

「え？」

「だから、あのミキって女だよ」

「ああ。はい、特に問題は……」

「鷹野、良いこと教えてやるよ。これからのお前に役立つはずだ」

更に車のスピードが上がり、ライトに照らされた白線が車内に飛び込んでくるように見える。

「……お前は、あのミキって子を騙《だま》しおおせたと思っている。金持ちの女狙いのジゴロだと思われればいいんだからな。でもな、言っとくぞ。自分が騙している相手からは、必ず自分も騙されている。よく覚えておけ」

サラの家から一キロほど離れた場所で車は停まった。ビーチ沿いに建つショッピングセンターで、建物はもちろん駐車場までクリスマスのイルミネーションで飾られている。

「そこにバイクがある。ここで着替えて、サラの家の前であのミキって女を見張れ。出てきたら、あとをつけろ。あの女も何かの目的があって、あの書斎に入ったはずだ。その目的を探れ」

フロントガラスの先、車のライトがＢＭＷのバイクを照らしている。

「でも、俺にはあの女が何か隠しているとは思えませんでした。単に自分と同じ目的であの一族に近づいてきた俺を警戒したとしか」

「まぁ、やってみろよ」

そう応えた一条の口調には絶対の自信がありそうだった。

その夜、ミキを乗せた車は、深夜十二時を回った頃に屋敷を出てきた。運転しているのはサラの兄で、かなり酔っているのか、車は大きく蛇行した。鷹野はかなり距離を取ってから追跡を始めた。

車は延々と続く海沿いの一本道を進み、徐々に街中へと入っていく。

何度も渋滞にはまりながらも、結局、車は中環《ジョンワン》にあるマンダリン・オリエンタル・ホテルに入った。ミキとサラの兄は車を預けてホテル内へ入る。鷹野もバイクを停めると、そのあとを追った。

二人はそのまま二十階のスイートルームに姿を消した。部屋番号を確認すると、従業員用のロッカールームに忍び込み、ルームサービス係の制服を盗む。そのまま二十階に戻り、部屋のドアが見える非常階段に身を潜める。

ミキが部屋を出てきたのは、それから二時間ほど経った頃だった。ジーンズに白シャツというラフな格好で、サラの兄が出てくる気配はない。すでに深夜二時を回っている。

しかしミキが乗り込んだエレベーターは、ロビー階には下りず、なぜかワンフロア下の十九階で止まった。

鷹野は非常階段を駆け下りた。

十九階の廊下に出ると、ミキが廊下を歩いていく。鷹野は制帽を深くかぶり、そのあとを追った。

ミキは廊下の途中で足を止めた。ある部屋のドアをノックする。

鷹野は少し手前で身を隠した。

　ミキがまたノックする。その重い音が廊下に響く。ドアが開いた瞬間、鷹野は歩き出した。俯いたまま、どんどん速度を上げる。

　ミキを招き入れたのは男だった。

「マットなら寝てるわ」というミキの言葉に、「この部屋には泊まれないぞ」と笑う男の声が聞こえた。

　ドアが閉まる寸前、鷹野は部屋の前を通ることができた。十センチほどの隙間から室内が見える。

　男はこちらに背中を向けていた。しかしその顔が部屋のガラス窓に映っていた。

　ドアが閉まる。鷹野は「ん？」と声を漏らした。

　ガラス窓に映っていたのは八重洲の「和倉地所」で争い、一緒に街路樹に飛び下りて逃げたデイビッド・キムという男だった。

8　霧島連山の水源

翌朝、まずホテルを出てきたのは、サラの兄とその恋人、遠山ミキと名乗った日本人の女だった。

二人は車寄せにつけられた車にじゃれ合うように乗り込むと、そのまま上環《ションワン》方面へ走り去った。

二階のラウンジから見張っていた鷹野は、二人を追わなかった。すると一時間ほどして案の定デイビッド・キムがトランクを引いて出てくる。

鷹野はまず無線で一条に伝えた。

ドアマンに声をかけられたデイビッドがタクシーを断り、表通りを歩いていく。

「歩きですね」

鷹野は伝えた。

「バイクはそこに置いていけ」とインカムに一条の声が戻る。

鷹野はラウンジからの階段を駆け下り、デイビッドのあとを追った。外へ出た途端、街の騒音に包まれる。渋滞した表通りではクラクションが鳴り響いている。

デイビッドは一本目の角を曲がり、ホテルを回り込むように裏手へ進んでいく。鷹野も距離を取りながらあとをつけた。

同じように角を曲がろうとすると、少し先でデイビッドが立ち止まり、フランク　ミュラーのショーケースを眺めている。鷹野は慌てて身を隠した。

「なんか、のんびりしてますね。腕時計、眺めてますけど」と思わず鷹野は報告した。

「トランク持ってホテルを出たってことは、どっかに移動するんだろ？　空港に向かうならタクシーだろうし、とにかくもしそいつが香港のねぐらに帰るんなら、その場所だけでも突き止められればいいよ」

「あの遠山ミキって女とグルってことは、こいつもサラの家というか、『V.O.エキュ』の香港支社を探っているってことですよね？」

鷹野の質問に、一条からの応えはない。

「一条さん、一つ質問していいですか？」と鷹野は改めて声をかけた。

「……俺らの仕事っていつもこんな感じなんですか？」

「こんな感じってなんだ？」

「こうやって自分が何をやってるのか分からないっていうか、指示されたことをやるだけで、それがどんな情報なのか、なんの役に立つのか分からないまま動くというか……」

鷹野は喋りながらデイビッドを確認した。まだショーケースを眺めている。

「俺が何も知らずに、お前を動かしてると思うか？　お前も徐々にいろんなことが分かってくるよ。そしてそのときはお前の判断で全てをやることになる。ただ、誰も教えてなんかくれないぞ。自分で考えるんだ。自分が今、何をやってるのか、なんのためにやっているのか、小さな手がかりから自分で考え出すんだ」

鷹野は返事をしなかった。代わりに空を見上げた。今にもこちらに倒れてきそうな超高層ビルが囲んでいる。

今、一条に言われたことを、自分は望んでいるのかいないのか。

鷹野はまた顔を出した。しかし、そこにデイビッドの姿がない。

慌てて駆け出し、次の角で足を止める。左右を確認してみるが、やはりデイビッドの姿がない。

「いません。見失いました」

一条に伝えながら、鷹野は腕時計のショーケースまで戻った。横にホテルへ入るドアがある。もしかすると、中に入ったかもしれず、確かめようとドアを押したその瞬間、誰かに肩を摑まれた。

ガラス戸に涼しい顔をしたデイビッドが映っている。

「お前、尾行下手だな」

ガラスに鼻で笑う顔が映る。

鷹野は肩に置かれた手を乱暴に払った。

「俺になんの用だ？　のこのこあとをついてくるってことは、何か用があるんだろ？……お前、鷹野っていうんだろ？　東京の『和倉地所』で会ったよな？」

そう言ったデイビッドが手を伸ばして、インカムのコードを引こうとする。

鷹野はその手も乱暴に払った。

「……お前、まだ、ベビーシッター付きかよ」

デイビッドがインカムを指差して笑う。

鷹野は耳からインカムを抜いた。二人の間を旅行者らしい白人の老夫婦が歩いていく。

「何が知りたいんだよ？　なんでも教えてやるぞ」

デイビッドがそう言ってまた笑う。

「お前、フィリップに可愛がってもらったらしいな」と、鷹野は初めて口を開いた。

「フィリップ？」

「ランスのフィリップだよ」

鷹野の言葉にデイビッドが一瞬顔を歪《ゆが》め、「な、なんの話だよ?」と慌てる。

「まぁ、そんな話はどうでもいいよ。それよりなんで、俺が行くとこ行くとこ、いつもお前がいるのか教えろよ」

デイビッドはまだフィリップのことが気になっているようで、「おい、やめてくれよ。あんな奴となんの関係もねぇぞ、俺」と唾を飛ばす。

その慌てぶりに鷹野は声を上げて笑った。ランスの元修道院の壁にあった落書きは、やはり目の前の男のものだったらしい。

「今、なんでも教えるって言ったよな?」と鷹野は訊いた。動揺するデイビッドを前に主導権を握っている。

「……だったら、手っ取り早く教えてくれよ。お前がこれからどこへ行こうとしてるのか。もし、ここ香港に隠れ家があるんなら、その場所。それさえ分かれば、お前のあとなんか、ついて歩かねぇよ」

デイビッドは白シャツ一枚だった。よく見れば、その右肩が不自然に盛り上がっている。脱臼でもしたのか、包帯で固定されているらしかった。まさか「和倉地所」の五階から飛び下りたときの負傷が未だ残っているとは考えられず、とすれば、その後また目の前の男は、あのときと同じようなことをどこかでしていたことになる。

「そんなことなら、すぐ教えてやるよ。ここ香港に隠れ家なんてない。俺はこれからソウルに戻る。なんなら何航空の何便か、チケットも見せてやろうか？」

そう言って、デイビッドが通りを眺め、走ってきたタクシーに手を上げる。

「どうせ、またどっかで会うよな？　あ、そうそう。柳って奴もお前の仲間だろ？　よろしく言っといてくれよ」

デイビッドが停車したタクシーのドアを開ける。

「おい！」と鷹野は思わず呼び止めた。

「……お前、柳のこと知ってるのか？　いつ、どこで会った？」

「そんなの、あいつに訊けよ」

不思議そうに首を傾げたデイビッドがタクシーに乗り込み、車は細い路地を出て大通りを走り去っていく。

柳の名前が出たことでひどく動揺して体が動かない。タクシーが見えなくなり、慌てて鷹野はインカムを耳に戻した。

「き、聞こえてましたか？」と声をかけると、「お前、今のヤツと知り合いなのか？」と逆に一条が訊いてくる。

「いや、当てずっぽうだったんですけど、例のランスの元修道院にヤツが書いたらしい落書きがあったんです。……それより、柳もこの任務についていたんですか？」

「柳？」

「はい。今、ヤツが言ったじゃないですか？」

「知らねえな。誰だよ？」

「俺と同じように、ちょっと前まで南蘭島にいた奴で……」

「さぁ……。俺は預かってないぞ」

鷹野は思わず辺りを見回した。いるはずもないのだが、このこみ合った街角のどこかに柳が立っているような気がした。

「今のデイビッドって奴が、『V．O．エキュ』の香港支社や『和倉地所』を探ってるってことは、俺らと目的は同じだな。まぁ、どっちが早く情報を摑むかってことだ」

耳に届いた一条の声に、鷹野は柳を探すのをやめた。

「あいつも、AN通信みたいな、どこかの組織に入ってるんですよね？」

鷹野の質問に、「お前とそう変わらない若造なんだろ？　だったらまだ一人ってことはねぇな。どこかの組織、または誰か黒幕がいて、そいつのために動いてるってことだろうな」

と一条が教えてくれる。

鷹野は道の真ん中で話していることに今さら気づき、慌てて建物の柱に寄った。

「お前はこのままホテルに向かって、今日の便で日本に戻れ」

「南蘭島にですか？」

「他に行くとこあんのか？」

「いや、ないですけど」

「じゃあな」

呆気《あっけ》なく通信が切れる。

鷹野はイヤホンを外すと、また空を見上げた。周囲を囲む超高層ビル群がさっきよりも間隔を狭めているように見える。このままここに立っているとビル群に潰されてしまうようで、鷹野は慌てて歩き出した。

しかし路地から遮打道《チャター・ロード》へ出ても、四方を高層ビルに囲まれていることには変わりなく、次第に息苦しくなってくる。ビルとビルの間を繋ぐコンコースがあり、車道は地下トンネルへと向かい、自分が今、地上にいるのか、地下にいるのかも分からない。

「……柳って奴もお前の仲間だろ？　よろしく言っといてくれよ」とデイビッドは言った。

柳はデイビッドと会っている。

鷹野は足を止めた。ちょうど信号が変わり、スクランブル交差点を大勢の歩行者が入り乱れて渡っている。一人立ち止まった鷹野は、カチカチとうるさく鳴り続ける信号を見つめた。

先を急ぐ者が鷹野の背中にぶつかる。渡ってきた歩行者たちが鷹野などいないように傍らをすり抜けていく。

柳は自分と同じ任務を任されていたのではないか。その最中に姿を消したのではないか。いや、ただ姿を消しただけでなく、この任務のなかで得た情報を盗んで逃げたのだ。

一条は柳を知らないと言った。おそらく一条が自分を監督しているように、柳にも一条のような監督者がいたのだろう。

目の前を香港の赤いタクシーが何台も走り抜けていく。

始まりは徳永に渡された「V.O.エキュ」の資料だった。全てを暗記しろと言われ、それが東京八重洲の「和倉地所」に侵入した際に役に立った。「V.O.エキュ」の資料を読まされたときはもちろんだが、「和倉地所」に命令通りの方法で忍び込み、命令通りにデータを盗み、ふいに現れたデイビッドと格闘し、更には五階の窓から飛び下りたときでさえ、自分がなんのためにこんなことをしているのかなど一切考えていなかった。

言われたことをやる。

ただ、それだけで体が動いた。そしてそれでいいと思っていた。

しかし当然のことだが、そこには目的がある。おそらく「V.O.エキュ」と「和倉地所」との関係を知ることで利益になる者がいる。その誰かのために自分は分厚い資料を読み、見知らぬ男と格闘し、五階の窓から飛び下りた。

気がつくと、また信号が変わっていた。カチカチと耳障りな音が響き、大勢の歩行者が横断歩道を渡っていく。

鷹野は足を踏み出した。

柳は何を摑んだのだろうか。ふと、柳もまたこの香港にいたような気がする。この街を、いやこの横断歩道を渡る柳の姿が見える。

柳がどんな情報を摑んだのかが分かれば、何かが見えてくるのかもしれない。少なくとも、柳が摑んだ情報を欲しがる者は見えてくる。とすれば、柳は間違いなくそこに接触しようとする。

不思議な感覚だった。急に視界が開けたようだった。

鷹野は体育祭の準備で応援旗に描かされた星空をなぜか思い出した。

あのとき、見ていたのは黄色の絵の具をつけた絵筆の先だった。しかし絵筆は大きな応援旗の上にある。そして応援旗は騒がしい教室の床に広げられており、教室は薄暗い学校の中にあって、学校はもっと暗い南蘭島の森に囲まれ、南洋に浮かぶその島は、あの瞬間、目映《まばゆ》いばかりの本物の星空の下にあったのだ。

そんな至極当然なことに、生まれて初めて気づいたようだった。

＊

「なんか、雲行き怪しくなってきましたね」

　ハンドルに身を乗り出した一条が、フロントガラス越しに空を見上げる。

　助手席で地図を広げていた風間も、どんよりとした雪雲を見上げた。雪雲は九州南部の霧島連山の空に重く垂れ込めている。

「こういう山の中だと、雪が降り出すとあっという間に積もりますよ。この車、トランクにチェーン積んでなかったですよね。九州のレンタカーだから、そんなもん積んでるわけないか。他の車だってそうでしょうから、雪が積もり始めたらすぐに立ち往生して大変なことになりますよ」

　不安からか一条は饒舌《じょうぜつ》だった。アクセルを踏み、のんびりと走るワゴン車を抜こうとする。ただ、決して見晴らしの良い直線ではなく、すぐに右曲がりの急カーブが近づく。カーブに差しかかるぎりぎりの所で、一条はワゴン車を抜き去った。その直後、対向車線から大型トラックが迫ってきた。

　至近距離ですれ違い、風圧で車がふわっと浮く。

「そうやって一台ずつ抜いてったところで、たかが知れてるよ」と、風間は一条の乱暴な運転を非難した。

「とにかく雪が降り出す前に、ホテルに着かないと」

一条がまた前の車を抜こうとする。

連休初日の今日、霧島連山のドライブコースには多くの車が連なっている。あいにくの天気で眺望は良くないのだが、それでも家族連れの車は観光速度でのんびりしている。

「この前まで香港にいたせいか、余計に寒く感じますよ。車の外、もう零下でしょうね」

一条が暖房を強め、その温風が風間の足元からも吹き出してくる。

「香港で、鷹野はどうだった？」と風間は事務的に訊いた。

「鷹野ですか？　あいつ、優秀ですよ。いろいろ考えないところが特にいい」

「いろいろ考えない？」

「ええ。普通、人間ってのは何か行動するとき、なんで自分がそれをやっているのか、多少なりとも考えるもんじゃないですか。たとえば、今、俺は車を運転してるわけですけど、一応、雪が降り出す前に霧島のホテルに向かってるっていう意識がある。でも、あの鷹野って奴には、それがないような気がするんですよ。たとえば今、奴がこの車を運転していたとしても、たぶん奴の頭ん中にあるのは、車を前に走らせること、ただそれだけのような気がします」

「単に使いやすいってことか？」と風間は訊いた。

「簡単に言えば、そうですけど……、連続性ってもんがないんですよ、あいつには」

「連続性？」

「たとえば今日、ある場所に侵入して盗聴器をつけてこいって命令するでしょ。奴は簡単にそれをこなす。で、翌日、今度はある男を尾行しろって命令する。奴はそれもまた従順にこなす。普通、人間っていうのは、その両者について何か関連性を持たせるものだと思うんですが、奴にはそれが一切ない。乱暴に言うと、奴と香港で数日一緒でしたが、今日のあいつと、昨日のあいつが繋がらない。まるで毎日別人と会ってるような感じなんですよ」

風間は黙って話を聞いていた。

解離性同一障害。軽井沢の家で鷹野を預かることが決定した際、最初に担当医から説明された言葉だ。

人間は幼児期に激しい虐待の被害に遭うと、人格がばらばらに形成される。

激しい虐待のなかで生きるしかない子供は、その一瞬一瞬を生きるようになる。時間を細かく区切ることによって、目の前の暴力に耐え、その嵐が去ると同時に、たった今、自分が経験した恐ろしい出来事を忘れてしまおうとする。

彼らは何事においても連続することに恐怖を感じる。始まったことは終わる。それが恐怖の連続であったとしても、終わらない恐怖よりは、繰り返される恐怖として認識することで、どうにか生き延びようとするのだ。

「あ、降ってきましたよ」

一条の声に、風間は我に返った。

まるで空が堪え切れずに泣き出したような雪だった。霧島連山の空から重そうなボタ雪が舞い落ちてくる。

「こりゃ、あっという間に積もりますよ」

一条の言葉通り、落ちてきたボタ雪は周囲の樹々に積もっていく。連山の森がほんの数十秒で銀世界へと変わっていく。

「ホテルまで、あとどれくらいだ？」と風間は訊いた。

「まだ五、六キロありますね。たぶん、その前に立ち往生だな、これ」

フロントガラスの先はすでに吹雪で、一気に視界が狭まっている。

風間は助手席にいる自分が慌てたところで仕方がないと、手元の地図に視線を落とした。

地図といっても市販のロードマップの類いではなく、官庁発行による「霧島錦江湾国立公園」の資料で、特に霧島山を中心とした半径二十キロほどのエリアの区域図だった。

詳細な区域図は、植物の採取でさえ禁止となる特別保護地区から、工作物の新築など一定の認可が必要な普通地域まで、それぞれの色で詳しく示されている。

「『和倉地所』の資料、もう見てるよな？」と風間は訊いた。

またハンドルに身を乗り出し、目を細めて吹雪のなかを運転していた一条が、「ええ。鷹野が盗み出してきた奴ですよね」と頷く。

「どう思う？」

「鷹野の仕事ですか？」

「いや、『和倉地所』の動きだよ」

「『和倉』がこの辺りの森林を買い漁ってるのは間違いないですよ。霧島の特別保護地区と特別地域、それに一部の普通地域を除いた場所で、はっきりとした地主がいる所は別ですが、いわゆる係争地と言われる場所に関しては、俺の計算ではすでに四十パーセント近くを買収してます」

鷹野が「和倉地所」から盗み出してきた資料の中には、この辺り一帯にある森林の売買契約書が数多くあった。

地図で見ると、「和倉地所」が買収した区域のほとんどが霧島山の南部に位置しており、霧島川、天降川《あもり》など主要河川の上流に点在する。

もちろん、これら河川の全ては霧島連山から鹿児島湾へと続いており、鹿児島市の水源となる。

「中国系企業による水の買い占めって話、ちらほらと耳にするようになったじゃないですか？」

一条に問われ、風間は、「ああ」と頷いた。

「……近い将来、このまま発展を続けた中国は間違いなく絶望的な水不足を迎えるわけで、それを見越しての投資が行われているというような話が」

一条の話に、風間は無言で頷く。

「……実際、ここ霧島だけじゃなくて、長野や東北の方でも同じような事案がけっこうあるようですけど、俺としてはいまいち腑《ふ》に落ちないところがあって」

「というと？」

「だって、ちょっと考えれば採算が取れないことは分かりますよ。たとえば、こっちで採取した水を本国に運ぶにしても、石油じゃないんだからどうしてもコストの方が高くなる。かといって、日中間にガスみたいなパイプを通すなんて現実離れもいいとこだし」

一条に言われなくとも、その程度の知識は風間にもある。だが、そうなるとなぜ「和倉地所」がこの辺りの河川上流区域をとつぜん買い漁るようになったのか、また、香港支社を通じて「V.O.エキュ」という水メジャー会社が、この「和倉地所」と接触を持とうとしているのかが説明できなくなる。

「仮に……」と風間は口を開いた。

資料から顔を上げると、更に吹雪は激しさを増している。雪が積もり、轍《わだち》が目立つ。このままだと普通のタイヤでは走れない。

「……仮にだが、日本の水道事業が公共ではなかったとすると、どうなる？」と風間は続けた。

「どういうことですか？」

「だから、今、言った通りだよ」

「そんなの、仮の話どころか……、空想に近くないですか？」

「だから、それを承知で訊いてるんだ」

風間の苛立った声に、一条も無理に真剣な表情を作る。

「まぁ、そうなると、話はまったく違ってきます。たとえば鹿児島県が独自で水道事業をある企業に委託するわけですから、まぁ、大袈裟に危機を煽《あお》るような言い方をすれば、県内の主要河川の上流を押さえるということは、それこそ水道の蛇口を手に入れたも同然で、その蛇口をいつ開くか、いくらで開くかは、当然、その企業が決めることになる。ただ、まさか、風間さんも、日本でそんなことが起こるとは思ってないでしょ？　たとえば、鹿児島県だけが単独で国を無視してそんなシステムを採れるなんて」

「しかし『V.O.エキュ』のような水メジャーが実際に動いてるんだ。世界各国で、今、お前が言ったようなことをやってる会社がだ」

「そりゃそうですけど……。さすがに日本ではあり得ない話ですよ」

一条が呆れたとばかりに笑い出す。それがどこか嫌らしい笑い方で、風間はふと、こんな笑い方をする男だったのかと思った。

「ありゃりゃ、いよいよ停まっちゃいましたよ」

長い上り坂で車が何台も動けなくなっていた。

前の車がブレーキを踏み、一瞬、目の前の景色が真っ赤になる。前の車を追い抜くわけにもいかず、一条もブレーキをかける。

長い上り坂では立ち往生した車が、再び走り出そうとするのだが、チェーン装備でもスタッドレスタイヤでもないので、坂道を上れるわけもなく、強くアクセルを踏むたびに虚しく後輪をスリップさせている。

「どうしますか？」

一条がお手上げとばかりに、ハンドルから手を離す。

「ホテルまで、あとどれくらいだ?」と風間は訊いた。

「二キロないと思いますけど。歩きますか?」

「車は?」

「置いてくしかないでしょ」

「明日はどうするんだ?」

「どっちにしろ、明日も使えないですよ。道は凍ってるだろうし」

一条はすでに腹をくくっているようで、ドアを開けると、「寒ッ!」と一言叫んで外へ出た。

氷のような外気が車内に流れ込み、風間は手元の資料を急いでバッグに押し込んだ。

前の車の家族連れも、車を置いて歩くらしかった。車を路肩に寄せたあと、父親らしい若い男が運転席から降りて、トランクから荷物を引っ張り出している。後部座席から小学生くらいの男の子が二人、嬉しそうな様子で飛び出してくる。

雪は更に積もっていく。まずアスファルト道路の白線がぼんやりと滲《にじ》み、そして消える。森は白と黒だけの世界に変わっていた。

雪を踏んで、風間と一条は歩き出した。長い坂道には立ち往生した車が列を作り、多くの人が車を置いて歩き出している。

「風間さんって、どういう経緯でAN通信に入ったんですか？」

前を歩く一条の肩にも、雪が積もっている。

「……前にある人から、風間さんも昔フリーの記者だったって話を聞いたことがあって」

振り向いた一条から風間は目を逸らした。道には一条がつけた足跡が残っている。

「……まぁ、風間さんは、俺みたいなチンピラ記者じゃなかったんでしょうけど」

「お前はどういう経緯で入ったんだよ？」と風間は訊き返した。

「俺ですか？　俺は、まぁ……、スカウトみたいなもんですかね。以前は面白そうなネタがあれば、それこそ世界を飛び回ってたんですけど、AN通信に入らないかって誘われたときには、マニラで腐ってる時期で、ビザ切れの不法滞在だったから身動き取れないし、日本人の観光客相手のポン引きみたいなことしてました」

長い上り坂になり、革靴を履いた一条が何度も足を滑らせる。さすがにこれ以上は歩けないと判断したのか、立ち止まった一条が靴と靴下を脱ぎ、まず素足に靴を履いて、その靴の上から靴下を履く。

幸いスニーカーだった風間は、そんな一条を追い抜いて歩き続けた。

坂の途中で、無闇にタイヤをスリップさせている車があった。甲高い音を立ててから回りするタイヤが雪の欠片《かけら》を飛ばす。この坂を越えられたところで、今度は下り坂でスリップするに違いない。

風間は車の中を覗き込んだ。老齢の男性がハンドルを握り、助手席では同年代の夫人が青ざめた顔をしている。

風間は運転席の窓を叩いた。開いた窓からもわっと車内の空気が流れ出してくる。

「車じゃ、もう無理ですよ」と風間は声をかけた。

「ええ。分かっちゃおるんやけど、ばあさん連れて歩けんし……」

男が不安そうに助手席の妻を見る。後部座席に杖《つえ》がある。

「僕ら、この先のホテルまで歩くんですが、そこの車で迎えにきてもらうように頼んでみますよ」

「そうですか。いや、そうしてもらうと助かるんやけど、なぁ、ばあさん」

話してみると、彼らもまた風間たちと同じホテルを目指していた泊まり客だった。ならばホテル側が迎えにくることは可能だ。

風間は車種とナンバーを記憶し、先を急ぐことにした。

「そんな一人ずつに声かけてたら、いつまで経ってもホテルに着かないですよ」と一条が笑う。

「助けが必要な人と、そうじゃないのの区別くらいつくだろ」と風間は言い捨てた。

坂を上り切ると、一気に視界が開けた。

いったんは完成した霧島連山の美しい絵を、白い絵筆でぐちゃぐちゃにしたような景色だった。

風間は自分の足が雪を踏む音だけを聞きながら黙々と歩き始めた。

風間さんって、どういう経緯でＡＮ通信に入ったんですか？

さっきの一条の質問が蘇る。

当時、風間はある特ダネを追っていた。

発端は八〇年代の初頭、ＮＨＫに営利事業への出資が認められるようになったことだった。

その後、数年をかけ、ＮＨＫは組織改革を進める。その柱が当時の会長の肝いりで進められたＧＮＮ計画だった。

「私が今重要と考えているのは、日本を中心にアジアの情報を自分たちの手で集め、それをアメリカやヨーロッパに向けて発信する。そのためのアジアネットワークを作ることです。地球は自転しているから、アジアの情報はＮＨＫが、ヨーロッパのニュースはヨーロッパの放送局、アメリカのニュースはアメリカの放送局が集め、毎日それぞれを八時間ずつ分担する。そうすれば二十四時間のワールドニュースが完成する。これを『ＧＮＮ計画』と名づけました。今パートナー探しをしているところです。ＣＮＮのＭｒ．ターナーの悪口を言うわけではありませんが、あれはニュースを通じてアメリカの価値観を全世界に押しつけているとも言えるのです。アジアの問題はアジアの放送局が、アメリカ、ヨーロッパと近隣の問題は、それぞれのブロードキャスターが対等のパートナーとなりそれぞれ素材を出し合って二十四時間のワールドニュースを作るのはすばらしいことではないですか。CNNの独走を許すのではなく、もっと多様なニュースネットワークがあってよいはずです」

これが当時の会長の有名な談話だ。

しかし、この魅力的な計画は頓挫する。きっかけは、表向きにはこの会長の、ある意味、他愛のない女性問題がリークされたことになっているが、実際にはこの計画に国産ではなく、外国製の衛星を使おうとしたことへの族議員の反発があったと言われている。

国会答弁のあと、会長は辞任に追いやられる。新たな体制は前会長の方針を全否定。災害時などには強みのある報道はあるものの、日常的には娯楽に特化した番組の多い現在の放送形態へと大きく舵《かじ》を切ることとなった。

風間が追っていた特ダネは、この一連の流れから派生したものだった。

このとき、GNN計画のために設立されていたある企業名義の「海外隠し口座」の存在を、風間は耳にしたのだ。

その額は、十億とも百億とも推定された。

一連のスキャンダルから半年後、風間はこの海外隠し財産に関する記事を、とある雑誌に寄稿した。記事にするにはまだ証拠が十分ではなかったが、世論の関心があるうちに、まず一発打ち上げておき、そこからあらゆる流れを暴露していく計画だった。

記事は反響を呼んだ。

関係者からの垂れ込みもあり、シンガポールの銀行、スイスの企業など点と点が結ばれようとしていた。

そんなとき、風間のもとに一本の電話があった。男はAN通信を名乗った。数日後、風間はバンコクでその男と面会することになる。

この面会で風間は予想以上の情報を手に入れる。公表すれば、日本はおろか、世界に衝撃を与える内容だった。

しかし風間はこの情報を記事にしなかった。しなかったどころか、その後このAN通信の一員となったのだ。

9　星を描く少年

とつぜんの吹雪で、風間たちが到着したホテルのロビーはパニック状態だった。山中に置いてきた車を案ずる者、帰路の心配をする者、なかには天候状況をもっと詳しく伝えるべきだ、とスタッフに食ってかかる者もいた。

忙しく立ち回る若いスタッフを一人捕まえた風間は、吹雪のなか、車内で迎えを待っている老夫婦のことを伝えた。スタッフの話では周辺のホテルが連携して、これから迎えのバスを出すらしく、手にしたリストに風間が伝えた車のナンバーと車種を書き留める。

騒がしいロビーから逃れ、風間と一条は各自の部屋へ向かった。今夜、地元の不動産ブローカーと面会する予定だったが、この雪では相手が現れるかどうか分からない。

とりあえず部屋で待機することにして、風間は一人、寒々とした客室に入った。とつぜんの雪のせいで、客室係も手が回らないのか、部屋が凍るほど寒い。

風間はコートを着たまま、窓からの雪景色を眺めた。まだ運転を諦めていない車が一台、ホテル前の坂道を音もなくスリップしていく。幸い、車はガードレールで止まったが、車体が擦れる嫌な音が室内にまで聞こえた。

ぼんやりと雪の連山を眺めていると、また昔のことが思い出される。

GNN計画による海外隠し財産を調査中にAN通信を名乗る男から電話を受けた数日後、風間はバンコクでその男と会った。

男は中馬《なかま》重雄《しげお》と名乗った。七十代と思しき恰幅《かっぷく》の良い老人で、その顔は老獪《ろうかい》さと慈悲深さがうまく混じり合えず、一見とぼけた感じだった。

この老紳士と会ったのは、チャオプラヤー川の畔《ほとり》に建つ名門ホテルのラウンジだった。窓の外では濁った川が夕日に輝き、多くのボートが行き交っていた。

隣のテーブルでは若い日本人女性のグループが楽しげに声を上げていた。中馬重雄と名乗った男は、そんな彼女たちを孫娘でも見るように眺めていた。

「失礼だとは思いましたが、あなたがどういう方なのか、私どもなりに調べさせてもらいました」とまず中馬は言った。

「……結論から申し上げれば、風間さん、あなたは実に立派な記者だ。特にフィリピンのアキノ政権樹立までを追った記事や、中国の改革開放後に急成長する企業に迫ったシリーズなどは、よほどの先見の明がないと書けるものじゃない」

風間は緊張をほぐそうとコーヒーを飲んだ。鼻にツンとくるほど濃いコーヒーだった。

「中馬さん、私の昔の記事を褒めて頂くのは光栄なのですが、今回、私は別の話を伺えるとお聞きしてここまで……」

「そう慌てなさんな」

急いた風間を中馬は制した。それまでとはがらっと変わって、とても冷たい口調だった。

「……風間さん、あなたが今、お調べになっているGNN計画の件は真実ですよ。むろん、どこまでお調べ上げているのか分かりませんが」

「真実とおっしゃると？」

「きっと、風間さんはこの辺りまでは、すでにお調べになっているんじゃないでしょうか？まずNHKのGNN計画があり、そのために設立された会社があった。しかし当時の会長の失脚でGNN計画自体は頓挫。ところが清算されるべき関連企業が莫大な資金を蓄えたまま存続している」

「ええ、そうです。私の調べによれば、その会社というのが……」

また急いた風間を、「そう焦りなさんなって」と呆れたように中馬が制す。

「……おそらく、風間さんが調べ上げた会社が『AN通信』という会社だった。そして今、その会社の人間とあなたは実際に会っている。このAN通信に流れた資金を、あなたがどれくらいだと見積もっているのかは知りませんが、もし記事になった場合、大きな話題になることが間違いない金額であることは確かです」

　風間は慌ててレコーダーを出した。「よろしいですか？」と尋ねると、中馬も笑顔のまま、

「私は今日、あなたの質問に応えるために来たんですから、どうぞどうぞ」と頷く。

「それでは質問させて下さい。まず、そのAN通信が、頓挫したはずのGNN計画を秘密裏に継承しているというのは本当ですか？」と風間は訊いた。

「それについては、『はい』とも『いいえ』とも言えません。少し話を整理させて下さい。あなたはおそらくGNN計画が頓挫したにもかかわらず、清算されなかったこのAN通信なる会社を単なる隠し財産の管理会社として調べ始めたんじゃないでしょうか？」

「ええ。その通りです。このあと世間の関心が完全に薄れた頃にマネーロンダリングされたその金がいったいどこの誰の懐に入ろうとしているのか、それを調べていました」

「だが、実際はそうではなかった？」

「ええ。まだなんの証拠も掴めていませんが、私の推測では、このAN通信が実際にアジア各地の情報を集め、それを誰かに売っている可能性がある。もとをただせば、まさにGNN計画がやろうとしていたことです。ただ、そこには決定的な違いがある。GNN計画で得られた情報は公共益となるはずだった。しかしAN通信は特定の誰かのために情報を集めている。完全にプライベートな組織です」

「さすが、私が見込んだだけのことはある方だ。私が予想していた以上に調べておられる。ただ、二点だけ訂正させて下さい」

風間はレコーダーの動きを確認した。不備なく動いているのに、なぜか安心できない。

「……まず一点目。今、風間さんがおっしゃった『特定の誰か』というものは存在しません」

「存在しない？　じゃあ、誰のために？」

「特定の誰か、ではないということです。AN通信は確かに情報を集める。そして集めた情報を売る。しかし売る相手もまた、AN通信が選ぶ。もう少し付け加えれば、一番高く買ってくれる相手を選ぶということです」

「しかし、それでは……」

「最終的に誰の利益になるのかが分からない。そうおっしゃりたいんでしょう？」

「ええ。そのようなシステムはありだと思います。しかしAN通信を作った誰かがいる。その誰かはやはり誰かのために作ったはずです。少なくとも、GNN計画から流れてきた金です。そこには利害関係者がいるはずです」

「おっしゃりたいことは分かります。まさにそこが訂正したい二点目なんです。こう考えてみて下さい。もし、GNN計画が打ち出される以前から、アジアの情報を集めるということをやっている組織があったとしたら？」

「あったんですか？　その組織がＧＮＮ計画の資金を引き継いだ？」

「簡単にお応えするなら、そのような組織が元々あったと言えます。ただ、規模が小さかった。中堅の商社くらいをイメージして頂ければいいかもしれません。当然、商社というのは駐在員が得た情報を吸い上げ、会社の利益にしていく。しかし、私どもは吸い上げた情報を特定の企業ではなく、あらゆる方面に売る」

「産業スパイの組織ということですか？」

「それが一番イメージしやすいでしょうね」

中馬の話を聞きながら、風間はすでに頭の中で記事を組み立てていた。更に反響を呼ぶにはＡＮ通信に流れた正確な金額が必要だが、たとえそれがなくともセンセーショナルな話題となることは間違いなかった。

「風間さん、ここまで話を聞いて、何か奇妙に思われることはないですか？」

しばらくチャオプラヤー川を眺めていた中馬が視線を戻す。

「奇妙といいますと？」と風間は首を傾げた。

「ＡＮ通信が産業スパイのグループだとすれば、当然、そこには構成員がいる。優秀なスパイ集団とはいえ、人間の集まりには変わりない。どんな箝口令《かんこうれい》を敷こうとも、なかには口が軽い者もいる。この手の組織の存在がこれまで表に出てこなかったのは奇妙ではありませんか？」

中馬が何を言いたいのか分からなかった。確かにどんなに強固な組織でも、その存在自体を隠し通すのは難しい。国家によってコントロールされるのならば話は別だが、私的な組織には不可能に思える。

「何か、特別な理由があるんですか？」と風間は水を向けた。

はぐらかすかと思ったが、中馬は素直に、「ええ、あるんですよ」と頷く。

「……AN通信で産業スパイとして働く者たちには共通点があるんです」

「共通点？」

風間はまたレコーダーを確かめた。もちろん正常に動いている。

「……簡単にお応えします。うちの構成員たち、彼らはほとんどが孤児です」

「え？」

GNN計画、海外隠し財産、通信社、産業スパイと流れてきた会話に、「孤児」という言葉だけが浮いていた。とつぜん石が投げ込まれたようだった。

思わず声を上ずらせた風間に、「ですから、孤児ですよ。育児放棄された子、虐待を受け続けて保護された子」と中馬が続ける。

「……風間さんはご存じでしょう？　そういう子供たちが日本に多く存在することを」

GNN計画の話が、あらぬ方向に逸れようとしていた。風間は落ち着こうとまた濃いコーヒーを一口飲んだ。

今、目の前にいる男はこう言ったのだ。「私たちは孤児たちを集め、AN通信という産業スパイ組織で働かせている」と。

体中に嫌な汗が噴き出していた。

「孤児たちを集めて？」

やっと風間の口から出てきたのは、そんなおうむ返しのような言葉だった。

「ええ、そうです。四年ほど前になりますが、風間さんは一度、そういう境遇の子供たちのための福祉施設を取材されたことがあるはずです。そのときにあなたが書かれた記事もまた、とても素晴らしいものでした。簡単に同情を誘うようなものではなかった。かといって、全てを社会の責任にするわけでもなかった。施設の外側から子供たちを眺めるのではなく、子供たちと同じ部屋の中から外を見つめようとする、そんな印象がありました」

「あ、あの、すいません。話を戻してよろしいでしょうか。今、あなたは、ああいう施設にいた子供たちをAN通信という産業スパイの組織で働かせている、と言ったんですよ？」

「ええ、その通りです」

「ちょ、ちょっと待って下さい。そんな……、だって……、ど、どういう経緯でそうなるんですか。いや、そもそもそんな人権を無視したことができるわけがない！」

以前、取材で訪れた施設に印象的な男の子がいた。まだ六歳になったばかりだった。職員の話によれば、彼は夜、眠ることができないということだった。夜になると、部屋の隅に直立不動で立ち続け、眠っている他の子たちを息を殺してじっと見つめる。

彼らの寝返り一つに震え、たわいのない寝言に小便を漏らす。それでも部屋の隅に立ち続け、夜が明けるのを待つ。

施設に保護されたとき、彼はホステスをしていた母親と、母親の新しい恋人と暮らしていた。夜、母親が働きに出ると、同居している男から凄惨な虐待を毎晩のように繰り返された。

彼にとって、夜は眠る時間ではなかった。彼にとっての夜とは、危害を加えられないように警戒する時間だったのだ。

いつの間にかチャオプラヤー川沿いのホテルラウンジに西日が差し込んでいた。

「風間さんがこれまでに調べてきたAN通信の実態については、ほぼ正確なものと言えます。もちろん細かい点では違うところもありますが、そのまま記事にしても虚偽とは言えない。その上、私の今日の話があるわけですから、あなたがこれから日本に帰国してお書きになる記事は、おそらく大きな話題になるでしょう。……ただ、もし、一つだけ、私の頼みを聞いてもらえるとしたら……」

「なんですか？」

　風間は相手を摑まんばかりに身を乗り出した。

「……記事を書くのを、一週間だけ待ってもらいたい。その一週間で、もう一度だけ私と会って頂きたい。そしてもしこの提案を受けて頂けるのであれば、その際、私はある子供をあなたに紹介したいと思っています」

「子供？」

「ある福祉施設で保護されている男の子です。彼は来週、福祉施設を出て、正式に私どものもとへ来る予定になっています。この男の子はすでに病死したことになっています。この世には存在しない存在として、AN通信が預かり、産業スパイとして育ててきました」

「ちょ、ちょっと待って下さい。そんなことができるわけがない！　いや、そんなことは許されない！　あなたはさっきから何をおっしゃっているんですか！　施設の子供を？　そんな……。も、もし、あなた方が秘密裏に施設の子供たちを産業スパイに育て上げているのであれば、これほど非人道的な犯罪はありませんよ！　GNN計画の隠し財産の話なんか吹っ飛びます！　いや、世間などとは言わず、私自身が決して聞き流すわけにはいきません」

　夜、眠ることができない男の子の姿が浮かんでいた。あの子の将来が目の前で奪われたようだった。湧き上がる怒りで顔が火照ってくる。

「ですから、風間さんにもその現場を見て頂きたいと私はお願いしているんです。その上で、私たちがどういう組織なのかを記事にしてほしいと頼んでいるんです。AN通信の存在を暴こうとするあなたには、それをご自身の目で確かめる義務がある」

ホテルラウンジの白壁が夕日で真っ赤に染まっていた。


背後のドアがノックされ、風間は我に返った。暑いバンコクのことを思い出していたせいか、目の前の雪景色に身震いが起こる。ホテルの客室は相変わらず冷え切っていた。

風間が入口に向かい、覗き穴に顔を近づけようとすると、「一条です」と先に声がした。

風間はドアを開けた。

「時間通りに来られるそうです」

中に入りながら一条が言う。

「ん?」

まだバンコクでの記憶を引きずっていた風間は訊き返した。

「松岡って奴ですよ」

一条が首を傾げながらも、今夜会う約束をしている地元の不動産ブローカーの名前を告げる。

「あ、ああ。雪は大丈夫なのか？」

「大丈夫らしいですよ。時間通りに来るって」

一条がベッドの端に腰かけ、「この部屋、寒くないですか？」と見回す。

「他に何かあるのか？」と風間は冷たく訊いた。

「いえ、別に」と一条が立ち上がり、「あ、そうだ。今夜、松岡って奴に渡す金」とジャケットの内ポケットから分厚い封筒を取り出す。

「いくら入ってる？」と風間は訊いた。

「百ですけど」

「半分減らしとけ」

「でも、この金額で……」

「お前、何年この仕事やってんだ？　松岡って奴に会ってるよな？」

「え、ええ」

「ああいう狸《たぬき》オヤジが、最初から持ってる情報を全部渡すと思ってんのか？」

「あ、ああ。なるほど」

一条が封筒から現金を出し、唾をつけた指で数え始める。

「おそらく『和倉地所』名義で購入された土地に関しては、こっちが盗んだデータとほぼ一致すると思う。名義は『和倉』だが、実体は『V.O.エキュ』だ」

風間はトランクから資料を出し、ベッドに広げた。この辺り一帯の地図が色づけされたものだ。

「……この黄色い箇所がそうだ。ただ、『和倉』から引っ張ってきたデータを見ると『V.O.エキュ』とは関係のなさそうなものもある」

「このブルーの部分ですよね？」

金を数え終えた一条も地図を覗き込んでくる。

「『和倉』が自身のために買い漁っているとも思えない」と風間は呟いた。

「ここ霧島だけじゃなくて、信濃の方でもここ数年でかなり買い漁ってますよね？」

「ああ。ただ、それも『V.O.エキュ』との関連はなさそうなんだ」

「こういう水資源の豊富な土地が今後、金になりそうだと踏んで、先に買い集めてるんでしょうか？」

「『和倉』にそんなギャンブルみたいな投機をする余力はないよ。おそらくどこかの企業に頼まれて、その仲介をしているだけだ」

「どこかの企業というと？」

「もしかすると、『和倉』は、『V・O・エキュ』と組みながら、他のどこかとも裏取引して、最終的にどちらかに高値で売りつける算段かもしれん」

「これから会う、その狸オヤジがそこまで知ってますかね？」

「何か話したいことがあるから、この吹雪のなか、こんな所まで来るんだろ。まぁ、どっちにしろ、土地を買い漁ったあと、何を狙ってるのかってことが分からない限り、見通しは悪いよ」

　風間は時計を見た。まだ面会まで二時間ある。

「少し眠るよ」と風間は言った。

　半額にした封筒を置いて、一条が出ていく。

　風間はベッドに倒れ込む前に、また窓の外へ目を向けた。重そうな雪が視界を遮る。雪の重みにしなだれた木の枝が今にも折れそうになっている。

　悪寒がした風間は、暖房のスイッチを入れた。天井からすぐに音を立てて送風は始まったが、外の気温が低すぎるせいか、冷風のままだった。

　シーツを剝ぎ、コートを着たまま潜り込む。カーテンを閉めればよかったと後悔するが、改めて立ち上がるのも面倒だった。

　バンコクで中馬と会った翌週、東京に戻った風間は再び彼と会った。

すでにGNN計画の隠し財産のことよりも、もし本当に施設の子供たちが、中馬が言う通り強制的にAN通信の構成員として働かされているのであれば、自分の命を賭けてでも真実を追求し、世間に暴き出すつもりだった。

中馬と乗った車が向かったのは、東京郊外にある児童養護施設で、老朽化した建物が決して広いとは言えない敷地に建っており、周囲を囲む高い壁はその住宅地の中で異彩を放っていた。

施設は宿泊棟と事務棟に分かれており、中馬に案内されたのは、宿泊棟の多目的室だった。中では十人ほどの子供たちが床に広げられた大きな紙に絵を描いている。ドアが開いたままなので、楽しげな子供たちの声もはっきりと聞こえた。

「もうすぐクリスマスでしょう。ここでもパーティーがあるので、その準備をやっているんですよ」と中馬が教えてくれる。

小学校の低学年くらいの子を中心に、まだ三、四歳の子もいれば、中学生くらいの女の子も一人交じっている。

「あの子です」

ふいに肩を叩かれ、風間は中馬の顔を見た。その目が室内の小さな男の子に向けられている。

「職員の隣に立っている子がいるでしょう」

中馬が言う通り、男の子が年配の女性スタッフの背後に隠れるように立っている。

「あの男の子が、AN通信に入る予定の子です」

風間はその子を見つめた。

手に絵筆は持っているが、他の子のように絵を描こうとする素振りを見せない。しばらく眺めていると、その子に気づいた女性スタッフが、「ほら、みんなと一緒に描かないと」とその背中を前に押す。

男の子は恐る恐る大きな紙の上に乗るが、今度はそこで立ち尽くしてしまう。

「あの子、何年生ぐらいに見えますか？」

中馬に訊かれ、「さぁ、小一か小二くらいですか？」と風間は応えた。

「いいえ、もう小学校五年になります」

「え？」

思わず声が上ずった。それほど男の子は幼く見えた。

「ほら、ここに座って」

スタッフが座らせて絵を描かせようとするが、男の子が逃げようとする。

「お手伝いしてくれなきゃ。クリスマスまでに完成しないよ。描きたくない？」

そのとき、男の子が何かぼそっと言った。風間には聞こえなかったが、「じゃあ、ここにお星様を描いてよ」と応える声は届いた。

描きたくないのではなく、何を描けばいいのか分からないと男の子は言ったのだ。

するとまた男の子がぼそっと何か呟く。

「お星様よ。ほら、こうやって描くの。ね、これ、お星様でしょ？」

スタッフが座り込んで見本の星を描いてやる。しかしまた男の子がぼそっと何か言う。

「じゃあね、先生が決めてあげるから。お星様を描くのはここところ。あと、ここにも描いて。大きさは、これと同じくらいでいいからね」

そこまで指示されて、やっと男の子は紙の上にしゃがみ込んだ。パレットの黄色い絵の具を筆につけ、先生に指示された通りに星を描いていく。

「あの子が四歳のときです」

横で中馬が話し出した。恐る恐る星を描いている男の子から風間は目が離せなかった。男の子は一つ描くと、スタッフを見上げ、これで良いのかと目で尋ねる。そしてスタッフが微笑むと、ほっとしたように次の星を描き始める。

「……あの子は四歳のときに、母親に置き去りにされました。二歳になったばかりの弟と二人、当時暮らしていたワンルームマンションに閉じ込められたんです。子供たちが外へ出ないように、母親は部屋のドアや窓にガムテープを貼ったそうです。母親が出ていくときに、二人に置いていったのは数本のペットボトルの水と、数個の菓子パン。発見されたとき、あの子はすでに餓死した弟を抱いていたそうです」

中馬が話す数年前のそのニュースを、風間は知っていた。

「あの子が……」

思わず漏れた風間の声に、「ええ。今、あなたが見ているあの子がそうです」と中馬が応える。

「……あの子を置き去りにした母親は現在懲役刑を受けて服役中です。事件のあと、国の規定であの子は実父のもとへ送られることになっていました」

「しかし、あの子の父親は……」

「ええ。元はといえば、その父親があの子たちやあの子の母親を捨てたんです。一緒に暮らしていたとき、あの子はその父親からそうとうな虐待も受けています。真冬に裸でベランダに出されていたこともあるそうです。一言で言うなら、子供を育てる能力などない男です。当時も定職にはついていませんでしたし、籍は入れていませんでしたが、別の女と暮らしていました。しかし、国の規定では生き残ったあの子はそこへ送られることになっていたんです」

「しかし、能力がない父親のもとにどうして……」

「少しでも養育できる可能性があるのならば、施設よりも肉親のもとにいる方が幸せだということですよ」

「そんなバカな」

「ええ、そんなバカな考えで、あの子は地獄に戻される予定だったんです。そこで私たちが先に手を打ちました。あの子が預けられていた施設で病死したことにしたのです」

言われた通りの星を描き終えた男の子が、またスタッフの女性に視線を向けるが、彼女はもう別の子と話をしている。

他にも星を描き込めるスペースはいくらでもあるのに、男の子は紙の上から降り壁際に突っ立ってしまう。

「私たちが引き取る場合、本来のあの子の人生はその時点で終わることになる。死亡したことになるんです。そして新たな名前と出自が与えられ、十八歳になるまで私たちが育てます。その後、AN通信の人間として働くかどうか、最終的にはあの子自身が決めることになる。しかしそれを拒否することは、自身の一切の存在を失うことになる。すでに死んだ人間として生きていく他なくなります」

風間は口を挟もうとしたが、中馬がそれを手で遮り、話を続ける。

「……あなたはこの事実を、この非人道的な行為の全てを、これから記事に書かれるでしょう。それを私が止めることはできない。しかし、その記事を発表する前に、もう一度だけ考えて頂きたい。子は親と一緒にいるのが一番幸せだというマジョリティーのルールのために、行かなくていいはずの地獄に連れていかれる子供のことを」

風間は男の子をじっと見つめていた。心に言葉が溢れてくる。

「君はそんな場所に行かなくていい。君の体は痛めつけられるためにあるんじゃない。君の心は傷つくためにあるんじゃない。君は愛されるために生きているんだ」

10 森林買収

南蘭島の埠頭《ふとう》にフェリーが近づいてくる。シーズンオフで島へやってくる観光客は少ないが、埠頭には暇を持て余した少年たちが、客を拾おうとスクーターで集まっている。

後方に陣取った鷹野もその一人だったが、少ない客が自分までこぼれてくることもないだろうと、早々に見切りをつけてもいる。

「お前、このあと暇なら、うち来る？」

同じように諦めたらしい平良に誘われ、鷹野は、「ああ、うん……」と曖昧《あいまい》に頷いた。

「姉貴が大阪から戻ってんだよ。みやげに安い服いっぱい買ってきたんだけど、俺にはちょっとデカ過ぎるのもあって、サイズ合えば、お前にやるよ」

「いっぱいって、どれくらい？」

「いっぱいはいっぱいだよ。Tシャツなんて三枚で三百八十円なんだって」

「安いな」

「だから安いんだって」

平良とそんな話をしているうちにフェリーが岸壁に接舷された。降りてきた客は予想より少なく、前の方で待っていたスクーターが五、六台埠頭に入っていくと、残りはくるりとUターンし、次々にサンセット通りの方へ引き返していく。

「行こうぜ」

平良に声をかけられ、鷹野は食べ終えた牛すじの串を足元に捨てた。

走り出そうとすると、入れ替わりでフェリーに乗船する徳永の姿があった。

「あ、悪い。先に帰っててくれよ。あとで、寄るから」

鷹野はそう言うと、平良の返事も待たずに埠頭へ戻った。

「徳永さん！」

タラップに向かう徳永に声をかける。

「どこ行くんですか？」と驚いて尋ねると、「なんで？」と徳永が怪訝《けげん》な顔をする。

「いや、別に……」

徳永は何も応えずタラップに乗る。鷹野はその姿を見送るしかなかった。

乗り込む客はもうおらず、係員がタラップを上げる。出港準備が整うまで、そう時間はからない。一つ汽笛を鳴らしたフェリーがゆっくりと出港していく。

白波を立てて島を離れるフェリーを、鷹野はかなり長い間見送っていた。

フェリーが豆粒くらいになった頃、再びスクーターにエンジンをかけ、埠頭からスピードを上げてサンセット通りに戻る。

通りで平良が誰かと話をしていた。「おい！」と呼び止められたが、「悪い。ちょっと用できた。夜、行く！」と応え、鷹野は更にスピードを上げた。

自分がこれから何をしようとしているのか、まだはっきりと整理できているわけではなかった。いや、整理できているのだが、それを認めることが恐くてできない。

今、徳永は目の前でフェリーに乗った。たとえ石垣島から同じフェリーでとんぼ返りしてきたとしても四時間かかる。これから四時間、徳永は確実にこの島にいない。

轟集落までの道のりが長く感じられた。可能な限りスピードを上げているのに、なかなか風景が背後に流れない。その上、妙な妄想も膨らむ。それは、なぜかフェリーから海へ飛び込んだ徳永が、泳いで島に戻ってくる様子だった。ずぶ濡れのまま上陸した徳永が、鷹野のあとを追いかけてくる。まるで夢の中で逃げているように、スクーターのスピードは出ない。

轟集落に入ると、鷹野はまず自宅へ戻ってスクーターを降りた。「おかえり」と声をかけてきた知子ばあさんに、「また出かける。平良の家」と嘘をつき、その足で徳永が暮らす家へ向かう。

藪の先に今にも崩れ落ちそうな家がある。屋根に生えた雑草は、ゆっくりと森に侵食されているように見える。

　玄関先に立った鷹野は、いるはずのない徳永に声をかけた。もちろん返答はなく、風に吹かれて足元で土埃が舞う。

　鍵はかかっていなかった。建てつけの悪い玄関扉を開けると、黴《かび》くさい土間がある。日は差し込んでおらず、冷え冷えとする。

　徳永は間違いなくフェリーに乗った。そしてフェリーは出港した。

　心の中でそう呟き、中へ一歩足を踏み入れる。

　これまでにも徳永の不在時に、この家に入ったことはある。つい昨日だって、知子ばあさんに頼まれた食事を持ってきた。

　鷹野は部屋に上がった。知子ばあさんが持ってきたのか、テーブルにふかし芋がある。かけられたラップにまだ水滴がついている。

　居間を突っ切り、襖を開ける。四畳半ほどの部屋は天井が低く、万年床が敷いてある。壁には手作りの棚があり、本や資料が並んでいる。

　この奥に徳永の仕事部屋があるが、鷹野はほとんど入ったことがない。

　万年床を踏んで襖を開けた。外の木々が伐採されているせいで、この部屋だけは明るい。

　壁際に大きなデスクがある。乱雑に書類が積まれている。床に置かれた段ボールから中身が溢れ出している。決して片付いているとは言えないが、もし徳永以外の誰かが手を触れれば、すぐに分かる程度には整理されている。

鷹野は天井棚から足元の段ボールまで部屋を見回した。

柳がこの島を出ていったと教えられた日の前夜、徳永は外で書類を燃やしていた。その際、ちらっと見えた燃えカスに柳たち兄弟の名前があった。

あのとき、徳永が抱えていたケースはオレンジ色のプラスチック製だった。おそらく徳永は不要な書類をあの箱に入れ、溜まったところで焼却する。

デスク周りにオレンジ色のケースはない。鷹野はトレーナーの袖を伸ばし、指紋がつかないようにデスクの引き出しを開けた。上段、中段、下段には、それぞれ文具、デジタルデータ、ファイルと分類されている。

ファイルを一冊抜き出そうとして、その手を止めた。直感だったが、触ればバレると思った。

音を立てないように引き出しを閉め、またデスクの周りを歩く。歩くごとに板床が軋む。

そのとき、テーブルにセロテープで貼りつけられているメモに気づいた。

赤いボールペンで055から始まる電話番号と、「施設」「面会時間」と記入されている。

柳の弟、寛太の施設ではないか、と鷹野は直感した。055から始まる国内の番号であれば、山梨県もしくは静岡県辺りになる。

鷹野は番号を暗記した。

他を探すにしても、どこから手をつけていいのか分からない。鷹野は部屋を出た。

さっき自分が踏んだ万年床の凹《くぼ》みを直して居間に戻ると、ふかし芋の皿を持ち出した。もし何かあれば、知子ばあさんに頼まれて、この皿を取りにきたと言うつもりだった。

鷹野は走って自宅へ戻った。台所にいた知子ばあさんに、「徳永さん、さっきのフェリーで出ていったから」と皿を手渡し、そのままスクーターで平良の家へ向かった。

サンセット通りに戻ると、なぜか良い予感がしてくる。

平良の家に着き、鷹野は二階の窓に呼びかけた。「上がれよ」と平良が顔を出す。

廊下の奥から平良の姉が顔を出し、「あら、鷹野くん、男っぽくなった？」と冷やかしてくる。

「あの、電話お借りしていいですか？」と鷹野は訊いた。

「どうぞ」と平良の姉が居間に招き入れてくれる。

FAX付きの電話がある。「お借りします」と鷹野は受話器を上げた。

平良の両親はいないようで、つけっぱなしのテレビの前に姉が戻る。

鷹野は暗記していた番号にかけた。すぐに切れるように指をフックに添える。三回目の呼び出し音で電話が繋がる。鷹野はごくりと唾を飲んだ。

「はい。モモイガクエンです」

鷹野は待った。

「もしもし？　モモイガクエンですが、あれ？　もしもし？」

モモイガクエン。はっきりと名前が聞き取れたところでフックを押す。

「ありがとうございました」と鷹野は振り返った。

「え？　もういいの？」

「出ないみたいだから」

鷹野は廊下へ出た。階段下から「平良！」と呼ぶと、「なんだよ、勝手に上がってこいよ。面倒臭いな」と返事がある。

「また、あとで来るよ」

鷹野は外へ飛び出した。

二階の窓で、平良が、「なんなんだよ」と呆れていた。

鷹野が向かったのは玉野地区にある島唯一の図書館だった。簡素な施設だが、書店のない島では利用者も多く、この日も絵本コーナーを中心に子供たちで賑わっていた。

鷹野は案内カウンターへ向かい、全国の学校を紹介するような本はあるかと尋ねた。対応してくれた男性スタッフは大学進学のことだと勘違いしたようで、過去問の参考書なら二階にあると教えてくれる。

鷹野はとりあえず二階へ上がった。参考書の棚を素通りし、窓際まで進むと、全国施設総覧というような本が並んでいる。

目星をつけて中の一冊を抜き取る。目次に指を滑らせていくと、「桃井学園」とあった。やはり住所は山梨県となっている。

ページを捲ると、さほど情報量は多くはないが、それでもこの桃井学園が寛太のような子たちを預かる学校で、「日常生活及び社会的な自立を目指す」といった施設の目的や運営方針、定員や一年のスケジュールなどが明記されている。

施設の特徴という欄に、「全国的にも珍しい農業に本格的に取り組む施設」とある。施設内では野菜や花の栽培、養鶏、畜産によって様々な品目が生産されており、地元ＮＰＯとの協力で近郊数ヶ所には直売所もあるという。

ここだ、と鷹野は確信した。寛太はここにいる、と。

以前、柳は、寛太は千葉の施設に入れられると言っていた。そこには大きな農園があり、寛太も喜ぶはずだと。

その柳の裏切りのせいで、寛太は別の施設へ移された。本来なら寛太の希望など聞き入れてもらえないはずだが、寛太自身に罪はない。その上、この桃井学園の名前が書かれたメモは、徳永の部屋で見つかったのだ。このような施設の名を徳永がメモする理由があるとすれば、第一に浮かぶのは寛太しかいない。

そこまで考えて、鷹野はふと嫌な予感がした。さっき見つけたメモが、徳永の罠《わな》のような気がしたのだ。あのメモだけ、赤いペンで書かれていたのも奇妙に思えてくる。

鷹野は思わず周囲を見回した。もちろん人影どころか、足音もない。

鷹野は息をついた。そして、いや、と首を振る。わざと見つけやすいようにしたいなら、他にも場所はある。

鷹野は本を戻すと一階に下りた。図書館の入口横にあった公衆電話から、また桃井学園へ電話をかける。

「はい。桃井学園です」

さっきとは違う男性職員の声だった。

「ちょっとお訊きしたいことがあってお電話したんですが」

鷹野はできる限り大人っぽい話し方をした。

「なんでしょうか？」

「私は、大学でＮＰＯ活動について研究している学生なのですが、そちらの学校の農業カリキュラムがとても成功しているということをお聞きしまして」

鷹野がそこまで話すと、相手の対応が明らかに変わる。

「まだ成功とまで言えるかどうか、ただ、地道な活動を続けていることは確かですよ」

「それで、もし可能なら、そちらの学校に協力されているNPO法人を教えて頂けないかと思いまして」

「ああ、そんなこと？　遠藤さんの所でいいのかな？　今現在、三ヶ所のNPOの方々にお手伝い頂いてて。ただ、直売所なんかまで一括して紹介できる方がいいですもんね？」

「ええ、紹介して頂けると助かります」

男性スタッフはいったん受話器を置いたあと、「夢の里」というNPO法人の住所や連絡先を教えてくれた。

鷹野は礼を言い、電話を切った。続けて教えられた番号にかけてみる。

出たのは若い女性だった。どの程度の規模の組織なのか分からないが、受話器の向こうからつけっぱなしらしいラジオの音が漏れてくる。

「あ、もしもし」

今度は少し砕けた口調で鷹野は話した。

「……あの、先日、桃井学園の直売所で野菜を買った者なんですが」

「ああ、はい。何か？」

「ええ、とっても美味しかったです」

「え？」

「あ、いや、そのときにいろいろ買って。全部新鮮で」

「ああ、ありがとうございます。えっと、どちらの直売所ですか？」

「あの、あそこです、えっと桃井学園から一番近いって……」

「ああ、じゃあ八ヶ岳牧場のお店でしょうか？」

「あ、そうです、そうです」

「ありがとうございます」

「あ、いえ。で、今日お電話したのは、ちょっとくだらないことなんですけど」

「はい、なんでしょう？」

「えっと、そのときにお店に桃井学園の生徒さんたちがいらして」

「搬入かしら？」

「あ、そうですそうです。で、そのときに、生徒さんの一人とちょっとお話ししたんです。僕らが買った野菜も彼が作ったって」

「そうですか？　そんなことを？」

「ええ。で、本当にお忙しいのに申し訳ないんですけど、ほんとに美味しかったんで、お礼というか、そういう手紙を出したいと思ってまして」

「お手紙を？　そんな……、もし出して頂けたら、生徒たちもすっごく喜ぶと思いますけど」

「そうですか？　あの、寛太くんって言ってたんですけど」

「え？」

「だから、そのときに話した桃井学園の方」

「ああ、柳くん？　柳寛太」

「あ、そうです、そうです」

「じゃ、お店に来て頂いたのは、つい最近のことですよね」

「ええ、そうです」

「あの、お手紙はこちら宛でも結構ですし、直接学校の方でも問題ないと思うんですが」

「あ、じゃあ、生徒の皆さんへっていうことで、学校の方に送ります」

「住所とかお分かりですか？」

「はい、それはこちらで調べます。なんか、そういう手紙とか迷惑なのかって思って……」

「そんなことないですよ」

柔らかな言葉とは裏腹に、鷹野はとにかく早く電話を切りたかった。寛太はやはりこの山梨の施設にいる。この施設で野菜を作って暮らしている。

鷹野は丁寧に礼を言って電話を切った。そして作り笑いで固まっている顔を強く叩いた。

＊

発車を知らせるベルが鳴り、風間はシートを倒した。平日の午後、軽井沢へ向かう長野新幹線のグリーン車輛は空《す》いていた。

ドアが閉まり、ゆっくりと列車が走り出す。ホームで次の列車を待つ乗客たちが、寒風に身を縮めている。

車窓の景色が大手町の高層ビルから神田界隈の雑居ビル群に変わった頃、徳永が車輛に現れた。飛行機の遅延で南蘭島からの到着が遅れると連絡が入っていたが、同じ新幹線には間に合ったらしい。

「おつかれさまです」

徳永が一礼して隣の席に着く。

「柳の居場所は、まだ摑めないか？」と風間は挨拶もなく尋ねた。

「まだです。すいません」

「鷹野の様子も変わらずか？」

「はい。柳から連絡を受けているようには見えません」

ワゴンサービスが現れ、二人はいったん会話を中断した。

「……柳が、鷹野に連絡を取ってくるとすれば、間違いなく寛太の居場所を知るためです」

徳永が話を続ける。

「弟を置いて逃げることは考えられないか？」

「それは考えられません。もし、柳がそのような人間ならば、指導係として、私はまったく奴のことを理解していなかったことになります」

「すでに柳から連絡を受けていて、鷹野がその寛太という弟の居場所を探ろうとした形跡もないんだな？」

「ありません」

東京の冬景色には音がない。

風間は流れていく寒々とした景色を眺めながら、「なんにしろ、今回の柳の件は、お前の責任だ」と無表情で告げた。

徳永が、「はい」と頷き、「……もし柳が見つからなければ、私の命はないですよ」と自嘲気味に笑う。

風間は徳永の横顔を見た。不思議な表情だった。それは、実際にその覚悟を決めているようにも見えるし、逆にまったく想像もしていないようにも見えた。

「これがお前のラストチャンスってことか？」と風間は訊いた。

「でしょうね。だからこそ、私みたいな子守が、こんな正式任務につけられたんでしょう。もう何年も小さな島で子守だけをやってきた男です。今さら何ができるか……」

「しかし、以前は第一線で働いていたはずだ。それがどうして、単なる子守になった？　すでに三十五歳は過ぎているはずだ。本来なら、好きな暮らしができてるはずじゃないか」

「簡単なことですよ。私は任務に失敗した。本来なら、その時点でこの胸に埋め込まれた爆弾が爆破されているはずだった。でも、私は命乞いをした。結果、約束通り、三十五歳のときに、胸の爆破装置は取り外してもらいましたが、一生を鷹野や柳たちのような子たちの育成に努めると約束したんです」

風間は、徳永の告白を黙って聞いた。そして聞き終わると、こう告げた。

「事情は分かった。これからは全て俺の指示に従ってもらう。そして、もし少しでもお前に不審なところがあれば、俺が始末する。その許可はすでに下りている」

徳永は何も応えなかった。ただ、自分の手を自分で強く握っていた。そして話を変えるように、「霧島に行かれてたんですよね？」と訊いてくる。

「ああ、昨日、東京に戻った。誰に聞いた？」

「これまでの流れを、一通り頭に入れておくようにと連絡が入りました」

「そうか。だったら、詳しく話すよ。鷹野が『和倉地所』から盗み出したデータの通りだった。あの辺りで国有地になっていない土地の七割を『和倉』の仲介で、複数の海外企業が買っている。ただ、どの企業もペーパーカンパニーだ」

「『V.O.エキュ』ですか？」

「そうだ」

「向こうで地元の不動産ブローカーの男に会うことになっていたんですよね？」

「ああ、会った。そして面白い話が聞けた」

「なんですか？」

「今回の森林買収は『V.O.エキュ』がなんらかの目的のために単独で始めたものだと思っていたが、実際には『日央《にちおう》パワー』という電力会社も絡んでいる」

「『日央パワー』といえば、国内水力発電の大手じゃないですか」

「ああ、そうだ」

「でも、今さら、あの辺りに新しくダムという時代でもないでしょう」

「あの辺りのダムは、そもそもこの『日央パワー』が請け負っている。ただ、そこに『V.O.エキュ』が関わってくると、また話が違ってくる」

「どっちにしろ、柳が盗み出したものに、その答えがあるわけですよね？」

「そうだ。それを持って、柳は逃げたんだ」

また徳永が黙り込む。

「まぁ、今はその話はいい」と風間は続けた。

「……世界的水メジャー企業の『V.O.エキュ』と日本の『日央パワー』が組むとする。その場合、どんな絵が浮かぶ？」

一瞬、目を伏せた徳永が、「もし、これが日本以外の国であれば……」と、言葉を選びながら話し始める。

「……たとえば、水道事業が民営化されている国の話だと考えれば、話は簡単です。それが周辺の都市なのか、県単位の地域なのかは分かりませんが、とにかくある特定地域の水道事業の独占開発権を手に入れるはずです」

「でも、ここ日本では、その民営化が認められていない。そこで、ここ最近、日本でも水道法の改正に関する動きがないか調べさせた。もちろん隅々まで調べるには時間が足りないが、まったくゼロというわけでもないらしい」

「もし、その水道法の改正が行われたとしたら……」

「おそらく、鹿児島県の水道事業に関しては、完全に『V．O．エキュ』と『日央パワー』が優先権を持つことになるし、民間委託の流れが早ければ、十年以内には近隣の大分、熊本、いや、九州全体が独立した水道事業を始めるかもしれん」

「水道法改正を進めている代議士たちがいるんでしょうか？　もし進めているとすれば『V．O．エキュ』や『日央パワー』と繋がりのある者になりますね？」

「『V．O．エキュ』に関しては調べがついていないが、『日央パワー』に近い代議士たちならすぐに数人の名前が挙がる。さっきゼロじゃないと言ったのは、この辺りの動きだ」

「では、可能性としての話ですが、もしそのような流れになった場合、私たちAN通信としては、どういう風に動くことになりますか？」

「『V．O．エキュ』の競合企業、もしくは『日央パワー』の競合企業に当たることになるだろうな。もちろん水道法改正の噂が出る前に」

ワゴンが戻ってくる。風間は声をかけ、缶ビールを買った。徳永にも、「飲むか？」と訊いたが、「いえ、結構です」と断る。

風間は缶ビールを半分ほど一気に飲んだ。車内が乾燥しているせいか、ひどく喉《のど》が渇いていた。

「そういえば、今回の九州は一条と一緒だったんですよね？」

ワゴンを見送った徳永がとつぜん尋ねてくる。風間はふと思い出し、「そうか、お前たち、前は組んで仕事してたんだよな」と頷いた。

「あいつ、相変わらずでしたか？」

「相変わらず？」

「コンビで仕事するのに向いてる男でもないでしょ？」

徳永が嫌な思い出でも話すように顔をしかめる。

「さぁ、どうだろうな。俺の指示に従ってくれてりゃ、文句はない」

「あいつはこの手の仕事には向いてますよ」

徳永が今度は自嘲気味に鼻で笑う。

「お前は向いてなかったか？」と風間は訊いた。

「あいつと比べれば、向いてなかったとしか言えないでしょうね。私には、鷹野たちのようなガキに護身術を教えたり、宿題をさせたりしてるくらいがちょうどいいのかもしれません」

「最後に一条と仕事をしたのはいつだ？」と風間は訊いた。

「『新谷《しんたに》鋼鉄』と『大日《だいにち》石油』の合併を扱ったときです」

「今から四年……」

「いえ、もう五年前になります」

「そのとき、何があった？」

風間はわざと軽い調子で尋ねた。

「愚痴になりそうなので、やめておきます」

徳永がそう言って会話を終わらせようとする。風間はなぜかその理由が気になり、「いいから、話せ」と珍しく迫った。

「単純なことですよ。私に先を読む力がなかった。ただそれだけのことです。『新谷鋼鉄』と『大日石油』の合併は最終的に流れると私は判断したんです。結局、愚痴になりますが、そう判断するだけの材料も揃えていました。ただ、流れというのは、ちょっとしたことをきっかけに変わるもので、そのちょっとしたきっかけに、私は気づけず、一条の奴は気づくことができた」

「そんなことでお前が前線を外されることはないだろう？」

「ええ、そこで方向転換して、奴が言う通りに動けばよかったのですが……、ああいうのを対抗意識っていうのでしょうか、一条の判断が正しいのは分かっているのに、どうしても自分の判断の方を信じたくなって。結果的に一条の足を引っ張るようなことをしてしまって」

徳永の話し振りから、まだ何か彼が隠しているような気がした。

「お前が話したくないのであれば、無理には訊かない。ただ、俺は今回の件では一条とも仕事をしている。奴については、俺よりもお前の方が詳しい。もし何か引っかかっていることがあるんなら、正直に話してくれ」

風間は事務的にそう告げた。徳永はしばらく黙り込んでいたが腹を決めたらしく、「もう五年も前の話ですし、私の憶測でしかありませんから」と前置きして話し出した。

「……『新谷鋼鉄』と『大日石油』の合併は、どう考えても成立するものではありませんでした。その理由を挙げればキリがありませんが、双方が納得できる条件にあまりにも距離があったんです。ただ、ここからは私の憶測ですが、この双方の合併が成立しないことで利する企業もあります。たとえばその企業に『新谷』と『大日』の合併が破綻するという情報を与えるとします。もしその企業が鋼鉄業であれば、代わりに『大日』と手を組むこともできるし、その企業が石油関連であれば、『大日』を差し置いて『新谷』と組める。欲しくないものでも、人に取られるとなると欲しくなる。人間の本質的な感情ですよ」

遠い昔話をするように徳永がそこまで語り、口を噤《つぐ》んだ。

風間は敢《あ》えて問い質《ただ》さなかったが、その際、徳永が摑んでいた「新谷」と「大日」の合併不成立に関する資料を一条がこっそりとどこかの企業に流し、この合併話を半ば強引に本来の流れに戻したのだろうと推察した。

「お前と一条はいつからの付き合いだ？」と風間は話を変えた。

「ガキの頃からですよ」と徳永が応える。

「ガキの頃？　一条はうちに入る前は、記者をやっていたと言ってたぞ。マニラ辺りで腐っているところをスカウトされてＡＮ通信に入ったんだと」

風間の言葉に徳永が苦笑する。

「そんなのあいつの作り話ですよ。組織内の人間であっても、自分の経歴を正直に話す必要はない。もっと言えば、自分の経歴など嘘をついていた方が組織のためになる。それがうちの組織じゃないですか」

「じゃあ、ガキの頃から一緒ってことは？」

「ええ、私も一条も言ってみれば、正真正銘のＡＮ通信の人間ですよ。もちろんあいつがどんな状況でうちに連れてこられたのかは知りませんが、一緒に育てられて、一緒に訓練を受けて。ちょうど、今の鷹野と柳みたいなもんです」

風間はそこで思わず徳永に見入った。

徳永もすぐにその理由に気づいたらしく、「いえ、あいつが組織を裏切るようなことはないですよ」と笑う。

「なぜ、そう思う？　実際、柳は裏切った」と風間は迫った。

「一緒に育ったから分かるんです。あいつにはそんな度胸はないでしょう。もっと言えば、あいつにはこのAN通信という世界しかない。この中でしか生きられない男です。だからこそ、あいつはそこで一番になりたがるんですよ」

「『新谷』と『大日』のときの件を言ってるのか？」

「それもそうですが、とにかく一条が組織を裏切ることはないと思います。あいつにとってこの組織を裏切ることは、そのまま自分自身を裏切ることですから。あいつにとってはAN通信が世界の全てで、それ以外に何もない。生まれたばかりの赤ん坊にとっての母親の腕の中。そんな場所なんでしょう。もし、あいつがそんなあったかいもんを知っていればの話ですが」

徳永は少し興奮しているようだった。風間は窓の外へ目を向けた。その瞬間、上り列車とすれ違い、凄まじい風圧で窓枠のゴムがギュッと音を立てる。

11　俺のことを覚えててほしいんだ

鷹野は崖を下りた。手足が蔦や雑草に絡まる。滑り落ちないように枝を摑む。踏み込んだ足先が柔らかいシダの葉に埋まる。

汗ばんだ手のひらに草の匂いがした。

この崖を下りていけば、東路に出る。まだ遥か先だが、樹々の間にアスファルトの道路が見える。

鷹野はソテツの根元をめがけて跳んだ。丸く膨らんだ根元は固いが、土壌はゆるい。慌てて何かの枝を摑んだが、手のひらに痛みが走った。切り傷から流れた血が熱い。

鷹野は不安定な格好のまま、傷口を舐めた。草と泥と血の臭いがした。

一週間ほど、徳永が島に戻っていなかった。朝夕のトレーニングは欠かしていないが、徳永に読んでおけと渡される本や資料もないので時間は余る。

結局、この三日間、家でじっとしているのにも飽き、こうやって千波山への登山を繰り返している。

古道を使えば往復二時間もかからない山だが、こうやって森に分け入り、崖を登り、崖を滑って往復すれば、どの場所から森に入っても戻るまで半日はかかる。

山頂に登ったところで何もない。一応、展望台はあるが、今日のような曇天では展望台のゴミにたかる蠅《はえ》の大群に悩まされるだけだ。

鷹野は最後の岩からアスファルト道路に飛び下りた。目測したよりも高さがあったようで踵からズキンと痛みが走る。

地面に座り込んで足首を回していると、バイクが近づいてくる。

乗っていたのはクラスメイトの由加里だった。鷹野の前でバイクを停め、「何してんの？」と首を傾げる。

「別に」と鷹野は応えた。

「なんで、こんな所に座り込んでんのよ？」

さっさと行けばいいのに、由加里がしつこい。

「だから、別に何もしてないって」と鷹野は舌打ちした。

そのまま走り出そうとした由加里が、「さっきまで詩織の家にいたのよ」と唐突に言う。

「……詩織のおばあちゃんたちが昨日から島にいなくて」と。

「じいさんも？」と鷹野も思わず尋ねた。

「なんか親戚の結婚式が東京であるんだって。詩織は学校あるから呼ばれてなくて、でも、詩織一人だと寂しいだろうと思って、泊まりに行ってたのよ」

「ふーん」

鷹野はまた足首を揉《も》み始めた。

「ねぇ、ところであんた、なんで、そんなに汚れてんの？」

由加里はまだ立ち去らない。

「千波山」と鷹野は山の方に顎《あご》をしゃくった。

崖を見上げた由加里が、「まさか、ここから登ったの？」と本気で呆れる。

＊

チャイムが鳴り、詩織はソファを立った。エントランスにいる鷹野がモニターに映っていた。鷹野は真っすぐにカメラを見つめている。

「鷹野くん？」と詩織は声をかけた。

「うん」とモニターの中で鷹野が頷く。

「どうしたの？」

「ちょっといいかな」

詩織は一瞬迷ったが、解錠ボタンを押した。

祖父母がいないことが不安なのではなく、鷹野の表情がどこか深刻だったのが気になった。

そうこうしているうちに玄関ドアのチャイムが鳴った。詩織は廊下を走って玄関を開け、

「どうしたの？」とまた聞いた。

「今、由加里と会って」

鷹野はひどく汚れていた。顔も服も泥だらけだった。深刻そうに見えたのではなく、単に顔が汚れていただけかもしれない。

「由加里ちゃん、さっきまでここにいたよ」と詩織は言った。

「うん、聞いた」と鷹野も頷く。

「なんでそんなに汚れてんの？」

「千波山に登ったから」

鷹野がとても生真面目に教えてくれる。

「入る？」と詩織は訊いた。

鷹野が返事もせずに、押し入ろうとする。その態度がどこか性急だった。

詩織は少し驚き、後ずさりした。その手を鷹野がとつぜん摑む。

一瞬にして、嫌な記憶が蘇った。あの日、先輩の家に行くと、他に男が二人いた。「俺のこと、好きなんだろ？」と先輩は笑っていた。詩織は逃げようとした。そのとき、先輩が今と同じように手を摑んだ。詩織は振り払って逃げた。家を飛び出て、走り出してすぐ、体が震えて蹲《うずくま》った。

実際にはそれだけのことだった。しかしあの男たちはその先があったようなことを学校で言いふらした。

目の前に鷹野が立っている。痛みを感じるほど、鷹野は詩織の手首を握っている。

「鷹野くん？」

詩織はその手を振り払おうとした。次の瞬間、鷹野がぼそっと何か言う。

「え？」と詩織は訊き返した。

視線を落とした鷹野が、「……俺のこと、覚えててほしい」と言う。

「え？」

「だから、俺のことを覚えててほしいんだ」

鷹野がキスしようとしてくる。あまりにもとつぜんで、詩織は後ずさった。それでも鷹野が顔を押しつけようとする。

「ちょ、ちょっと待ってよ。急にどうしたの？」

詩織は鷹野から逃れた。恐いというよりも、可笑しかった。きっと鷹野の顔が子供みたいに汚れているせいだった。

「覚えててくれって、どういうこと？」と詩織は尋ねた。

「もうすぐ卒業だろ」と鷹野がぼそっと応える。

急に体から力が抜けた。

「だって、鷹野くんも卒業したら東京に出るんでしょ？　だったら向こうでも会えるじゃない」

「うん……」

鷹野も曖昧に頷く。

「もう、びっくりするよ。とつぜん」と詩織は笑い飛ばそうとした。

「……ごめん」と鷹野が謝る。

「それに、思い出なんて、そうやって強引に作るもんじゃないでしょ？」

「じゃあ、どうやればいいんだよ？」

鷹野は真剣だった。

「どうやればって……。あ、ほら、この前、二人で青龍瀑布に行ったでしょ？　私、あのときのこと、死ぬまで忘れないと思う。大袈裟に言うと、高校生活で一番の思い出になると思ってる」

詩織には説得力があると思ったが、鷹野にはぴんとこないらしかった。

「とにかく、上がってよ」と詩織は誘った。

鷹野がひどく子供っぽく見えた。子供っぽいというよりも、目の前に七歳の男の子が立っているようだった。

鷹野のスニーカーもまた泥だらけだった。底についていた泥が、白い大理石の上に散らばる。

詩織は台所で冷蔵庫から麦茶を出した。グラスに注ぎながら、「もし、卒業して離れ離れになったとしても、鷹野くんのことを忘れるわけないじゃない」と喋り続けた。

そのときだった。とつぜん鷹野が背中から抱きついてくる。詩織は両手にグラスを持ったまま、体を固くした。

「俺のこと、覚えててほしい」とまた鷹野が言う。

詩織はもう茶化さず、「うん」と頷いた。

鷹野が苦しいほど抱きしめてくる。

「私、どうすればいいのか分からないよ。だって、鷹野くん、急なんだもん」

「だから、俺のことを……、俺がここにいたことを覚えてててほしい」

「うん、分かった」

「俺が詩織ちゃんの前にいたこと、俺がこの島にいたこと……、全部を覚えててほしい。詩織ちゃんに覚えててほしいんだ」

詩織はグラスを置いた。自分を抱きしめる鷹野の腕に触れる。

「なんか、急にいなくなっちゃうようなこと言わないでよ。そういう言い方されると、悲しくなるよ」

「ありがと」

とつぜん鷹野の腕から力が抜ける。

「俺、帰るよ」

詩織は引き止めなかった。鷹野がひどく恥ずかしそうだったからだ。

スニーカーに足を突っ込み、そのまま出ていこうとする鷹野に、「ねぇ、また青龍瀑布に連れてってよ」と頼んだ。

立ち止まった鷹野が、「分かった。じゃ、明日は？」と振り返る。

冗談にも取れたし、本気にも取れた。

「じゃ、明日。約束ね」と詩織は微笑んだ。

嬉しそうに頷いた鷹野が玄関を出ていく。ドアが閉まり、その足音が小さくなっていく。

「大丈夫。これからも鷹野くんとの思い出はいくらでも作れるんだから」と詩織は自分に言い聞かせるように声にした。

＊

轟集落へ戻る途中で、森が夕日に染まった。街灯のない東路は暗く、バイクのライトが道路の陥没を浮かび上がらせる。

鷹野は何度もバックミラーを確かめた。そこには薄暗い道しか映っていない。自分を追ってくるものなど何もないのに、なぜか背後が気になる。何かが追ってくるというよりも、自分が走り抜けた瞬間に後ろの景色が次々と消えていくような、そんな恐ろしさがある。

特にここ数日はそんな恐ろしさが続いている。千波山に登る理由も、さっきとつぜん詩織を訪ね、自分でも訳の分からない行動を取ったのもそのせいかもしれない。

空に月が出ている。少し赤みを帯びたその月が不気味に見えた。

家の前にバイクを停めると、開けっ放しの土間から美味そうな匂いがした。ばあさんがまた角煮を作ってくれているらしかった。

「ただいま」と声をかけると、鍋のふたを摑んだ知子ばあさんが振り返る。

「角煮？」と鷹野は訊いた。

「今夜はお前さんが好きな角煮にした」

知子ばあさんの表情がどこか強ばっている。

「また千波山に登ったら、こんなに汚れた」

鷹野は笑いかけた。

「風呂入るなら、先に入れ」

知子ばあさんがそう言って鍋を覗き込む。

そのとき、背後から視線を感じた。振り返ると、居間に徳永が座っていた。

「戻ってたんですか？」と鷹野はひどく慌てた。

「今日の最終のフェリーでこの島を出るぞ」

徳永が土間に下りてくる。

「今日？」と鷹野は訊き返しながら、なぜか視線が知子ばあさんに向かう。

ばあさんはこちらに背を向けたまま、鍋を覗き込んでいる。

「この島に戻ることはもうない。そのつもりで準備しろ」

「い、今からですか？」

頭では理解できる。ただ気持ちが追いつかない。

「あの、もう戻らないって……。だって、最終のフェリーまで、あと二時間もないじゃないですか」

「身の回りのものだけトランクに詰めろ。他の荷物はここに残しておけ。あとで俺が処分する」

徳永が外へ出ていこうとする。

「ちょ、ちょっと待って下さい」

鷹野は徳永ではなく、知子ばあさんの背中を見つめたまま呼び止めた。

「晩めしを食う時間はある。三年間世話になったんだ。ちゃんと知子ばあさんに礼を言っとけ」

徳永は出ていった。鷹野はその背中を見送るしかない。

「ほら、早く風呂入ってこい」

どれくらいぼんやりしていたのか、知子ばあさんの声がした。

振り返れば、そこには知子ばあさんが立っており、自分から何か声をかけなければならないのだと思うと、急に気が重くなる。

もちろん言うべきことは分かっている。しかし、「三年間ありがとうございました」という言葉だけではどうしても足りない。では、他にどんな言葉があるのか。

「ほら、もう時間ないぞ。さっさと風呂入って、めし食え」

いつもと変わらぬ調子の知子ばあさんに、鷹野は、「はい」と応えたまま立ち尽くした。

「……ちょっと、そこに立ってくれんか」

知子ばあさんが土壁を指差す。鷹野は言われた通り壁際に立った。

「ほう」

声を上げた知子ばあさんの視線を追うと、土壁に線が引かれている。

「ほうほう。デカくなったもんだ。お前さんが初めてここに来た日、こっそり、そこに印をつけたんだ」

知子ばあさんがつけたという印は、今、鷹野の肩口よりも低い。

「お前さんの腕一本くらいは、このばあちゃんが毎日作っためしで出来てるのかもしれんな。お前さんがこれからどんな仕事をするのか、ばあちゃんは知らん。でもな、あんたの体の一部は、このばあちゃんが育てたもんだ。このばあちゃんを大切にしてくれるつもりで……、お前さん、どんなことがあっても生きろ。いいか、お前さんにはその価値がある」

深い皺に隠れた知子ばあさんの目が潤んでいた。

鷹野は落ちていた炭を拾うと、背中を土壁につけ、頭の上に印をつけた。

「お世話になりました」

一礼すると、居たたまれなくなり、二階の自室へ梯子を駆け上がった。

何も考えなくて済むようにと、すぐにトランクを出して準備を始めた。しかし、そこに何を入れればいいのか分からない。ここから何を持っていけばいいのか、ここに何を置いていけばいいのか。

鷹野は部屋を見回した。もうここには二度と戻れない。その現実がまだ受け入れられない。

ふと、柳もまたこうやって慌ただしくこの島を出たのだと気づく。おそらくまだ夜も明けぬうちに徳永が現れ、何も考えられぬままにこの島を出ていったのだと。

鷹野はその後、最後の風呂に入った。訳もなく何度も熱い湯を頭からかけた。

風呂を出て、知子ばあさんが作った最後の晩めしを食うと、もう出発する時間だった。

鷹野は家を出た。見送りに出てくれた知子ばあさんに一礼して歩き出す。

知子ばあさんはもう何も言わなかった。鷹野はずいぶん歩いてから、振り返った。もう知子ばあさんは見えなかった。暗い森の中に三年間暮らした家の明かりがぽつんとあった。夜の森に見送られるようにして、鷹野はまた歩き始めた。

フェリーの甲板で冷たい風を受けながら、鷹野は水平線を見つめていた。同じ黒でも、夜空には星があり、海にはない。そしてその境が水平線だった。

さっきまで見えていた南蘭島の明かりは完全に闇に消えた。シーズンオフの最終フェリーの乗客は少なく、誰もいない甲板の青いベンチを蛍光灯が照らしている。

感傷的になっていたつもりはなかったが、知らず知らずのうちに手すりを強く握りしめていた。鷹野は手のひらの匂いを嗅いだ。強い錆の臭いがした。

背後で船室のドアが開く。振り返ると、徳永が出てくる。

鷹野はまた夜の海へ視線を向けた。

「石垣島から明日一番の便で東京へ向かう」

横に立った徳永が言う。

「はい」

「今日からお前に戻る家はない。……と聞くと、少しは不安な気持ちになるか？」

徳永もまた海を見つめている。

「別に不安じゃありません」と鷹野は応えた。そして少し間を置いてから、「逆に言えば、どこにも戻る必要がないってことです」と付け加えた。

徳永が少し笑ったようだった。しかしその笑いもすぐに風に流れてしまう。

「もう分かってると思うが、これから俺と組んで仕事をしてもらう。それがお前の最終テストだ。この仕事が終われば、お前は正式なＡＮ通信の人間になれる。もちろん最終的に決めるのはお前だ」

「分かってます」

「今、俺たちはフランスの『V・O・エキュ』と『和倉地所』が進めている土地買収の件を扱っている。この二社が南九州や信濃の主要水源付近の土地を買い漁っている。おそらく近い将来、日本の上下水道事業に関して構造的な大変化が起こる。簡単に言ってしまえば、上下水道事業の民間企業への委託が可能になるということだ。ただ、それがどの程度の改正になるのかはまだ摑めていない。おそらくその鍵を握っているのは、日本の総合エネルギー大手の『日央パワー』。この『日央パワー』が主導権を握って法改正に動く。これからお前にやってもらうのは、この『日央パワー』が今現在、どのような情報を持ち、誰と話を進め、どの程度まで道筋が決まっているのかを探ることだ」

徳永がそこで話をいったん切った。鷹野は、少し心細い声で、「はい」と頷いた。

「もう少し簡単に言うぞ」

徳永がそう呟く。

「……最終テストとして、お前がやることになる仕事は、現在『日央パワー』が持っている情報を手に入れること。そして、今現在、その情報を持っているのは柳だ」

鷹野は動揺を隠すようにまた錆びついた手すりを強く握った。剝がれた塗装が手のひらを刺す。目の前では黒い波が立っているのに、青く眩《まぶ》しい青戸浜の海が浮かぶ。桟橋から覗き込んだあの青い海を自分はもう見ることがないのだと改めて思う。

＊

夜になっても雨はやまなかった。東京郊外の住宅地、ぽつんとある児童公園のあちこちに大きな水たまりができている。

傘を叩く雨と、足元の水たまりに落ちる雨と、さっきから二種類の雨音を、鷹野はずっと聞いている。気温は三度くらいだろうが、長時間公園に立っている鷹野の体感温度は、間違いなく零度を下回っている。

呼吸をするたびに白い息が顔をくすぐる。革の手袋は役に立たず、傘を握る手が痛い。私鉄の最寄り駅からもずいぶん離れた場所で、たまに走ってくるバス以外、景色に動くものはない。

鷹野がここに立って、すでに二時間が経っていた。一度だけ、ピザ屋のバイクが停まり、雨合羽を着た配達員がトイレに駆け込んできた以外、公園にいる鷹野の存在に気づいた者はいない。

鷹野はまた白い息を吐き、目の前の一戸建てを見つめた。二台分の車庫があり、その横から階段を上がった所に玄関がある。リビングらしい一階の明かりが激しい雨を照らしている。南欧風の瀟洒な外観や、この界隈の地価を考えれば、おそらく二億円は下らない邸宅だった。

ここは独立系発電事業者の大手「東洋エナジー」の企画戦略室長、尾形誠《おがたまこと》の自宅で、現在、妻と高校生の一人娘の三人で暮らしている。

南蘭島を出た鷹野が、東京・日比谷のホテルにチェックインしたのは昨日の夕方で、早速、徳永に連れられて、この尾形宅を下見に来た。

「昨日も話した通り、現在『V.O.エキュ』『和倉地所』そして『日央パワー』の三者で何かが動いている。おそらく将来、日本に起こる上下水道事業改革を見越しての動きだ。その情報を柳が盗んで逃げた。ただ、盗んだところで、柳一人でどうこうできるような案件じゃない。だが、柳は現実にその情報を持っている。もし、お前が柳なら、その情報をどうする？」

尾形宅の下見へ向かう途中の車内で、徳永はそんな質問をした。

「俺なら、その情報を欲しがる相手に売りつけます。それ以外に使いようがありません」と鷹野は即座に応えた。

「その通りだ。じゃ、その情報を欲しがっている相手というのは誰だと思う？」

鷹野はしばし考えた。

徳永が運転する車は首都高で更にスピードを上げる。

「『和倉地所』に関しては土地買収に絡んでいるだけで、その後の事業展開にまで関わってくるとは思えません。なので、まずこの三者から外せます。次に『V.O.エキュ』ですが、ここには水道事業に関する最高レベルの技術とノウハウがあります。公共事業として水道事業を行ってきた日本にはそこまでの技術を持った企業はありません。と考えると、この三者から『V.O.エキュ』を外すことは不可能です」

「そうだ。ということは？」

「もし俺が柳だとしたら『日央パワー』の代わりとなり得る企業にこの情報を売ります」

「どうして？」

「たとえば……」

そこで鷹野は言葉を詰まらせた。

「たとえば、こうだ」と、待ち切れずに徳永が引き取る。

「……仮に『日央パワー』の代わりとなり得る企業をA社とする。もし情報のなかに『V.O.エキュ』と『日央パワー』との契約条件があったとすれば、A社は更に好条件で『V.

O・エキュ』との提携を申し込める。もちろん、他にもいろいろと有利な点はある。とにかく情報を持っている者というのは、先手を打てるってことだ」

この会話のあと、徳永の口から出てきたのが「東洋エナジー」という企業で、現在、国内で「日央パワー」に対抗できる独立系発電事業者といえば、この「東洋エナジー」以外には考えられないという話だった。

「もし、お前が柳なら、この『東洋エナジー』に情報を売るよな？」

徳永に訊かれ、「はい」と鷹野は頷いた。

「要するに、柳が『東洋エナジー』と接触を持つ前に情報を奪い返す必要がある」

「まだ柳が接触していないのは分かっているんですか？」

「今のところ、『東洋エナジー』内にその手の動きは見られない」

「あの……」

ここで鷹野は口を挟んだ。

「……柳は、あいつは本当に一人でこんなことをしてるんでしょうか？」

ハンドルを握ったまま、徳永がちらっと鷹野に目を向ける。

「それは俺にも分からん」

徳永はそれきり黙り込んだ。

また雨脚が強まっていた。鷹野は寒さを堪え切れなくなり、その場で足踏みを続けた。ポケットで携帯が鳴り、濡れた革手袋を外して出る。

「今、娘がアパートに戻った」

耳のイヤホンに徳永の声がした。

「尾形と、尾形の妻は家にいます」と鷹野は告げた。白い息がかじかんだ指をくすぐる。

「行け」

鷹野は水たまりを踏んで公園を出た。すでに体はずぶ濡れで今さら気にもならなかった。

この二時間、ずっと見つめていた尾形宅の階段を駆け上がる。玄関のチャイムを押すと、すぐに尾形の妻の声がインターホンに響く。

「夜分すいません」とまず鷹野は言った。

「どちら様？」

「奈緒《なお》さんの知り合いの者です」

鷹野がそう告げた瞬間、尾形の妻がヒッと息を呑んだ。すぐに受話器が置かれ、続いて廊下を走ってくる足音がした。

ドアを開けたのは、妻ではなく尾形だった。資料によれば現在四十九歳だが、裸足で玄関に立つその姿はどこか疲れた印象で、五十代後半にも見える。

「奈緒に……、奈緒に何かあったのか？」

尾形が裸足で玄関に下り、鷹野に摑みかかってくる。鷹野は冷静にその肩を押し返し、

「落ち着いて下さい。奈緒さんのことで相談があって来たんです」と告げた。

「と、とにかく上がってもらったら」

尾形の背後から、妻が恐る恐る声をかけてくる。鷹野は遠慮なく中へ入り、濡れたスニーカーを脱いだ。その様子を尾形も妻も黙って見ている。

十六歳になる尾形の一人娘、奈緒が家出をしたのは三ヶ月ほど前だった。

夫妻はその翌日、捜索願を出そうとしたが、当の娘から、「もう家に戻る気はないから捜さないで」という電話があった。

その後、夫妻は娘の友達や学校などと何度となく連絡を取り合っているが居場所は摑めず、娘からの連絡も一切ないままだった。

濡れた靴下のまま、鷹野は居間へ通された。

三人ともソファにも座らず、突っ立ったままで互いを見合う。暖房の利いた部屋の中で、鷹野は濡れた肌が痒《かゆ》くなってくる。

「単刀直入にお話しします」とまず鷹野が口火を切った。

「君は、娘とどういう知り合いなんだ？　学校の友達か？　どこで知り合った？」

急いた尾形を、「あなた、ちょっと」と妻がたしなめる。

「僕と娘さんは直接の知り合いではありません。ただ、娘さんが現在どこにいるかを知っているだけです」と鷹野は告げた。

「どこだ？　どこにいる？」

また尾形が急いて一歩前に出る。

鷹野は二人の目の前で携帯を出し、ある番号にかけた。

呼び出し音のあと、「もしもし」と若い女の声がする。鷹野は何も応えずに、「娘さんです」と携帯を尾形に渡した。

乱暴に携帯を奪った尾形が、「もしもし！」と声をかける。相手が返答したらしい。

「奈緒……。お前、どこにいる？　おい、奈緒！」

呼びかける尾形に、娘が何か応えたらしい。

「……誰に聞いたかなんてどうでもいいだろ！　とにかく、とにかく帰ってきなさい！」

尾形の呼びかけの途中、電話は切られたらしかった。「もしもし、もしもし」と諦め切れずに尾形が繰り返している。

鷹野はその手から携帯を奪い返した。

「娘さんは、今、渋谷区のアパートである男と暮らしています」

「誰だ？　その男というのは？」

興奮して顔を真っ赤にした尾形が怒鳴る。

「今、娘さんは渋谷のキャバクラで働いています。自分の意思で始めたようです。ただ、このままその男のもとにいれば、いずれは勤め先が風俗店に替わります。そういう類いの男です」

ここでやっと尾形が大人しくなった。力が抜けたようにソファに座り込み、頭を抱える。夫よりも冷静さを保っていた尾形の妻が、「それで、あなたはどうしてここにいらっしゃったの？」と尋ねてくる。

鷹野は妻ではなく、頭を抱えた尾形にその理由を語った。

「先に申し上げますが、僕は単なる使い走りです。詳しいことは分かりません。ある人から頼まれたことをやっているだけです。そのある人は、あなたがお勤めの『東洋エナジー』に関する情報を欲しがっている。その情報と引き換えに、娘さんの居場所を教えることができるそうです」

鷹野は抑揚のない口調で話した。二人は目の前の若い男がとつぜん何を言い出したのか理解できぬようできょとんとしている。

「一度しか言いませんから、しっかりと聞いて下さい」と鷹野は続けた。

半信半疑ながらも尾形の表情が緊張している。

「『V・O・エキュ』というフランスの企業はご存じですよね？　おそらく近い将来、この企業の日本市場進出に関して興味はないか、という連絡が御社に入ると思います。いや、もしかするとすでに入っている可能性もある。現在の尾形さんの社内的立場を考えれば、必ずその話はあなたの耳に入るはずです」

ここで鷹野は様子を見た。「V・O・エキュ」という言葉に尾形の反応はない。

「……娘さんの居場所を教える交換条件はとてもシンプルです。今後、そういう類いの連絡があった場合、僕に知らせてほしい。ただそれだけのことです。その間、娘さんの動向は毎日必ずお知らせします」

長い沈黙があった。その場には外で降る雨の音しかしない。

「そんな、会社を裏切るようなことができるわけがない」

まず尾形はそう言った。しかし、その声には力がなかった。

12　裏切り

部屋の窓から寒々しい運河が見えた。

東京の芝浦という場所で、運河沿いだが対岸には倉庫が並び、見晴らしがいいわけではない。それでも運河の水が動いているだけ気分は紛れる。

ここが鷹野に用意された東京での住処《すみか》だった。「東洋エナジー」の尾形宅での任務についてからすでに二日経っている。任務後、徳永から連絡もない。鷹野はこの殺風景な部屋で無為に時間を過ごすしかない。

一日中、運河の流れを眺めているせいで、時間によってその色が違うことに鷹野は気づいた。潮の影響かもしれないし、単に気分的なものかもしれない。とにかく水が動いていることで、鷹野は自分が生きていることが確認できる。

食事時、鷹野はこの運河の橋を渡る。そこに港湾労働者向けの食堂がある。当面の生活費として、徳永から三百万円の現金を渡されているので、近くのホテルでもっといいものも食えるのだが、その食堂には日替わりの定食があり、自分が何を食べたいのか考える必要がない。

ちょうどその食堂で朝めしを食って部屋に戻ったときだった。二日ぶりに徳永から連絡が入った。

「今、どこだ？」

急いた徳永の声がする。

「芝浦の部屋です」

「さっき『東洋エナジー』の尾形から連絡が入った。やはり『V.O.エキュ』の日本進出についての情報に興味はないかと、匿名《とくめい》の電話がすでに入っていて、社内での対応も決まっているらしい」

鷹野は殺風景な室内を見渡した。

昨日から、ここに閉じこもって運河ばかり眺めていたが、やはり時間が止まっていたわけではないのだ。

「これから宮崎県に飛ぶ。お前もすぐに羽田空港に向かえ」

耳に徳永の声が戻る。

「宮崎？」

「そうだ。要するに『東洋エナジー』側が、奴らの情報に食いついたってことだ」

奴らという言葉に柳の顔が浮かぶ。徳永もやはり柳一人でこんな大それたことをやっているとは思っていないのだ。

「今日の午後、奴らと『東洋エナジー』が一回目の会合を持つことまで決まっている」

「今日の午後ですか？」と鷹野は時計を見た。まだ朝の八時を回ったばかりだった。

「会合場所も奴らが指定してきたらしい。それが宮崎の五瀬ダムなんだよ」

「ダム？」

「『東洋エナジー』が関係しているダムだ。すでに昨日の晩、『東洋エナジー』の幹部二人が宮崎入りしてる」

電話を切ると、鷹野はすぐに部屋を出た。運河沿いの道でタクシーを待ちながら、約束通り尾形宅へ連絡を入れる。

電話に出たのは尾形の妻だった。

「これから娘さんの居場所を伝えます」と鷹野は事務的に告げた。

「ちょ、ちょっと待って下さい。メモを、メモを用意しますから」

受話器を落としたような音が聞こえた。

「お、お願いします。お願いします！」

鷹野は渋谷区の住所とアパート名を伝えた。

「娘さんはその三〇二号室にいます。働いているのは渋谷の『エクサージュ』という店です」

「住所は？　そのお店の住所は？」

「ネットで調べればすぐに出ますよ。あと、先日、一緒にお伝えするといった同居中の男の素性ですが、名前は大貫圭吾、今年三十一になりますが、前橋市内に妻と二歳の娘がいます」

「え？」

驚く妻を無視して、鷹野は前橋にある男の家の住所も教えた。

「……週末はそっちに帰っているはずなので、おそらくその事実を伝えれば、娘さんも今の生活を考え直すはずです」

鷹野は電話を切った。ちょうど走ってきたタクシーに手を上げる。


その日の正午前に、鷹野は宮崎空港に降り立っていた。東京に比べれば、いくらか暖かいようだったが、日向灘《ひゅうがなだ》から直接吹きつける寒風で、すぐに体が凍えてくる。

指示された通りに駐車場で待っていると、すぐに徳永が運転するワゴン車が横付けされた。

鷹野は助手席に乗り込んだ。

「『東洋エナジー』の幹部は、榎並《えなみ》と泉谷《いずみや》という男たちだ。ここに写真がある」

車が走り出すと、徳永がファイルを投げて寄越す。

いつ撮られた写真なのか、ゴルフ場にいる二人だった。白髪で背が高いのが榎並、色黒で小太りなのが泉谷だと、徳永が教えてくれる。

「三十分前に、二人が宿泊先の市内のホテルを出たのを確認した。おそらく五瀬ダムに向かってるはずだ」

渋滞した市街地をやっと抜け出した車は、東九州自動車道へ入った。

「あの」と鷹野は遠慮がちに声をかけた。

「なんだ？」

「今日、そのダムに柳が来ると思いますか？」

鷹野の質問に徳永は応えない。代わりにスピードが更に上がる。

「おそらく、今日は単なる顔合わせだ。『東洋エナジー』側に情報を買う意思があるか。その確認だ。実際の取引は後日になるはずだ。今日、その場に柳が来る可能性もある」

自分で訊いておきながら、徳永の口から柳の名前が出て、鷹野は唾を飲んだ。

柳が持ち逃げした情報を取り返す。それが今回の任務だとは分かっている。しかしその柳のために、寛太の居場所を調べた自分がいるのだ。

そこまで考えて、ふと混乱する。柳を捕まえるのが今回の任務だ。しかし寛太の居場所を教えるということは、柳を逃がすということだ。

「こっちの情報が漏れている可能性がある」

唐突な徳永の言葉に、鷹野は緊張した。

「……尾形の話によれば、とつぜん会合の日時を早めてきたらしい。俺たちが尾形に接触をもったすぐあとにだ」

ふと自分が疑われているような気がした。南蘭島で徳永の家に忍び込み、寛太の現在の居場所が分かるメモを探したことがバレているのではないかと不安になる。

「どうした?」

「いえ、別になんでもありません」

鷹野は俯くしかなかった。


細く長いトンネルをいくつも抜けた先に、とつぜん五瀬ダムは現れた。真っ青な空の下、貯水湖は満々と水を湛《たた》えている。

五瀬ダムは昭和三十四年に着工されたアーチ式コンクリートダムで、十八万キロワットの発電量は全国で十番目の規模を誇る。

徳永が車を停めたのは、ダムの巨大なコンクリート堤体が見下ろせる小高い丘の上だった。

眼下には貯水湖はもちろん、管理事務所からダム堤のコンクリート道路や、放水中のゲートなど、その全貌を見ることができる。

「ちょうど放水ゲートの上辺りに、男が二人立ってるのが見えるか？」

徳永の質問に、双眼鏡を覗いていた鷹野は、「はい、見えます」と頷く。

顔まではっきりと見えた。間違いなくさっき写真でゴルフをしていた「東洋エナジー」の榎並と泉谷だった。

窓を閉め切った車内にも、ダムの放水の轟音が響いてくる。山が水を吐き出しているような凄まじい音だった。

「お前は下で待機しろ。あの管理事務所の辺りだ」

鷹野は窓から身を乗り出して確認した。こちら側に建つ管理事務所まで目の前の崖を下りていけばすぐに着く。

「おそらく奴らはそこの管理事務所前を通ってダムの中央まで向かうはずだ。向こう側は行き止まりで逃げられない」

説明を聞きながら鷹野は目を転じた。確かにダム堤を渡った向こう側で道は途切れている。

「行きます」

鷹野は車を降りた。

足場を確かめながら急斜面の崖を滑り下り、管理事務所の裏の竹藪に身を隠すまで三分とかからなかった。

「そこから榎並たちの姿は見えるか？」

無線で徳永の声が聞こえ、「はっきり見えます」と鷹野は応えた。

ダム堤の上にいる榎並たちに動きはなかった。鷹野はそのまま双眼鏡を対岸へ向けた。さっき車の中から覗いたとき、向こうの森の中に何か光るものがあって気にはなっていた。

しばらく双眼鏡を動かしていると、やはりキラッと森の中で何かが反射する。

鷹野は手を止めた。双眼鏡を固定して、倍率を上げていく。震える視界の先、その姿が徐々に明らかになる。

鷹野は、「ん？」と声を漏らした。

一瞬、鏡でも見てるのかと思った。同じように双眼鏡を覗く男がこちらを見ているのだ。

思わず鷹野が身を隠そうとしたその瞬間、先に向こうの男が双眼鏡を顔から離した。男の目はこちらではなく、ダム堤の上の榎並たちに向けられている。

「……い、一条さん？」

思わず声が漏れた。対岸の茂みに身を隠しているのは、間違いなく一条だった。

こっちの情報が漏れている可能性がある、と言った徳永の言葉が蘇る。

慌てて無線で徳永に伝えようとしたときだった。ダムへ一台の車が走ってくるのが見えた。

鷹野は双眼鏡を構えた。

車はゆっくりとダム堤の道路を榎並たちのもとへ近づいていく。

双眼鏡のピントが運転席に合ったとき、鷹野は息を呑んだ。ハンドルを握っているのは柳だった。髪が伸び、いくぶん肌が白くなっていたが、紛れもなく柳本人だった。

「誰か現れました」と鷹野は無線で伝えた。

しかしそれが柳だとは言えなかった。

榎並たちの前に停まった車から、その柳が降りてくる。

「柳だな？」

徳永の声がする。

鷹野は、「はい」と頷いた。

柳が薄い封筒を榎並に手渡している。榎並たちは目の前に現れた若造から、それを受け取っていいのか躊躇っている。

「目を離すな。おそらく渡したのは情報の信憑性《しんぴょう》を伝えるための何かで、実際の機密書類じゃないはずだ。俺はこれから車でダムの入口方面を塞ぐ。そのタイミングでお前も車に乗り込んでこい」

鷹野は背後の丘を見上げた。徳永の車がゆっくりと動き出す。

封筒を渡した柳が、また車に乗り込む。そしてそのままダムの向こう側へ直進する。しかし向こうは行き止まりだ。

鷹野は一条の姿を確かめた。しかしさっきいた場所にその姿がない。

タイヤが砂利を踏む音がして鷹野は振り返った。徳永の車が管理事務所前に停まっている。

鷹野は藪を駆け上がり、助手席に飛び乗った。

「柳の車はどこだ？」

「ダムの向こう側です。Uターンして戻ってくるはずです」

次の瞬間、徳永がアクセルを強く踏み込む。急発進した車の中で、鷹野の背中はシートに叩きつけられた。

「い、一条さんがいました！」

スピードを上げる車の中で鷹野は怒鳴った。

「一条さんです！　向こうの茂みに隠れています！　柳を操ってるのは一条さんです！　間違いありません！」

車がダム堤の道に入る。日を浴びたコンクリートが眩しい。遠くに呆然と立ち尽くしている榎並たちの姿が見える。

「徳永さん！　さっき一条さんを見たんです！」と鷹野は繰り返した。

「しっかり摑まってろ！」

Uターンした柳の車がこちらに向かってくるのが見えた。車を停めると思ったが、なぜか徳永が更にアクセルを踏む。道は狭い。徐行してやっと二台が擦れ違えるほどしかない。

「徳永さん！　ぶつかります！　やめて下さい！」

「しっかり摑まってろ！」

何がどうなっているのか鷹野は理解できない。同じようにスピードを上げた柳の車が真っすぐにこっちに突っ込んでくる。

「徳永さん！」

鷹野は絶叫した。

ハンドルを奪おうと身を乗り出すが、徳永がそれを許さない。

柳の車はすぐそこだった。フロントガラスに、凄まじい形相でハンドルを握る柳の顔がある。

ぶつかる！

鷹野がそう思った瞬間だった。徳永が大きくハンドルを切る。しかし切ったのは、右。勢いよく放水が続いている堤高百三十メートルのコンクリート断崖の方だった。

大きく傾いた車の中で、鷹野はスローモーションのようにいろんな光景を見た。ギリギリで躱した柳の車。ハンドルを握った柳が何か叫ぶ。「鷹野！」と叫んだように見える。次に凄まじい衝撃が来た。車がガードレールを破る。シートに打ちつけられた瞬間、すっと体が浮いた。

鷹野は歯を食いしばった。

目の前に凄まじい勢いで放出されている水がきた。自分たちがその中に吸い込まれる瞬間を、鷹野ははっきりと見た。

死んでたまるか。

そう思った瞬間、鷹野は反射的に肘で助手席の窓を破った。ガラスが割れたのと、大量の水が流れ込んだのが同時だった。

車ごと落下していた。流れ込んできた水が重かった。鷹野はもがいた。同じように徳永もまた水の中でもがいていた。

＊

庭に積み上げられた薪に、昨日ここ軽井沢に降った雪が薄らと残っている。

北園富美子はかじかんだ指に息を吹きかけ、薪をいくつか腕に抱え込んで室内へ戻った。二階から下りてくる風間の足音が聞こえたのは、ちょうど薪を暖炉にくべているときだった。雪で湿っているせいで、なかなか火が移らなかった。

先に風間のコーヒーを準備しようと、富美子は台所へ向かった。いつもの時間よりも少し早いようだった。

ポットを火にかけ、冷蔵庫からオレンジケーキを出す。風間がダイニングテーブルに着いた気配を背中に感じた。

「今日は少しお早いですね」と富美子は声をかけた。

その瞬間にできた妙な間で、富美子は嫌な予感がした。

「鷹野が事故に遭いました」

富美子はオレンジケーキを切ろうとした手を止めた。だが、振り返ることはできない。

「……鷹野が任務に失敗しました」

続けて風間の声がする。

包丁を握った富美子の手が震えていた。震えが手から体全体へと伝わっていく。

「……富美子さん、鷹野が……鷹野が死にました。すいません」

富美子は尋常ではないほど震えていた。それでもケーキを切った。

すいませんと、謝った風間の声が何度も頭の中で繰り返される。

振り返って、風間に問いつめたかった。鷹野がどこでどういう死に方をしたのか。しかし振り返って問いつめることは、それを受け入れることでもあった。

「本来は、富美子さんにお話しするべきではないのかもしれません。いや、話してはいけないことです。ただ、あなたには知っていてほしかった。そうでなければ、鷹野がこの世に生きていたことを覚えておいてやれる人間が私以外に誰もいなくなる」

風間は何か反応を待っているようだった。しかし富美子は奥歯を強く噛《か》み、ただいつものようにコーヒーとケーキを用意した。

「富美子さん」

カップと皿をテーブルに出し、そのまま立ち去ろうとする富美子を風間が呼び止める。

そこで初めて富美子は風間を見つめた。

「あの子は……、鷹野くんは一度死んだんです。この組織に引き取られるとき、あの子はもう死んだはずです。一度死んだ子が、また死ぬなんてことはできません！」

富美子は声を荒らげた。自分の興奮に自分で驚き、「すいません」と頭を下げて部屋を飛び出す。

涙が溢れそうだった。しかしここで自分が泣けば、鷹野の死を受け入れたことになる。

富美子は大きく深呼吸して、それを堪えた。

　　＊

富美子はそのまま出かけたようだった。足音が玄関から門へと向かい、次第に森の静寂に吸い込まれた。

風間はコーヒーを見つめた。飲もうとはするのだが、腕に力が入らない。

腕を上げ、カップの取手を摑み、口に運ぶ。その動作を、さっきからもう何度も空想しているだけだった。

一条から連絡を受けて、まだ数時間しか経っていない。一条の報告は事務的で、一切の感情が排除されていた。

五瀬ダムに現れたのは、柳本人だったらしい。柳は車で乗りつけ、「東洋エナジー」の榎並に薄い封筒を渡した。

その後、再び車に乗り込んだ柳を止めようと、徳永たちの車が現れた。二台の車はダム堤の上を両端から近づく。どちらもスピードを落とさない。

衝突すると思った瞬間、徳永の方がハンドルを切った。車はガードレールを破り、放出中の水の中に突っ込んだ。

　水に呑み込まれた車は、百三十メートル下の副ダムに落下し、そのまま浮き上がってこなかった。

　停車していた柳の車が再び走り出したので、一条はすぐに追うべきだった。しかし落下した徳永たちが気になり、かなり出遅れた。

　結局、十分ほど待っても二人を乗せた車は浮かんでこなかったという。

「二人の生存の可能性は？」と風間は尋ねた。

「ありません」と一条は即答した。

「『東洋エナジー』の榎並たちはどうなった？」

　もっと鷹野の最期のことを訊きたかったが、風間はぐっと堪えた。

　ダム堤には「東洋エナジー」の榎並たちが未だ呆然と立ち尽くしていたらしい。一条は二人のもとへ駆け寄ると、すぐにこの場を立ち去るように告げた。そして、今ここで見たことは口外しない方が身のためだと脅した。

　二人は真っ青な顔で、すぐに車で立ち去った。

「徳永と鷹野の処理はどうなる？」

　風間はひどく口の中が乾いていた。何度唾を飲み込んでも、上手く言葉が出てこない。

「ガードレールの破損、それにダム内のことですから、車と二人の遺体を消すのは不可能です。ただ、幸い、落下した際に二人とも車から投げ出されたようで、今のところ遺体は発見されておりません。地元警察の調べでは、車は副ダム内に沈んだままになっているようですが、おそらく二人は放水路を通って発電所内へ呑み込まれたと予想されています」

「となると、どうなる？」と風間は訊いた。

「もし運が良ければ、そのまま排水口から川へ放出されますが、おそらく発電所内の巨大水車に巻き込まれ、粉々に砕かれるということです。地元警察はすでにその線で動いているようです」

冷静な一条の返答に、風間も、「分かった。あとはこちらで処理する」と応えるしかなかった。

どちらにしろ、遺体が発見されたところで徳永にも鷹野にも身元などない。だが、ダムから身元不明の男たちの遺体が上がれば大騒ぎになる。

身元さえあれば、たとえば渓流釣りへ向かう途中の運転ミスとしてニュースにはなるだろうが不審は生まれない。

風間はすぐに手を打った。

本部に連絡を入れ、宮崎県警に顔が利く者に処理を頼んだ。

おそらく本部は、今日中には東京都内のアパートを二ヶ所用意する。それぞれに徳永と鷹野が暮らしていたことになる。

これでマスコミは単なる事故と片付ける。マスコミさえ騒がなければ、警察も深入りしない。その上、遺体が上がらなければ、どこかで誰かが死んだという事故として、一夜限りのニュースで終わる。

結局、富美子が淹れてくれたコーヒーには口もつけず、風間はぼんやりと庭を眺めていた。

さっき出ていったきり、富美子はまだ戻っていない。

まだ九州に残っている一条から連絡が入ったのはそのときだった。

柳の足取りはまだ摑めていない。

一条がまずそう報告する。

「柳の背後も見えてこないか？」と風間は急いた。

「ええ、見えてきません。……ただ、あの柳って若いのが、単独でやっているとはどうしても思えません」

一条は、柳が乗っていた車のナンバーを頼りに、その出所を探っていたらしいが空振りに終わったという。

「あと、地元新聞の記事を手に入れました。明日の朝刊に載る予定のものです。すぐデータを送ります」と一条が付け加える。

「どういう扱いになりそうだ？」

「『二人は都内の小さな貿易会社勤務の上司と部下。五瀬川に釣りに来て、その帰りにダムを見学。そこで運転ミスで落下』。こんな感じの小さな記事になりそうです」

「分かった。他には？」と風間は訊いた。

「以上です」

一条が電話を切ろうとする。

「おい」と風間は呼び止めた。

「……なんともないのか？」

ついそんな言葉が口から出てしまう。

「どういう意味でしょうか？」

「だから……、お前と徳永とは付き合いも長いはずだ」

沈黙があり、一条の息遣いだけがする。

「風間さんの目の前で、声を上げて泣いた方がいいですか？」

返ってきたのはそんな言葉だった。

「すまん。忘れてくれ」と風間は謝った。

一条も富美子と同じなのだと気づく。一度死んだ子が、また死ぬなんてことはできませんと言い切った富美子と同じように、未だ徳永の死を受け入れていないのだと。

風間は席を立つと、二階へ戻った。すぐに一条からのデータを確認する。

確かに短い記事だった。まるで徳永や鷹野の人生をバカにするような記事だった。

〈昨日、午後2時半ごろ、宮崎県西都市五瀬ダム内で、乗用車がガードレールを越えて副ダム内に落下した。宮崎県警によると、乗用車に乗っていた鈴木武さん（37）と佐藤明さん（19）が行方不明となっている。

落下後、2人は車から投げ出され、ダム内の水路に引き込まれた可能性がある。

県警は、鈴木さんがアクセルとブレーキを踏み間違え、ガードレールを越えて落下したとみている。

2人は東京都江東区にある貿易会社の同僚で、2泊3日の予定で五瀬川の釣りを楽しみ、その帰りにダムを見学していた。〉

風間は読み終わると、「佐藤明か」と呟いた。

鷹野が暮らしていた部屋のドアを開けてみた。すでに当時の痕跡はないが、がらんとした窓際の机に、まだ幼い鷹野が座っている姿が浮かぶ。

風間は一階に下りて、ダイニングテーブルにプリントアウトした記事を置いた。風に飛ばされないように、コーヒーカップを隅に置く。

こんなにも呆気ないものなのか、と力が抜ける。なんの根拠もなかったが、鷹野は大丈夫だと思い込んでいた。もっと言えば、鷹野ならどんな任務にも堪えられると信じ込んでいた。

これが鷹野の運命だとは思えない。どうしても思えない。ただ、そう思いながらも、あの頃のまだ幼く、無力で、絶望していた鷹野の姿も同時に浮かんでくる。

＊

まず音が戻った。

とても遠くから何かの音が近づいてくる。足音のような、何かを叩いているような音だった。

次に臭いがした。

ひどく錆臭い。

とても固い場所に寝かされているのが分かる。腕を捩っていたのか、指先が痺《しび》れている。

ただ、その痺れが、指先から腕へ、そして体全体へと伝わっていくと同時に、自分がどんな体勢で寝ているのかが分かってくる。

鷹野は目を開けようとした。一瞬、開かないのではと不安になる。瞼に光は感じなかった。

ゆっくりと開いた目には何も映らない。目を閉じていたときよりも暗い。

痺れた腕を曲げ、体を起こす。足を曲げ、あぐらをかく。しっかりと座っているはずだが、体がなぜか安定しない。

深呼吸してみる。

揺れているのが自分の頭ではなく、尻の下だと分かる。海の上だ、と気づいた瞬間、ずっと聞こえていたはずのエンジン音が、とつぜん耳に飛び込んでくる。尻の下からの振動が強くなる。

船底。真っ暗な船底。

鷹野は口笛を吹いた。

そう狭くはない。だが、そう広くもない。

鷹野は立ち上がろうとした。途端に足腰に痛みが走る。ただ、動かせないというほどでもない。

真っ暗ななか、バランスを取りながら立ち上がった。両手を出し、少しだけ前へ進んでみる。五、六歩進んだところで指先が壁に触れた。湿った鉄板で、ひんやりとする。

その壁に背中をつけて、鷹野はまたしゃがみ込んだ。背中を壁に預けているだけで、ずいぶんと気持ちが落ち着いた。

次の瞬間、とつぜんいくつもの光景がフラッシュバックする。

急ハンドルを切る徳永。「鷹野！」と叫んだようだった柳の顔。青い空だけになったフロントガラスの先。そして車内に流れ込んできた水。

間違いなく鷹野たちが乗っていた車は、ダムの堤体から落下した。無重力になったあと、水と共に落ちていく感覚がはっきりと残っている。

とすれば、その後、何があったのか？

なんで俺は船底にいる？

もし、この状態が死んでいるのでないとすればの話になるが……。

鷹野は目を閉じた。やはり目を閉じた方がいくぶん瞼の裏が明るく感じられる。日を浴びたダム湖の残像かもしれない。

そのとき、手首に妙な感覚が蘇った。強く摑まれ、引っ張られた感覚だ。

そうだ。まず水に叩きつけられる凄まじい衝撃があった。フロントガラスが割れたはずだ。一瞬にして車内に水が流れ込んだ。

いくらもがいても外へ出られなかった。そのうち気が遠くなった。隣に徳永もいた。気を失い、水の中でその髪が揺れていた。

　車ごと深く沈んでいった。

　手首を強く掴まれたのはそのあとだ。

　かろうじて意識はあったが、もう体は動かなかった。

　いつの間にかドアが開いていた。誰かが腕を強く引いていた。自分の体が車から引っ張り出され、明るい水面へと浮かび上がっていく。

　腕を引くのは徳永だと思った。しかし、ぼんやりとした意識のなかで見えたのは、ボンベを背負った潜水服の男だった。

　あと少しで水面の光に触れられると思った瞬間、意識を失った。

　鷹野は自分の頬を叩いた。

　自分が水面に上がっていったのは夢で、これは死後の世界なのではないかと思った。しかし頬に痛みはある。何も見えないが、自分がここにいるのは間違いない。

　潜水服の男と一緒に浮上するとき、沈んだ車が見えた。その運転席に徳永の姿はなかったはずだ。とすれば、潜水服の男が徳永なのだろうか。いや、そんなはずはない。そんな時間があるはずがない。

　足音が近づいてきたのはそのときだった。

船底全体に響くため、どちら側から近づいてきているのか分からない。

鷹野は腰を浮かして、身構えた。

とつぜん真っ正面が明るくなる。ドアが開いたようで、外の明かりが鷹野の目を刺す。単なる蛍光灯なのだろうが、強く目をつぶってもその明るさが眼球に痛い。

「悪い悪い。電気消してたんだな」

そんな男の声がして、室内の明かりがつけられた。鷹野は更に目を強く閉じた。

「やっと目が覚めたみたいだな」

声に聞き覚えがあった。鷹野は薄目を開けた。目に痛いほどの明かりのなか、笑みを浮かべているのはデイビッド・キムだった。

徐々に目が光に慣れてくる。ちょうど水底の車から水面に上がっていくような感覚だった。

鷹野は自分の手を引く潜水服の男の顔を思い出そうとした。水中マスクの中にあったその顔が、今、目の前にいるデイビッド・キムの顔と重なる。

「なんで……」

声を出した瞬間、喉が痛む。

「目が覚めたとき、自分が生きてるのか死んでるのか分からなかったろ」とデイビッドが笑う。その手に焼き鳥の串がある。甘そうなタレがべっとりとついている。

「……お前は生きてるよ。嬉しいか？」と、それを咥《くわ》えたデイビッドがまた笑う。

鷹野は壁を伝って立ち上がった。

「なんでお前が……」と鷹野は言った。

そしてすぐ、「徳永さんは？　徳永さんはどこだ？」と尋ねた。

「まぁ、そう同時にいろいろ訊くなって」

あくまでもデイビッドの態度は友好的で、自分は拘束されているわけでもない。

鷹野はどう対応すればいいのか迷った。

そのとき、廊下を別の誰かが歩いてくる。鷹野は緊張をとかずに目を向けた。

「おお、やっと起きたか」

部屋に入ってきたのは、なんと徳永だった。徳永もまた甘そうなタレのついた焼き鳥を齧っていた。

13 土色の濁流

鷹野は、目の前に立つ二人の男を交互に見つめた。混乱が増す。

考えろ。考えろ。

と念ずるが、まったく何も整理できない。浮かんでくるのは記憶の断片だけだった。

徳永と一緒にダムから落ちた。ぼんやりとした意識のなか、潜水服の男が助けてくれた。

潜水服の男はデイビッド・キムだ。同じ情報を追う敵同士のはずだ。

そのデイビッド・キムと徳永が、なぜか目の前で仲良く焼き鳥なんかを食っている。

そもそもここはどこだ？　なぜ船底なんかに自分がいるのか？　この船はどこへ向かっている？

次の瞬間、鷹野はふとあることを思い出した。ダムで「東洋エナジー」の榎並たちを見張っているときに、対岸の叢に隠れていた一条の姿だ。そして同時に思い出されたのが、「こっちの情報が漏れている可能性がある」と言った徳永の言葉だ。

「一条さんがいました！　五瀬ダムに一条さんがいました。今回のことは柳の単独ではありません。一条さんが陰で柳を動かしてるんです！」

とつぜん報告を始めた鷹野を、なぜか徳永が笑って見ている。

「徳永さん……、ダムに一条さんが……」

鷹野は徐々に声を落とした。

「お前が混乱するのは仕方ないが、ちょっと落ち着けよ」と徳永がまた笑う。

「でも……」

「お前に話がある。そう複雑な話じゃない」

徳永が焼き鳥の串を捨てる。

「……ただ、話をするのは俺じゃない。その階段から甲板に出ろ。お前を待ってる奴がいる。そいつが全てお前に話す」

鷹野はすぐには動き出せなかった。徳永が、「行け」と顎をしゃくる。

鷹野は狭い階段を上がった。振り返ってみるが徳永たちはついてこない。

韓国の貨物船らしかった。階段や廊下にハングルの表記がある。

階段を上がると、徐々に潮の匂いが強くなった。鷹野は重いドアを開けた。開けた途端、凄まじい寒風が吹き込んでくる。曇天の下、重苦しく、暗い海だった。

風に抗《あらが》いながら鷹野は甲板に出た。船が中型のコンテナ船だと分かる。

「おい！」

ふいに背後から声をかけられ、鷹野は振り向いた。

自分が出てきたドアの上に、柳が足を投げ出して座っていた。

「お前……」と鷹野は声を詰まらせた。

「俺だよ、俺」と柳が笑っている。

ダムに落下する直前に見た柳の姿が浮かぶ。ぎりぎりで躱した車の中、柳は何か叫んだ。

それが鷹野には、自分を呼んだように見えた。

「お前……」とまた鷹野は呟いた。

ひょいと甲板に飛び下りた柳が、「久しぶりだな」と鷹野の肩を叩く。

訊きたいことが多過ぎて、鷹野は何から口にすればいいのか分からない。

「お前……」

結果、出てきたのはさっきと同じ言葉だった。

「なんだよ、さっきから『お前、お前』って。だから俺だよ、俺。や、な、ぎ」

柳が呆れたように笑い出す。

「話してくれよ」と鷹野はやっと言った。「……何がどうなってんのか、全部話してくれよ」

と。

柳が手すりから暗い海に身を乗り出す。

「俺さ、やっぱ無理だったよ。寛太と離れて暮らすなんてできねぇよ」

柳はまずそう言った。もちろん鷹野には何も理解できない。

「いいか、簡潔に言うぞ」と柳が続ける。

鷹野は頷いた。

「俺は『V.O.エキュ』と『日央パワー』が日本で進めようとしている上下水道事業についての情報を盗み出した。今、その情報を『東洋エナジー』に十億で売ろうとしてる」

「十億……」

思わず鷹野は繰り返す。

「ああ、そうだ。おそらく『東洋エナジー』側はこの条件を呑む」

「そ、そんな簡単に進むわけねえだろ。お前、AN通信から逃げられると思ってんのか！そんなことお前一人で……」

そこまで言って、ふと徳永の顔が浮かんだ。デイビッド・キムと一緒に焼き鳥を食っている顔だ。鷹野は自分が出てきた地下への階段へ目を向けた。

「やっぱお前、物分かりいいな」と柳が笑う。

「……今回の首謀者は、徳永さんだよ」と。

「え？」

思わず声が上ずる。

「だから、俺らが南蘭島でずっと世話になった徳永さんが、今回の首謀者だよ」

「で、でも……」

「まぁ、最後まで俺の話を聞けって。……南蘭島を出る前に、徳永さんに今回のことを誘われたんだ。俺に迷いはなかった。俺はやっぱり寛太のそばにいてやりたかった。だから俺はこの話に乗った。今んとこ、徳永さんの計画通りだ。俺は『V.O.エキュ』と『日央パワー』の情報を盗み出し、AN通信を裏切った。このまま『東洋エナジー』との交渉に入る。もう気づいてると思うけど、徳永さんはお前を道連れにしてわざとダムに落ちたんだよ」

「わざと？」

「ああ、お前と徳永さんはあの事故で死んだんだ。実際、AN通信側はそう最終判断した」

鷹野はダムで急ハンドルを切った徳永の姿を思い出した。「しっかり摑まってろ！」と叫ぶ徳永の声が蘇る。

「お前、五瀬ダムで一条って人を見たんだろ？」

「ああ、見た。俺はだから、一条さんがお前を裏で操って……」

「違うよ。あの一条って奴は、徳永さんがわざと呼んだんだ。援護のために呼んだ形になってるが、実際には徳永さんとお前がちゃんと死んだことをＡＮ通信に証明してもらうためだ。そして見事にその仕事をしてくれた。……だから、分かるか？　要するに、お前も徳永さんも死んだんだ。もう、ＡＮ通信から自由になったんだよ」

柳は嬉しそうに言うが、その言葉が素直に入ってこない。自由という言葉に、あまりにも現実味がない。

「ダムに落ちたお前たちを助け出したのは、下で会ったデイビッド・キムだ。まぁ、一時的ではあるが、奴も俺らの計画に一枚乗ってきた男だ」

「ちょ、ちょっと待ってくれよ……」

頭では理解しているのだが、気持ちが追いついてこない。

「とにかく、計画は順調に進んでるんだ。そしてここからはお前の話だ」と柳が続ける。

暗い海を見ていた柳が、真っすぐに鷹野を見つめる。

「お前、俺の手紙読んでくれたんだよな？」

ふいに話を変えられ、鷹野は焦った。

「『二月十四日、お前はソウルにいるはずだ。俺は必ず会いに行く。そのとき、寛太の居場所を教えてほしい。』って、あの手紙だよ」

「ああ、読んだ」と鷹野は頷いた。

「そして、お前は、寛太の居場所を実際に調べてくれた。そうだろ？」

柳の表情からは感情が読み取れない。ただ、その目に薄らと涙が滲んでいるように見える。

「……そうだろ？　お前は寛太の居場所を調べてくれた。そして、それを徳永さんにも言わなかった。いや、ＡＮ通信に黙って俺のために動いてくれたんだよな」

柳の言う通りだった。しかしなぜか素直に頷けない。

「お前が徳永さんの家で見つけたメモ。寛太の居場所のヒントになったメモだけど、あれは徳永さんがわざとお前が見つけやすいように置いたもんだ。お前がどう出るか様子を見たんだ。……その結果、お前はＡＮ通信じゃなく、俺を選んでくれた」

「いや……」

そうじゃない、と言おうとして言葉に詰まる。事実としてはそうなのだが、それが真実ではないような気がしてならない。ただ、それを上手く説明できない。

「なぁ、俺たちと組まねえか？」

柳の目は真剣だった。

もうずっと前から待っていた言葉のような気がした。だが、そのずっと前とはいつのことか。

「……今、『東洋エナジー』が予想以上に食いついてきてるんだ。徳永さんの読みじゃ、交渉次第で向こうはあと二、三億なら出す準備があるそうだ。ってことは、徳永さんが半分。残りを俺とお前、そしてデイビッドで分けたって一人二億。俺とお前で四億だ。これだけありゃ、寛太を連れて俺とお前と三人で、どっか南の島でのんびりやれるよ」

金額は頭に入ってこなかった。しかし、柳や寛太と一緒だった南蘭島での暮らしがまざまざと蘇ってくる。

「俺は、お前を信じてる。……これから言うことは信じてるからこそ言えることだ」

「なんだ?」

「お前は、俺たちの計画の全部を知った。もしお前が俺の誘いを拒めば、お前はこの海に沈むことになる。そして、俺はそれを望んでない」

鷹野は暗い海へと目を向けた。

南蘭島の海とは似ていない暗い海だった。

「この船、どこに向かってるんだ?」と鷹野は尋ねた。

「ソウルだよ。ここは日本海だ。……俺の手紙に書いてあったろ? 『二月十四日、お前はソウルにいる』って。あの太陽が沈んで明日になれば、その十四日だ」

鷹野は水平線を見つめた。言われてみれば確かに、太陽は徐々に沈んでいた。

「あれ、夕日だったんだな」と鷹野は呟いた。

＊

ヘッドライトが山道を上がってくる。冬の夜、避暑地の森で動いているものはこのライトだけだった。ライトによって、そこに現れた小さな森が近づいてくる。

二階の窓からそのライトをずっと見つめていた風間は、窓辺を離れて玄関へ下りた。ちょうどその車が玄関先に停まり、エンジンが切られる。風間が玄関を開けたときには、また森に静寂が戻っていた。

風間は車を降りてきた一条を招き入れた。挨拶もなく、二人でリビングに入る。

「その後、宮崎県警からの正式発表はあったか？」と風間は訊いた。

「まだです。ただ、五十人態勢で行われていたダムでの捜索もさっき打ち切られました。二人の身元等に不審なところがないと判断されたようで、おそらくこのまま事故ということで捜査も打ち切られると思います」

暖炉の火だけだったリビングの明かりをつける。テーブルに富美子が用意してくれたサンドイッチが置いてある。

「それより、上からの指示はあったんですか？　徳永たちの最終的な処遇はどうなります？」

一条がそう尋ねながら、サンドイッチを一つ頬張る。

「上はすでに決定を下してるよ。二人の記録は全て抹消。簡単なことだ」と風間は応えた。

「もし、俺みたいに徳永の胸にも爆破装置がまだ埋め込まれてたら、遺体が見つかるまいが、今頃すでにスイッチが押されて、徳永の体は木っ端みじんだったんでしょうね。毎日、正午に連絡が取れなければ爆破。その規則通りに」

一条がまたサンドイッチに手を伸ばす。ただ、食いたくもないものを無理に食っているようだった。

「その通りだ。ただ、今回の二人は特殊だ。徳永の爆破装置はすでに外されている。そして鷹野は……」

そこで言葉に詰まった。すると、代わりに一条が、「この任務のあとに埋め込まれるはずだった」と付け加える。

「お前と徳永は少し年が離れてたんだな」と風間は話を変えた。

「ええ、あいつが俺より五つ上です。だから、本来なら、あいつは五年前にＡＮ通信から解放されていたはずですよ」

「ってことは、お前はあと一年で三十五歳か？」

「あと九ヶ月。あと九ヶ月で、この胸の詰め物を取って、大金を手に入れて、こんな世界とは縁切りです」

一条が自分の胸元を撫でる。

「本来なら解放されていたはずの徳永が、このAN通信に残った理由はなんだ？」と風間は訊いた。

一条の顔に浮かんでいた笑みが消える。

「……徳永はもういない。秘密にする必要があるか？　知ってることがあれば話してくれ」

暖炉の中で薪がはぜ、火花が飛ぶ。

「俺が最後に徳永と組んだのは、今から五年前です。『新谷鋼鉄』と『大日石油』の合併に関しての任務でした」

「新谷鋼鉄」と「大日石油」の合併。

そういえば、風間は同じ話を徳永からも聞いたことがあった。その際、徳永はこの一条が裏工作をして流れを無理に変えたというようなことを匂わせたはずだ。

「その五年前の任務で何があった？」と風間は試しに訊いた。

「簡単なことですよ。徳永が読みを誤って任務に失敗した」と一条が応える。「……徳永にとってはそれが最後の任務になるはずでした。ただ、それに失敗した。小さなミスじゃない。

取り返しのつかない失敗だった。組織への裏切りと取られても仕方のないような失敗をしたんです」と。

「それで？」

「……本来なら徳永は終わりでした。組織への裏切りと取られれば、どうなるかは分かるでしょう？……でも、奴は命乞いをした。生き延びさせてもらう代わりに、組織で働き続けることを約束した。……あいつが命乞いする現場を、俺は見ましたよ。人間というのは、命が惜しいとああまで卑屈になるのかと、正直ぞっとさせられましたよ」

一条の話と、以前徳永から聞かされた話はまったく食い違っている。だが、風間には一条の話が事実のような気がする。一条はまだ生きており、徳永はすでに死んだからかもしれない。結局、生き残った者が語る話が真実になるのだ。

「それで徳永は南蘭島へ飛ばされたのか？」と風間は訊いた。

「そうだと思います。鷹野や柳のようなガキの子守をしながらでも生きていたかったんでしょう。でも、そんな奴に教育されても、碌《ろく》な人材は育たない。裏切った柳や、呆気なく死んだ鷹野がその良い例ですよ」

一条の冷たい物言いが風間には不快だった。しかし一条の言葉にも一理あるのだ。結局、真実の実を食えるのは生き残った者なのだ。

風間は棚からシングルモルトの瓶を出してグラスに注いだ。スコットランドのアイラ島にある蒸溜所《じょうりゅうじょ》から取り寄せたものだった。

そのピート臭の強い酒を一口舐め、「それで？　俺に話があってこんな所まで来たんだろ？」と一条に問う。

風間が勧めた酒を一条は断った。そして椅子にどかっと座る。

「では、あなたについての、上からの判断を伝えます」と一条が口を開く。

風間はまた酒を一口舐めた。

「柳の裏切り行為の責任は、監督者である徳永にある。その徳永が死んだ今、彼の監督者であるあなたが今回の責任を負うことになる。鷹野の死に関しては、あなたに責任はない。冷たい言い方ですが、鷹野はただの犬死にです」

「もったいつけずに、ずばっと言えよ」と風間は笑ってみせた。

「そう慌てないで下さい」と一条が苦笑する。

「……今のところ、今回の件が柳の単独行動なのか、それとも裏で手を引いている別の組織があるのか分かっていません。ただ、単独であれ、誰かに動かされているのであれ、先日『東洋エナジー』の榎並たちの前に柳本人が現れたのは事実です」

「要するに、柳の持っている情報が『東洋エナジー』に売り飛ばされるか、俺が処分されるかってことだろ？」と風間は口を挟んだ。

「その通りです。別の言い方をすれば、幸いあなたには、まだ少しだけ時間があるってことですよ」と一条が頷く。

「……その後の調べで『V.O.エキュ』と『日央パワー』の線で動いている代議士たちの目星もついてきました。やはり大幅な水道法改正で、日本は上下水道事業の民営化へ舵を切ろうとしているようです。そこでAN通信としては、柳が盗んだ情報を『東洋エナジー』に売り飛ばす前に奪い返し、『V.O.エキュ』サイドの代議士たちと敵対するグループに話を持っていく予定です。おそらく彼らはマスコミを使って、日本の水が外資によって奪われるというセンセーショナルなイメージを広げるはずです。となれば外資の『V.O.エキュ』とその協力者の『日央パワー』の印象は悪くなり、おそらく日本進出は頓挫します。その後、新たな形で我々から情報を買ったグループが、もちろん少し時間はかかりますが、完全に彼らに利する形で、この水道法改正を進めていくことになります」

一条の話を聞き終えたとき、風間はグラスの酒を全て飲み干していた。

「俺に残されてる時間は、あとどれくらいだ？」と風間は訊いた。

すでに立ち上がり、玄関へ向かおうとした一条が立ち止まる。

「おそらく一週間以内だと思います。『東洋エナジー』はこの情報を欲しがっている。彼らにも悠長に考える時間はありません」

　一条は出ていった。

　敷地を出た車のライトが、また小さな森を浮かび上がらせながら山を下りていく。その様子を、風間は部屋の中で想像していた。

＊

　山道を下りていく車のライトを、二階の窓辺に立った北園富美子もまたじっと見つめていた。

　その後、大きなカーブを曲がり、小さな森が消えてしまうと、真っ暗な室内を振り返る。鷹野が使っていた部屋だった。

　さっきまで富美子は階段の途中で息を潜めていた。一条という男と風間の会話が途切れ途切れに聞こえていた。そんななか、ある一語だけがなぜかはっきりと富美子の耳に届いた。

「鷹野はただの犬死にです」

　その言葉は、未だ頭の中で響いている。

　富美子はベッドに腰かけた。触れたマットが氷のように冷たい。

鷹野が死んだということを、どう受け止めればいいのかまだ分からない。だからこそ悲しくもない。涙も出ない。

あれは鷹野が中学に上がったばかりで、一番荒れていた頃だった。学校には行かず、鷹野は部屋にこもった。たまに出てくると冷蔵庫から食料を持ち出し、顔を合わせても挨拶もしない。そして昼夜問わず、なんの前触れもなくとつぜん暴れ出す。

まず部屋で暴れる。壁を蹴り、物を投げ、ガラスを割り、部屋中を滅茶苦茶にすると廊下に飛び出してくる。手にしたバットで壁を破り、電球を割り、台所やリビングで暴れる。

「好きなだけ暴れさせてやって下さい。そしてあなたはすぐに避難して下さい。止めようとはせず、あなたの身の安全だけを考えて行動して下さい」

風間からの指示はこれだけだった。もちろん鷹野は風間がいようといまいと暴れる。鷹野がどんなに暴れても、風間は自室から出てこない。言葉通り好きなだけ暴れさせ、力尽きた鷹野が部屋へ戻ると、出てきて部屋を片付ける。

富美子はただじっと暴れる鷹野を見ていた。最初はもちろん恐ろしかった。風間が言うように身の危険を感じ、外へ逃げたこともある。しかしそんなことが続くうちに、「この子は決して私に危害は加えない」と感じるようになった。

ある日、鷹野が台所で暴れた。バットで冷蔵庫や食器棚を叩きつけた。富美子はその場を動かなかった。自分でも不思議だったが、まったく恐くなかった。

鷹野は血走った目で、目の前に立っていた。震える手でバットを握り、「どけ！」と怒鳴った。

富美子はただ目を閉じた。鷹野は棚をバットで殴った。富美子はバットの風圧を鼻先に感じた。しかし、一度も富美子に手を上げることはなかった。

暴れる日が続くと、今度は逆に恐ろしいほど静かな日が続く。一日中部屋から出てこず、心配して富美子が様子を見に行けば、散らかったままの部屋の隅で体を丸め、十時間も十五時間も眠り続けている。

「専門家の話によれば、鷹野の場合、今の自分と昔の自分が繋がることが恐ろしくて仕方がないようです」

当時、風間からそんな話を聞いた。

「……今、自分は平穏に暮らしている。しかし、この平穏な時間も過去に遡《さかのぼ》れば、弟が餓死したあの部屋に繋がっている。だから、たとえ今が平穏無事でも、今とあの部屋が繋がっていることに我慢ができないんです。それらが繋がっているということは、この先に同じ場所があるかもしれないと考えてしまうようです」

鷹野の激しい暴力行為は半年以上続いた。あれは珍しく豪雨が発生した日のことだった。

いつものように家の中で暴れるだけ暴れた鷹野が、そのどしゃ降りのなかへ飛び出した。普段なら自分の部屋に戻る鷹野が外へ飛び出したことで、富美子は不吉な予感がした。富美子はすぐに風間に伝え、二人で鷹野のあとを追った。

しかしいくら捜しても鷹野の姿が近所にない。途中、「氾濫の恐れがあるので、川に近づかないように」と警戒を呼びかける役場の車と何度もすれ違った。

とにかくひどい雨だった。足を掬《すく》われるほどの勢いで泥水がアスファルトの上を流れていた。

風間からは自宅へ戻るように言われたが、富美子は断った。山へ入っていく風間を追って、自分も全身ずぶ濡れになってついていく。

森に入ると、少しだけ雨音は低くなったが、代わりに氾濫寸前の川の音が高くなる。轟々《ごうごう》とまるで森が慟哭《どうこく》しているようだった。

このとき、なぜ風間に鷹野の居場所が分かったのか、富美子には分からない。しかし風間はそこに鷹野がいると確信していたようだった。

まだ鷹野が素直な子供を演じていた頃、何度か風間が渓流釣りに連れていった場所だった。

森を抜けると、視界が開けた。どしゃ降りのなか、川を土色の濁流が流れていた。

風間が足を止める。

吊り橋の上にぽつんと立つ鷹野の姿があった。

富美子はぞっとした。鷹野が川へ落ちるというよりも、落ちたあとの鷹野がそこに立っているようだったのだ。

鷹野は富美子たちに気づいた。足場の悪い斜面を何度も滑りながら、風間と富美子は橋のたもとに向かった。

しかし次の瞬間、鷹野が橋の欄干《らんかん》を越える。

「やめろ！」と風間が叫んだと同時だった。

雨のなかにすっと身を投げた鷹野が、土色の濁流に呑み込まれた。

次の瞬間、風間が濁流に飛び込んだ。

富美子は声も出せなかった。

二人を呑み込んだ濁流が膨れる。躍る。のたうち回る。そのなかに鷹野や風間の顔がときどき浮かぶ。

富美子は濁流に沿って走り出した。何度も岩や草に足を取られて転ぶ。それでも起き上がった。

二人の姿はすぐに見えなくなった。

「鷹野くん……、鷹野くん……」

無意識に呟く口の中に、雨が流れ込んでくる。

土色の濁流を追って、どれくらい走っただろうか。いつの間にか靴は脱げ、泥で汚れた足から血が流れていた。

川が大きく右へ蛇行する左岸の岩に、二人の姿を見つけたのはそのときだった。大きな岩にしがみついた風間が、鷹野の体を引っ張り上げようとしていた。しかし水流が凄まじく、何度も鷹野の体が濁流に持っていかれようとする。

富美子は濡れた草木を掻き分け、急斜面を滑り下りた。大きな岩の上に二人がいた。互いに肩で息をしながら、えずいている。

富美子はその場にしゃがみ込んだ。もう指一本動かせなかった。

濁流の唸《うな》りに混じって、風間の怒鳴り声が聞こえた。何度も咳き込みながら、それでも風間は怒鳴り続ける。

「生きるのが苦しいんなら、いつ死んだっていい！　でも考えてくれ！　今日死のうが、明日死のうがそう変わりはないだろ！　だったら、一日だけでいい……、ただ一日だけ生きてみろ！　そしてその日を生きられたなら、また一日だけ試してみるんだ。お前が恐くて仕方ないものからは、お前は一生逃げられない。でも、一日だけなら、たったの一日だけなら、お前にだって耐えられる。お前はこれまでだって、それに耐えてきたんだ。一日だ。たったの一日でいいから生きてみろ！　俺は守る！　お前のことは俺が絶対に守る！」

富美子は泣いていた。顔を濡らすのが、もう雨なのか、涙なのかも分からなかった。

「死なせない。絶対に私は鷹野くんを死なせない」

どしゃ降りの雨のなか、富美子はそう繰り返していた。

＊

ドアが開くたびに、痛いほどの冷気が流れ込んでくる。深夜二時、ソウル市内は零下十度まで下がっている。週末の夜、ここカンジャンケジャンの店は満席で、焼酎《しょうちゅう》に酔った客たちの笑い声が響く。

目の前で柳が蟹《かに》味噌を吸っている。

「『東洋エナジー』側から連絡があったらしい」

そう言いながら、柳が指を舐める。

「……目の前でお前と徳永さんがダムにダイブしたんで、相当ビビってるみたいだけど、それでも情報は買うと言ってきたってよ。二、三日中にこっちで会うことになるらしい」

「なぁ」と、そこで鷹野は口を挟んだ。

「ん？」

柳はまた別の蟹を手にしてしゃぶりつく。

「あのデイビッド・キムって奴、何者なんだよ？」と鷹野は訊いた。

「俺も詳しいことは知らねぇ。徳永さんの話じゃ、まぁ、なんていうか、ＡＮ通信が組織的な産業スパイだとすれば、あいつの親分はプライベートな産業スパイってとこじゃねえか。いわゆる韓国のＫＣＩＡと関係のある組織らしいけど、その下部組織ってわけでもないらしい。……あ、そんなことより、これ見てくれよ」

柳が話を変え、ジーンズのポケットから一枚の写真を出す。広大な葡萄農園と石造りの建物が写っている。

「なんだよ、これ」と鷹野は尋ねた。

「カリフォルニアのナパにあるワイナリーだって。すでに徳永さんが買収する予定で話を進めてる。とりあえず俺らもまずはここへ向かって、気に入れば居着いてもいいし、気に入らなきゃ、寛太と三人でどっかに行こうぜ」

鷹野は写真を手に取った。

日を浴びた葡萄の木が地平線の彼方まで真っすぐに伸びている。

「なぁ、もし『東洋エナジー』との交渉が上手くいったとして、ほんとに寛太のことも救い出せるのか？」と鷹野は写真を置いた。

「寛太はもう移された山梨の施設を出て、こっちに向かってるよ。寛太がフェリーに乗るところの写真もちゃんと見せてもらった。全部、徳永さんが手配済みだ」と柳が笑い出す。

「そのあとは？」

「カリフォルニアのナパで合流だよ」

そのとき、店のおばさんが別の料理を持ってきた。ごはんに蟹味噌をたっぷりとかけたもので、海苔《のり》で巻いて食べろと教えてくれる。

鷹野は言われた通りに海苔を広げた。そこに具を載せようとするが、その不器用さに呆れたおばさんが、さっと巻いて、そのまま口に押し入れてくれる。

濃厚な味で驚くほど美味かった。

柳の携帯が鳴ったのはそのときで、「徳永さんから」と教えてくれる。

柳は携帯を持って零下十度の外へ出た。ガラスドアの向こう、寒風に身を縮めて話す柳の姿がある。

鷹野はテーブルに置かれた写真をまた手にした。

カリフォルニアの青空の下、どこまでも続く葡萄畑を柳や寛太と歩いていく様子を想像してみる。

ドアが開き、冷気とともに柳が戻ってくる。

「『東洋エナジー』から連絡があったらしい」と柳が言う。

「なんて?」と鷹野は尋ねた。

「こっちの言い値で買うってよ」

柳がにやりと笑って勘定票を手に取る。柳は写真を忘れているようだった。

鷹野はその写真を手に取ろうとして、なぜかやめた。

「行こうぜ」

勘定を払った柳が店を出ていく。鷹野は広大なワイナリーの写真をテーブルに残したまま、そのあとを追った。

14
氷の世界

ヤニで汚れたカーテンを、風間は少し開けた。目の前には隣接するラブホテルのネオンがあり、南米からの娼婦《しょうふ》たちが路上に立っている。

足元で男が苦しそうな呻《うめ》き声を上げ、風間は室内に視線を戻す。両手足を縛られ、猿ぐつわを噛まされた男が芋虫のように玄関へ逃げようとしている。風間はその脂肪のついた腹を蹴り上げた。

「柳寛太が今どこにいるか応えろ」

痛みに喘ぐ男に、風間が抑揚のない声で繰り返す。

さっきまでの威勢はなくなったようで、男の濁った目から涙が流れている。

風間は猿ぐつわを取った。取った瞬間、男がえずき、涎を垂らす。

「お前が応えれば、俺は帰る。応えなければこのまま続ける」

風間の言葉に男が身震いする。

「山梨の桃井学園って所から連れ出して博多に行って、そこから釜山《プサン》行きの船に乗せた。ただ、それだけだ。俺は頼まれただけで、あとは何も知らない。これでいいだろ？　帰らせてくれよ！」

「誰に頼まれた？」

「だから、ほんとに知らねえんだよ。ネットの裏仕事で紹介されて、十万もらった。それだけなんだよ」

男が嘘をついているようには思えない。

徳永と鷹野の死によって、柳の追跡はそのまま風間が引き継いだ。柳の弟、寛太が保護されている山梨の福祉施設に連絡を取ると、なんとその寛太が昨晩から行方不明になっているという。

偶然にしては不自然過ぎた。風間はすぐに山梨に飛んだ。

地元の警察としては山に迷い込んだと考えているようだった。数ヶ月前にも、同じ学校の別の生徒がやはり迷い込んだことがあったらしい。

風間はこっそりと施設の防犯ビデオを確認した。誰かが寛太を連れ出す様子は映っていなかったが、明らかに他の出入り業者とは雰囲気の違う男の姿がそこにはあった。それが今、目の前で芋虫のように転がっている男だ。

防犯ビデオにはこの男が乗ってきた車のナンバーも映っていた。

ナンバーからレンタカー会社と借りた男の素性が簡単に分かった。驚くことに、男は自分の免許証で車を借りていたのだ。

そこで風間は東京にとんぼ返りし、男が暮らすここ池袋北口のアパートにやってきた。

結局、気を失った男を部屋に残し、風間はアパートを出た。ネットで依頼された裏仕事。男の言葉に嘘はないと判断した。

路地を歩き出した風間のもとへ、娼婦たちが寄ってくる。風間は女たちに構わず、博多港のフェリー会社に旅行会社を名乗って電話をかけた。

用件を伝えると、しばらく待たされたあと、「確かに昨日、柳寛太という名の乗客が釜山に渡っています」という返答があった。

その足で、風間は羽田から釜山に飛んだ。すぐに釜山港で寛太の行方を追い始めると、ターミナルの売店で働く若い女性が、寛太らしき少年を見たと教えてくれた。

「フェリーを降りたあと、ずっと岸壁をうろうろしてたんですよ。迎えの人とはぐれたのかと思って声をかけたんですけど、日本人だったので言葉が通じなくて」

寛太が楽しそうに近辺をぶらぶらと歩き回っていたこともあり、しばらくすれば迎えが来るのだろうと彼女もそれ以上世話を焼かなかったという。ただ、今朝出勤してみると、その寛太らしき少年がまだいたという。

少年はターミナルビルの隅で、寒さに体を震わせていた。彼女は慌てて毛布をかけ、温かいスープを飲ませた。

彼女からの通報を受けた警察官が、寛太らしき少年を連れていったのは、昼前だったという。

風間は、すぐにAN通信のソウル支局に連絡を取った。

数十分後、寛太が釜山の警察署に保護されていることが分かる。自分がどこから来たか、どこへ行くのかが答えられず、警察でもどう対処したものかと困り果てていたらしかった。

風間は、寛太の引き取りをソウル支局の人間に任せた。

しかし改めて考えてみても、おかしな話だった。ネットの裏掲示板で、池袋の男に寛太を釜山に向かわせるようにと頼んだのは柳本人だろう。しかし、向かわせたところで、こちらで誰かが世話をしなければ寛太が一人で柳のもとへ行けるはずもない。

考えられるのは二つだった。

迎えにくるはずの柳本人に何か問題が起きた。もしくは、元々寛太を釜山に運んだのは、柳ではなく他の誰かで、寛太がこっちでどうなろうが構わなかったかだ。

風間は冬の海を見つめた。真っ青な空と、暗い海が不釣り合いだった。

そのとき、電話が鳴った。一条からで、挨拶もなく、「今、どちらですか？」と訊いてくる。

「釜山だ」と風間は応えた。

「釜山……、なるほど」

「何が、なるほどだ？」

「『東洋エナジー』の榎並と泉谷たちに動きがありまして、それと風間さんが釜山にいるってことが繋がったもんで」

「どういうことだ？」

「徳永と鷹野がダムで死んだあと、ずっと榎並たちの動きは止まっていました。目の前で二人の人間が死んだんですから、会社的にここで手を引くと決まったのかと思っていたんですが、どうやら違うようなんです。まず榎並ですが、おとといニューヨークに発《た》っています。通例の出張です。そして昨日、泉谷の方がシンガポールに向かいました。別々の場所だったので、今回の件とは関係ないと判断したのですが、よくよく調べてみると、二人とも、到着と同時に現地のホテルをキャンセルして、それぞれソウルに向かっているんです」

「ソウルに？」

「おそらく二人とも、昨日の深夜にはソウルに到着しているはずです。ところで、風間さんはなんで釜山に？」

「山梨の施設に預けられていた柳の弟が、ここに連れてこられた。ただ、迎えはなかったようで、今、こっちの警察に保護されている」

「じゃあ、そっちに柳がいるってことですね？」

「どう思う？」と風間は尋ねた。

「間違いないですよ。『東洋エナジー』はまだ諦めていない。そっちで柳と取引するつもりなんでしょう。ただ、弟を迎えにこなかったとなると、柳に何かあったのかもしれません。もしくは……」

「もしくは、柳の仲間が裏切ったかだ」と風間は会話を引き取った。

*

暖房は利いているのに車内が寒い。車内だけではなく、車自体が寒さに縮んでいるようだった。

鷹野は窓の外に広がる真っ白な世界に目を向けた。雪ではなく、氷の世界だ。山も、川も、道も、そして空までが、青い氷に覆われているようだった。

ソウル市内を出た車はハイウェイを東へ向かい、江原道《カンウォンド》へ入った辺りから北へと方向を変えている。

「このまま更に進めば、北朝鮮との国境だ」とハンドルを握る徳永が教えてくれた。

徳永が「東洋エナジー」との取引場所に指定したのは、韓国内でも極寒の地と知られる華《ファ》川《チョン》という地区だった。真冬の晴れた週末には、川に張った氷に穴をあけ、ヤマメ釣りで賑わう場所もあるが、指定した場所は更に奥地で、雪山に寒々しい裸木が並んだ氷の世界だ。

「その辺りの水力発電にも『東洋エナジー』が関わっているんだよ。土地勘のある場所なら、向こうも少しは安心だろ」と徳永は言う。

車が長いトンネルを抜けた。現れた大きな川には厚い氷が張っている。

氷の下を水が流れているのだと鷹野は気づいた。その音が聞こえるようだった。

助手席に座っている柳がまた鼻歌を歌い出す。徳永に、「呑気だな」と笑われ、「だって、このあと『東洋エナジー』のお偉いさんと取引して一件落着でしょ？　簡単過ぎて歌いたくもなりますよ」と笑う。

柳の話によれば、山梨の施設を秘密裏に出た寛太はすでに釜山に到着し、徳永が手配した人間とホテルにいるという。

「もうすぐ寛太と会えるよ。あいつ、また太っただろうな。俺がいないと、食ってばっかりなんだよ」

昨夜、柳は興奮気味に何度も同じことを繰り返していた。

車が川沿いを進み、土手を川面へ下りていく。低い曇天と氷の川が、遠い地平線で交わっている。

鷹野は窓を少し開けた。殴るように冷たい風が顔を叩く。

車が土手なのか、川の上なのか分からない場所で停まる。

長時間のドライブで息が詰まったのか、助手席から柳が降り、「おー、さびぃ!」と大声を出す。その息が摑めるほどに白い。一瞬にして冷気が車内に流れ込んでくる。

「百ドル札で百万ドルだと、どれくらいの重さになるんすかね?」と尋ねた柳に、「約十キロだ」と徳永が応える。

「十キロか。じゃあ、約十三億円分……、千三百万ドルで百三十キロ。俺と鷹野の体重を合わせたより軽いな」

柳が踵で地面を蹴る。氷は厚く、やはりこの下が川なのか、地面なのか分からない。

しばらくすると、対岸から一台の車が川を渡ってくるのが見えた。鷹野も車を降り、近づいてくる車に目を向けた。

三百六十度、氷だけの世界にその赤い車体は目立った。十メートルほど離れた所でその赤い車は停まった。運転席から降りてきたのはデイビッド・キムだった。

「金を隠せるようにトランクを改造してきた。見るか？」

挨拶もなく、デイビッドが徳永に尋ねる。徳永は首を横に振り、「それより、このまま束《ソク》草《チョ》港からロシアのザルビノへ向かう船の手配は終わってるんだろうな？」と尋ねる。

「問題ない。明日にはロシア、そのあとはアラスカで、あんたのワイナリーがあるカリフォルニアまで優雅な旅程だよ」

遥か遠くで、雲が一ヶ所だけ割れていた。そこから強い日差しが降り注いでいる。鷹野は目を細め、その虹色の日差しを見つめた。

川上の方からまた一台の車が近づいてくる。フル装備の４ＷＤで、太いタイヤが氷を削り、白い煙を立てている。

「来たな」

そう呟いた徳永と同時に、鷹野たちもじっと車を見つめる。

車はゆっくりと土手を下りてくる。タイヤが滑るたびにブレーキを踏み、テールランプが氷を赤く染める。

ずいぶん時間をかけて土手を下ってきた車から降りてきたのは、先日、五瀬ダムにいた「東洋エナジー」の榎並と泉谷だった。

こちらの人数を見て、少し怖《お》じ気づいた様子だったが、一秒でも早く取引を終わらせて家へ帰りたいらしく、「準備はできてる。早くしてくれ」と急く。

柳の話によれば、徳永はすでに「東洋エナジー」に対して文章を虫食いにした形で「V．O．エキュ」と「日央パワー」の情報を送っている。この場でその文章の穴を埋めるデータを手に入れれば、全てのデータが読み取れることになる。

「先に、現金を確認していいか？」と徳永が言うと、「いや、同時に頼む」と榎並が震える声ながら一端《いっぱし》のことを言う。

徳永はデータのディスクを渡した。すぐに泉谷が端末で確認する。

「行ってこい」

徳永に指示され、鷹野と柳は榎並たちの車へ近づいた。厚い氷を踏んでいるだけで、足の指が痛いほど冷たい。

開けた車のトランクは生臭く、鷹野は息を止めた。冷凍の魚用の段ボールが積まれている。その一つをまず柳が破る。中にはビニールに包まれた米ドル札の束が確かに詰まっていた。

徳永が渡したデータを、榎並たちも無事に確認できたようだった。

「金を移せ！」

徳永に言われ、鷹野と柳はまずトランクの段ボールを氷の上に降ろした。その段ボールをデイビッド・キムが運んでいく。

作業が終わるまで、三人とも一言も声を発しなかった。ただ白い息だけを吐き続けた。

鷹野たちが金を運び終えると、榎並たちはすぐに車に乗り込んだ。エンジンがかかり、当然だが挨拶もなく、さっき来た道を戻っていく。

あまりにも呆気なかった。

「よし、行くぞ」

徳永が声をかける。

柳やデイビッドもあまりの呆気なさに、どこか力が抜けたようだった。

「東草港まで、お前たちはあっちの車でついてこい」

徳永が金の積まれていない方を差す。

「俺は現金から離れる気はないね」

そう笑って、デイビッドが徳永と同じ車に乗ろうとする。

「お前も向こうだ！」

そう怒鳴った徳永の声は、呆気なく終わった取引現場にはどこか場違いなほど厳しかった。

「どっちに乗ろうが、東草港に着くんだろ？　だったら俺は現金と一緒だよ」

有無も言わさず、デイビッドが助手席に乗り込む。徳永は一瞬迷ったようだったが、口論を長引かせるつもりもないらしく、結局諦めたようだった。

「この川を対岸へ渡っていく。お前たちもあとをついてこい」

徳永に言われ、鷹野と柳はもう一台の車に乗り込んだ。

柳がエンジンをかけながら、「簡単だな」と初めて感想を漏らす。

「……こんな簡単なら、金がなくなったら、またやれるぞ」

さも可笑しそうに笑い出す。

フロントガラスの先で、徳永たちの車も動き出した。急発進させたせいで、タイヤが削った氷を巻き上げて走っていく。

「なぁ、寛太はほんとにこっちに来てるのか？」

鷹野は唐突に尋ねた。

疑っているわけではない。ただ、走っていく徳永の車を見つめながら、ふと確かめたくなった。

アクセルを踏んだ柳が、「なんで？」と驚く。

「前に、一条って人に言われたことがあるんだ。『自分が騙している相手からは、必ず自分も騙されている』って」

「徳永さんが俺らを裏切るってことか？」

「……いや、そうじゃない。ただ……、俺がお前らを裏切るかもしれないってことだ」

鷹野は自分でも何が言いたいのか分からなくなる。

「え？　お前、まさか……」

「いや、違う。……違うんだ。俺がいつかお前らを裏切らないとは限らないって意味だ。だとしたら、いつか徳永さんだって俺らのことを……」

「どうしたんだよ？　考え過ぎだって。ほら、現に今だって全部上手くいってるだろ？」

「なぁ」

そこで言葉に詰まる。ここ数日、ずっと胸の奥にあった言葉が口から溢れそうになる。

「なんだよ？　何か言いたいことあるんだったら言えよ」

「お前には、寛太がいる」

鷹野はとうとう口にした。

「……だから、お前は、寛太との明日のことを考えられる。でも、俺にはそれができそうにない。明日のことを考えようとすると、狂いそうになるんだ」

正直な気持ちだった。

しかし柳が呆れたように笑い出す。

「そんな寂しいこと言うなって。お前には俺と寛太がいるだろ」

柳がこちらを見ているのは分かったが、鷹野はどうしても目を合わせられない。

次の瞬間、前を走る徳永の車がとつぜん大きく蛇行した。車体が傾き、タイヤをスリップさせている。

「な、なんだ……」

柳が呟いたそのときだった。大きく蛇行した車の助手席のドアが開き、デイビッドの体が放り出されたのだ。

氷に叩きつけられたデイビッドが、もの凄い速さで転がっていく。しかし徳永の車は停まらない。停まらないどころか、更にスピードを上げていく。

「停めろ！」と鷹野は叫んだ。

柳が咄嗟に急ブレーキを踏む。

「降りろ！　降りるんだ！」

鷹野の怒声に、柳はハンドルを握ったまま呆然としている。

「降りろ！」と鷹野はもう一度怒鳴った。

ドアを開け、転がるように車を飛び出す。反対側から柳も外へ出たようだった。

「離れろ！　車から離れるんだ！」

そう叫び、鷹野は車を背にして走り出した。同じように柳もあとをついてくる。氷で足が滑り、上手く前へ進めない。

「な、なんなんだよ？」

そんな柳の声が聞こえた次の瞬間、背後で凄まじい爆発音がした。

その爆風で鷹野たちは絡まり合うように吹き飛ばされた。転がりながら、爆発した自分たちの車が見えた。爆発で分厚い氷が裂け、高い水柱が立つ。低い曇天の下、火と黒煙が一瞬に上がる。

鷹野は氷の上に四つん這いになり、立ち上がろうとした。

「鷹野！　走れ！」

横で柳が叫ぶ。柳は背後を見ている。その視線の先へ、鷹野も振り返った。

爆破で割れた氷の裂け目が、もの凄いスピードで迫ってくる。氷が裂ける悲鳴のような音が近づいてくる。

鷹野は柳を追って走り出した。しかしどちらも足が滑って前へ進まない。それでも前へ、必死に這った。

音が迫る。

次の瞬間、下半身がふと軽くなった。踏ん張った足が氷を割ったらしかった。次に膝をついた氷が割れた。バランスが崩れる。下半身が水に沈んでいく。鷹野は腕を伸ばして氷を摑んだ。体を引き上げようとするが、摑んだその場所にも亀裂が入り、割れた氷の間から水が噴き出す。

掴んだ氷が、大きな塊《かたまり》から離れていく。青い稲妻のように、周囲の氷が割れていく。

「鷹野！」

まだ氷の上にいる柳が助けにこようとする。しかし、その足元でも次々に氷が裂けている。

思わず柳も後ろに飛び退くしかない。それでも柳が近づいてこようとする。

「やめろ！　来るな！」と鷹野は叫んだ。

「鷹野、ここまで来い！　泳いでこい！」

鷹野は必死に水を蹴った。しかし、もうどうにもならない。

二人の間が徐々に広がっていく。

「俺に構わず行け！　早く！」

「鷹野！」

「来るな！　来たら、殺すぞ！」

口に水が流れ込んだ。水はまるで石のように固く冷たい。

「鷹野！」

柳が水に飛び込もうとする。

「やめろ！」と鷹野は叫んだ。「……寛太はどうなる！　お前は寛太を守れ！　お前は……、お前は、最後まで弟を守れ！　頼む……」

柳の動きがそこで止まった。

また氷が割れ、柳が後ろに飛び退く。更に二人の間が広がっていく。

「行け！　早く……」

もう声にならなかった。それでも鷹野は繰り返した。

「くそー！」

叫び声を上げた柳が、氷の上を遠ざかっていく。氷の亀裂が柳を追っていく。

遥か遠くにデイビッド・キムの姿が見えた。どうにか彼もこの氷から逃げ出せたらしかった。

鷹野は氷塊《ひょうかい》を摑んでいた手から力を抜いた。水に沈んでいく体が、大勢によってたかって殴られているようだった。空も、川も、氷も、全て同じ色だった。自分が空を見ているのか、川を見ているのかさえ分からなかった。

＊

目の前で次々に起こる光景に、いちいち驚いている暇はなかった。

今、眼前で一台の車が爆発した。その衝撃で氷の川が裂け、死んだはずの鷹野が、今まさにその川に呑み込まれようとしている。

「お前は、徳永を追え！」

ふと我に返った風間は車を飛び出した。同じように呆然としていた一条が、「は、はい」と頷き、車を急発進させる。

風間は土手を駆け下りた。積もった雪に足が埋もれる。それでも駆け下りていく。

車が爆発した場所にぽっかりと穴があき、氷を崩しながらその穴が広がっている。その中に、今にも沈もうとする鷹野がいる。

必死に氷にしがみついてはいるが、当初は大きくもがいていた体の動きも徐々に小さくなっている。すでに意識はないのかもしれない。ただ、動物としての本能で、微かに手足が動いているだけかもしれない。

何もかもが唐突だった。自分の目で見たものを理解するだけでも時間がかかるのに、同時に自分たちが次に何をすべきかを判断しなければならなかった。

「東洋エナジー」の榎並と泉谷を追ってここまでやってきた。氷の川の上、まず現れた一台の車に乗っていたのは、やはり柳だった。しかし次の瞬間、風間は思わず息を呑んだ。

そこに死んだはずの徳永と鷹野が立ったのだ。

「ど、どうなってんだよ……」

横で一条も混乱していた。

鷹野が生きていた……、生きていてくれたことを、風間に喜ぶ時間はなかった。そんな自分の感情に構っているわけにはいかなかった。

死んだはずの徳永と鷹野が、柳と共に目の前にいる。目の前で「東洋エナジー」の榎並らと取引をしようとしている。

「首謀者は徳永だ。柳を操っていたのは奴だ」

そう言葉にしてやっと、風間自身にも目の前の光景が理解できた。でも、なぜ鷹野までそこにいる？　鷹野も裏切ったのか？

「ど、どうします？　出ていって、三人とも捕まえますか？」

そう急かす一条を風間は止めた。

「いや、もう遅い。万が一ここで取り逃がしたら、またゼロだ。『東洋エナジー』は現金を用意している。ここで取引をさせる。そしてそのあとに徳永たちが受け取った現金を奪う」

計画が決まると、あとは状況を見守った。

共犯だったらしいデイビッド・キムという男の車も現れ、次に「東洋エナジー」の榎並たちが来て、取引が呆気なく終わった。

ただ予想と違ったのは、榎並たちが姿を消したあと、徳永たちが二台の車に分乗し、その一台からデイビッド・キムが転がり落ちたかと思うと、その直後、鷹野たちの車が爆発したのだ。

考えるよりも先に、「お前は、徳永を追え!」と風間は怒鳴っていた。

そう怒鳴ったあとになって、鷹野や柳、そしておそらくデイビッド・キムもまた、徳永に裏切られたのだと気づいた。

目の前の状況は、刻々と変わっていた。

土手に立ち尽くしたまま、風間はその場を動けなかった。川へ入れば、自分も氷の下に引きずり込まれる。だが、黙って見ていれば、目の前で鷹野が死ぬ。

風間は考えるのをやめた。やめた途端、体が勝手に動き出す。

風間は土手を駆け下りた。亀裂の走る氷の上を走って鷹野のもとへ向かう。まだ安定している氷もある。しかし踏んだ途端に沈み込む氷もある。

バランスを崩し、風間の右足が水の中に呑み込まれた。這い上がろうとしたとき、川岸に簀《す》の子のような板が浮いているのが見えた。

這い上がり、そこへ駆け戻る。浮いていたのは、やはり一畳ほどの簀の子だった。氷に貼りついたそれを引き剝がし、抱え上げ、また鷹野のもとへ駆け戻る。

氷塊から、更に鷹野は遠くなっていた。

風間は何も考えずに水の中に飛び込んだ。飛び込んだ瞬間、足が底につく。そう深くない。膝から下を万力で締め上げられるようだった。

簀の子を引いて、水の中を進んだ。冷たさなど感じなかった。ただ、痛む足を前へ出した。やっと辿《たど》り着いたとき、鷹野の顔からはすでに血の気が引いていた。

その頰を叩くと、微かに意識が戻る。

「鷹野！」と風間は声をかけた。

「鷹野！　死ぬな！」

もう一度、頰を叩き、引き寄せた簀の子にその体を引っ張り上げる。

水の中を引いている間に、運良く簀の子の下に氷がたまった。そのおかげで鷹野の体を乗せても、簀の子が沈まない。

「鷹野！　しっかりしろ！」

風間はそう声をかけながら岸を目指した。

しかし、氷が裂け、岸は更に遠くなっている。

「もう大丈夫だ」と風間は声をかけた。

少しだけ鷹野の頰に血の気が戻っている。

「俺は、お前が死んだなんて信じてなかったよ。お前が死ぬなんて、誰も思ってない。富美子さんだってそうだ。お前が死ぬわけないって」

声を出していないと、自分の意識がなくなりそうだった。ただ、顎が震えて声にならない。

歩いているはずなのに足に感覚がなかった。徐々に水かさは減ってくる。もう膝の辺りまでしか水はない。ただ、いくら必死に足を前に出し続けても、まだまだ岸は近づいてこない。歩けば歩くほど、岸が離れていくようだった。

それでも風間は簀の子を引いた。鷹野を引いた。

「覚えてるか？　お前が川に飛び込んだとき、俺は約束したはずだ。お前が一日だけ生きてくれるなら、俺は守るって。お前のことを、俺は絶対に守るって」

もう声を出していても意識を集中させられなかった。目がかすみ、視界が急激に狭まってくる。

徐々に萎《しぼ》んでいく視界のなか、土手に立つ数人の人影が見えた。こちらに手を振っている。さっきの爆発音で近隣の住民が集まってきたらしかった。

「助かったぞ。鷹野……」

風間はただ足を前に出し続けた。

なかの一人がこちらにロープを投げ入れてくれる。すぐそこにロープの先端が落ちる。

風間はロープを握った。ほとんど目が見えなかった。

重いロープをたぐりよせ、鷹野を乗せた簀の子に結びつけたところで、風間は完全に意識を失った。

15 壁の向こう

運河沿いの道を鷹野は背中を丸めて歩いている。運河も、高速の高架橋も、曇天の空も、全て似たような色だった。そんな動きのない景色に東京湾からの寒風が吹く。

数日前に降った雪が、まだ路肩に残っていた。汚れた雪に犬の足跡がある。

大型トラックで渋滞する交差点を渡り、駅へ向かう途中に小さな不動産屋があった。表に貼り出された貸アパート物件に、鷹野はふと足を止めた。

店内を覗くと、古びた外観とは違って観葉植物が飾られた温かい雰囲気だった。カウンターに若い女性スタッフがいる。

鷹野はドアを開けた。飴《あめ》を口に入れようとした若い女性スタッフがその手を止める。

「あの、部屋を探してるんですが」と鷹野は声をかけた。

吹き込んだ寒風に、カーディガンの前を合わせた女が、「どうぞ」と向かいの椅子を勧めてくれる。まだ二十歳くらいで、ミッキーマウスのボールペンを握っている。

「どの辺でお探しですか?」

早速、女がテーブルに路線図を出す。

特に希望があるわけでもない。

「一人暮らしを始めようと思って」と、鷹野は質問とは違う返答をした。

「ワンルームってことですか？　大学？」

女が分厚いファイルを出す。

「いえ、大学じゃなくて仕事」

「ああ、お仕事。勤務地は？」

「え？」

「通いやすい方がいいですよね？」

「あ、ああ。東京です」と鷹野は咄嗟に応える。

「東京駅？　じゃあ、乗り換えなしで通えるとなると、中央線、丸ノ内線……」

「あの」と鷹野はそこで口を挟んだ。

ファイルを捲っていた女の手が止まる。

「……あの、都心に森ってないですよね？」と鷹野は訊いた。

「え？」と女が笑う。

鷹野は真面目だったが、女は冗談だと受け取ったらしい。

「公園ってことですか？　都心で大きな公園だと……、代々木公園とか、新宿御苑とか、神宮外苑とか……」

女がカウンターに置かれた地図の緑色の部分を、ミッキーマウスのペンで指してくれる。代々木公園なら、鷹野も知っている。ただ、あれは森じゃない。

「どれくらいのご予算でお探しですか？」

女の質問に、「どれくらいで借りられるもんなんですか？」と鷹野は逆に訊いた。

「それは、間取りにもよりますし、場所にもよりますけど……」

そのとき、背後の電話が鳴って、女が詫びてから受話器を上げる。客からの問い合わせのようだった。

鷹野は物件のファイルを捲ってみた。間取りと家賃、窓からの景色が写された写真がついているものもある。

順番に捲ってみるが、窓から森が見える物件などもちろんない。「眺望良好」と書かれた物件の窓から見えるのは、ビル群ばかりだった。

中に高層階の物件があった。小さな部屋で、家賃は十万円。どの窓からも、見えるのは、やはりビル、ビル、ビル。

そのとき、手元の写真に不自然なところを見つけた。最初、汚れかと思ったが、よくよく見ると、遠景に火事が写っているのだ。炎は見えないが、間違いなく黒煙が上がっている。

ふと南蘭島が蘇る。徳永が家の前でいつもやっていた焚き火だ。森の中からその煙は真っすぐに空へと上がっていた。

結局、あの日、徳永は東草港で一条に発見されたと聞かされた。ロシアへ向かう船に乗り込む寸前だったらしい。

何もかもが徳永の計画通りに進んでいたはずだった。「東洋エナジー」との取引を終え、自分たちを裏切り、あとは一人でカリフォルニアへ向かうだけだった。

東草港の岸壁で、徳永は車を降りた。あと数分で乗船できたのに、小便が我慢できなくなった。車を降りた徳永は、岸壁から小便をした。岸壁に人影はなく、ただ寒風が吹きつけていた。金を載せた車はすぐそこだった。

少し離れた場所から、その様子を一条が見ていた。すでに本部とは連絡を取り合っていた。返ってきた指示は、乗船前に徳永を殺し、金を奪い返せというものだった。

一条は徳永のもとへ向かった。その足音に徳永は気づかなかった。

一条の話によれば、このとき、徳永は寒風に抗うように大きな声で歌を歌っていたという。

一条は背後から迫り、なんの躊躇《ちゅうちょ》もなく、徳永を刺した。徳永はその場で膝をついた。足元で黒い波が立っていた。

一条はその背中を蹴った。落ちる寸前、徳永が振り返ったという。口から血を噴きながらも、その顔はほっとしたように見えたらしい。

「すいませんでした」

女の声が戻り、鷹野は見つめていた写真から視線を上げた。鷹野が眺めていた写真を女も覗き込んでくる。

「……火事」と、鷹野は黒煙を差した。

「え？」と更に覗き込んだ女の髪から甘い匂いがする。

「あ、ほんとだ。火事ですね。気づかなかった」

「焚き火みたいですね」と鷹野は続けた。

「え？」

「いや、森の中で焚き火してるみたいだと思って」

鷹野の言葉に、「森の中？」と女が首を傾げ、改めて写真を見つめる。

＊

一階に移した仕事部屋の窓から、見事な苔庭が見える。先週の雪がまだ残っており、濃い緑と残雪のコントラストが美しい。

風間は窓を開けようと手を伸ばした。しかし届きそうになったところで、ヘッドフォンに取り次ぎの女の声が戻る。

「繋がりました。どうぞ、お話し下さい」

素っ気ない声のあと、「すまん。待たせた」と明石《あかし》の声がする。

いつものことだが、この明石がどんな顔をしているのか、声を聞くたびに風間は想像してしまう。同じAN通信に属し、風間にとっては直属の上司でありながら一度も会ったことがない。

「どうでしたか？」と風間は急いた。

「上には俺の方から一通り説明してるよ。変則的な形だが、首謀者の徳永が死に、『東洋エナジー』からの金をこっちが手にしているということは、取引としては成功したとも考えられる。早速、『東洋エナジー』側は『V.O.エキュ』に対して動き出しているようだ。当然

『日央パワー』よりも良い条件で交渉を始めようとしている。おそらく『V・O・エキュ』はパートナーを『東洋エナジー』に乗り換えるだろう。ただ、そこからが少し複雑だ。元々、国内の水道法改正を進めようとしている代議士たちは『日央パワー』に近い奴らだ。『東洋エナジー』が彼らを取り込めるかどうかはまだ未知数。これは俺の予測だが、『東洋エナジー』側はおそらくその根本から変えてくると思う。『東洋エナジー』と付き合いのある沖野久仁夫という代議士がいるが、この男が音頭を取って、別方向から新たに水道法改正を進める可能性があるらしい。とすれば、法改正から事業開始までのスケジュールはかなり遅れていく」

明石の説明を受けながら、風間は窓の外をぼんやりと眺めていた。白樺の枝に積もっていた雪がなんの前触れもなく地面に落ちる。

「あと、柳勇次《ゆうじ》という男の処分だが……」と明石が話題を変える。

「……お前からの説明をそのまま上に伝えた。今回のことは全て徳永が仕組んだことで、柳はただ使われていただけだ、と」

「実際、そうだと思われます」

「ああ、俺もそう思う。だが、組織を裏切ったことには変わりない。そこで、柳については今後もその行方を捜索するリストには入る。ただ、そのためのミッションや予算は改めて用意しないことになった」

「ということは？」

「組織としては積極的に捜さないが、柳という男は逃亡者だ。これから一生、AN通信から逃げ隠れしながら生きていくということだ」

「では、柳の弟の処遇は？」

「山梨の施設に戻される。その上で、AN通信との関係は完全に断つ。その後、柳という男が連れ出したとしても一切関知しない」

すでに予想していたことだが、風間には返す言葉が見つからない。

柳という少年は、これからずっと脅えて過ごすことになる。その恐怖のなかでも、必死の思いで弟を助けにくるだろう。そして助け出したとしても、同じ恐怖のなかで、今度は弟と二人で生きていかなければならない。

「それより、鷹野の方はどうなった？」

ヘッドフォンに明石の声が戻る。

「……はい」

そこで風間は言葉を切った。

「はい、なんだ？」

「……まだ分かりません」と風間は応えた。

「まだ分からない？」

「ええ、正式にAN通信で働くかどうかは、鷹野自身が決めることです」

「それはそうだが……、鷹野がしぶっているのか？」

「分かりません」

「分からない？　鷹野の手術は明日だろ？」

「はい、そうです。ただ、明日、鷹野が現れるかどうか、私には分かりません。私はただ、そこで待つだけです」

「その後、柳と連絡を取り合っているとは考えられないか？」

「ありません。そこは私が保証します」

「……とにかく、鷹野の件はお前に一任してある。ただ、明日、鷹野が手術を受けないとなると別の話になってくる」

「分かってます」

「簡単に言うな。もし鷹野がAN通信入りを拒めばどうなるか……、戸籍もなく、身分もなく、この世に存在しない人間として生きていくのは……」

「ですから、分かってます。本人も分かっているはずです」

風間は強い口調で遮った。

通信が切れたあと、少し間を置いてから背後のドアがノックされた。

風間が声をかけると、静かにドアが開き、「あと十五分ほどでタクシーが来るそうです」と富美子が教えてくれる。

タイミングから考えれば、富美子はドアの向こうで明石との会話を聞いていたのだろう。

「ありがとうございます」と風間は礼を言った。

すぐに下がるかと思ったが、富美子は動かない。

「何か？」と風間は訊いた。

「いえ、ただ……、軽井沢駅まで、ご一緒しますので」

「ああ。……いや、大丈夫ですよ。こういうものは一度甘えると、ずっと甘えっぱなしになる。これから一生、私はこの体で生きていく。最初から甘えるわけにはいきません」

風間はそう言うと、車椅子に乗る自分の足を見下ろした。いや、以前そこにあったはずの両足を見下ろした。

「切断したあとでも、足の裏が痒くなることがあるなんて、たまに聞いたことがありましたが、実際にそうなんですよ」と風間は笑った。

富美子は笑いもせずに俯いている。

「心配しないで下さい。もう痛みはありません。あとはこの体で精一杯生きていくだけです」

「私にできることはなんでもお手伝いしますので」

「ありがとう」

富美子が下がり、風間はまた窓の外を見た。

このあとタクシーで駅へ向かい、夕方には東京に到着する。予約したホテルに一泊し、翌朝、鷹野がそのロビーに現れるかどうかは分からない。もし現れれば、そのままAN通信の施設に向かい、鷹野の胸に小型爆弾が仕込まれる。そして鷹野は正式なAN通信の諜報員となる。

なってしまえば、あとはルール通りに生きるだけだ。原則として毎日正午に本部に連絡を入れれば、その日、胸の爆弾は作動しない。もしその連絡を怠れば、組織は彼が裏切り行為を働いたとみなす。

諜報員は、二十四時間だけ信用されてその日を生きる。そんな一日を繰り返し、もしも三十五歳まで無事に生き延びていられたならば、あとは自由に生きていい。その際、一つだけ自分の欲しいものを手に入れることができる。金が欲しければ金。なんなりとその後の人生を設計できる。

車椅子のレバーを押し、風間は窓辺に寄った。白樺の根元にある残雪が、日を浴びて輝いている。

風間は自分の膝先に触れた。

氷のなか、鷹野を乗せた簀の子を引いたときの感触が手のひらに蘇る。氷を掻き分け、一歩ずつ前へ出す足にはもう感覚はなかった。歩いても歩いても川岸に辿り着かない。歩いても歩いても、足元の氷が割れ続けた。

「鷹野！」

あのとき、風間は何度もその名を呼んだ。もう自分が何を叫んでいるのかも分からなかったが、とにかく大声を出し続けた。

「俺は守る。お前のことは俺が絶対に守る」と曇天の空に向かって叫んでいたはずだ。

どこで意識を失ったのか覚えていない。気がついたときには暖房の利いた病室だった。ぼんやりと浮かんできた医者に、「鷹野は？　鷹野はどこだ？」と怒鳴った。

医者は、安心するように、と微笑んだ。鷹野は隣の病室におり、命に別状はない、と英語で教えてくれた。その途端、また体から力が抜けた。

自分自身がひどい凍傷に罹《かか》っており、膝から下をすぐに切断する必要があることを医者に説明されても正直なんともなかった。

「任せます」と応えながら、なぜか頰が弛《ゆる》んだ。

鷹野は助かった。鷹野は無事です。

遠のく意識のなか、風間は誰に言うともなくそう繰り返していた。

あれは、小学生の鷹野が風間のもとに来るときの新幹線の中だった。鷹野は車窓を流れる景色にその目を奪われていた。

風間はその小さな背中に声をかけた。

「あの部屋で、お母さんを待っているとき、君はどんなことを考えてたの？」と。

あの部屋、という言葉に、鷹野の小さな背中が緊張したのが分かった。

母親に置き去りにされ、食事も与えられず、弟と二人で閉じ込められたマンションの部屋を忘れることなどできるわけがなかった。

返事をしない鷹野に、風間はもう一度同じ質問をした。残酷とは分かっていたが、どうしても知りたかった。

質問してかなり時間が流れたときだった。もう何も応えないのだろうと諦めかけていたとき、鷹野はこう呟いたのだ。

「ずっと……、僕はずっと壁の向こうに行きたいと思ってた。……こんな狭い部屋から出て、いろんな所に行ってみたかった。弟と一緒に飛行機にも乗ってみたかった。船や車にも乗りたかった。弟と一緒にいろんな所に行く自分のことを考えていた」と。

幼い鷹野は振り返らなかった。窓の外を猛スピードで流れていく景色を見つめたまま、そう言った。その小さい背中を風間はただ見つめていた。

＊

東京の冬は夕暮れが早い。

さっきまで運河の対岸にある倉庫をピンク色に染めていた夕日が落ちると、鷹野は急に落ち着かなくなった。部屋の中を歩き回り、また窓辺に戻って運河を眺める。

目を閉じれば、氷河の中、自分を引っ張って歩く風間の背中が浮かぶ。その後、担ぎ込まれた病院で意識が戻ったとき、凍傷に罹った風間は両足を切断したと知らされた。

翌朝、一条が身元保証人として鷹野を迎えにきた。すぐに日本へ帰国するという。空港へ向かう車の中での一条の話は簡潔だった。

あのあと徳永はロシア行きの船に乗るはずだった東草港で死に、柳とデイビッド・キムの行方は分からない。そして十三億の金はすでにＡＮ通信が回収した、と。

病院を出る前に、鷹野は一人、風間の病室に寄った。

救ってくれた礼を言うつもりだったのか、それとも別の理由があったのか自分でも分からない。

風間はベッドにいた。「入れ」と言われ、一歩だけ中へ入ってドアを閉めた。

鷹野はそのまま立ち尽くした。何も言葉が浮かんでこなかった。

「これからのことは、お前が自分で決めろ」と風間は言った。そして、それだけ言うと、

「……他に用はない。出ていけ」と鷹野を追い出した。


気がつけば、鷹野は部屋を出て、運河沿いを歩いていた。部屋の中にいると息が詰まった。しばらく歩くと、こんな港湾地区にぽつんと銭湯がある。

東京湾からの寒風で、体の芯から冷えていた。

脱衣所にも浴場にも客はいなかった。底冷えする板の間でさっさと服を脱ぎ、浴槽に向かう。

熱い湯だった。浸《つ》かった部分がすぐに赤くなってくる。

我慢できずに鷹野は立った。壁の鏡に胸から下だけ赤くなった自分の体が映っている。

「これからのことは、お前が自分で決めろ」と風間は言った。

明日、風間が待つホテルに自分が行くのかどうかまだ自分でも分からない。

鷹野は心臓の辺りに触れてみた。熱い湯で赤くなっている。

明日、ここに埋め込まれる爆破装置とやらを想像してみる。二十四時間だけ生きることを許される生活というものを思い描いてみる。

自分はそんな生活を望んでいるのか？

今度は逆に、明日の朝、行くあてもなくどこかへ歩き出す自分の姿を想像してみる。何をやってもいい暮らし、なんの束縛もない生活というものを思い描いてみる。

自分はそれを望んでいるのか？

そのとき、ふと柳と交わした言葉が浮かぶ。

「お前には、寛太がいる」と鷹野は言った。

徳永の車を追って、氷の上を走り出したときだった。

「……お前は、寛太との明日のことを考えられる。でも、俺にはそれができそうにない。明日のことを考えようとすると、狂いそうになる」

あれは正直な気持ちだった。

これで自由になれると思えたはずの瞬間に、まず浮かんできた正直な自分の気持ちだった。

鷹野は熱い湯を出た。

高い天井の梁《はり》から、洗い場のタイルに水滴が落ちてくる。鷹野はそこに体を横たえてみた。

背中に冷たいタイルが当たり、脱衣所からの隙間風が腹を撫でていく。

鷹野は目を閉じた。瞼の裏に蛍光灯の明かりが青く残る。

手術台もこんなに冷たいのだろうか。鋭いメスがここを裂くとき、痛みはあるのだろうか。

そのとき、ちょうど天井から水滴が離れた。水滴は真っすぐに心臓に落ちてきた。

エピローグ

成田空港内のカフェに、大きな桜の木が飾られている。もちろん造花だが、どういう仕掛けなのか、ときどき花びらが風に舞って落ちてくる。

外国人の観光客たちがさっきからその前でひっきりなしに写真を撮っている。

少し離れた場所から、その様子を眺めていた菊池詩織は腕時計を確かめた。自身が乗るニューヨーク行きの便の搭乗時間までまだ一時間以上ある。

「なんだか、お母さん、今になって心配になってきちゃった」

向かいに座る母が落ち着きなく、掲示板へ目を向ける。

「……とつぜん南蘭島で暮らすって言われたときもびっくりしたけど、あそこにはおじいちゃんたちがいるじゃない。でも、今度はとつぜんニューヨークだなんて……。ほんと、どっちに似たのか……、お父さんにしたって、私にしたって、どちらかと言えば、保守的というか、二つ道があれば安全な方を選ぶ性格なんだけどなぁ」

誰に話すというわけでもない母のお喋りが止まらない。

「大丈夫よ。留学なんて、みんな一人で行くもんじゃない。それに、まずは語学学校だよ。生徒の半分は日本人なんだから」

「そりゃそうだけど……」

先月、詩織は南蘭島の高校を卒業した。三年の二学期に転入後、半年ほど暮らしただけだったが、島を出た今、なぜかもうあの島が懐かしい。

南蘭島での暮らしで自分の何が変わったかと訊かれても、明確には応えられない。ただ、じゃあ何も変わらなかったかと訊かれたら、「何もかもが変わった」と即答できる。

詩織は造花の桜の木に目を向けた。また別の家族が記念撮影をしている。と次の瞬間、「え？」と詩織は声を漏らした。

「どうした？」

母の声に返事もせず、詩織は慌てて立ち上がる。

桜の木の向こうを足早に歩いていく二人の男性がいた。

「お母さん、ここでちょっと待ってて」

詩織はあとを追った。ほとんど駆けているのに、男たちの歩調は更に速い。

桜の木を回り込んだところで、やっと二人の背中が見えた。

「鷹野くん！」と詩織は呼んだ。

二人が同時に振り返る。

やはり鷹野だった。仕立ての良いスーツを着ているが、ネクタイは締めておらず、白シャツの胸元をはだけている。

鷹野にじっと見つめられ、詩織は微笑もうとするのだが、なぜか頬が強ばる。

「鷹野くん……でしょ？」と詩織は呟いた。

無表情だった鷹野の顔に、そこでとつぜん笑みが浮かぶ。

「詩織ちゃん？」

「やっぱり鷹野くんだ……」

鷹野が横に立っている男に、「一条さん、すいません、先に行っててもらえますか。すぐ搭乗口に向かいますから」と告げる。

男はちらっと詩織に視線を向けただけで、すぐに歩き出した。

鷹野が近寄ってくる。ただ、詩織は何から話せばいいのか分からない。

「鷹野くん……」

また名前を繰り返す。

「詩織ちゃん、どこ行くの？」

久しぶりに聞いた鷹野の声に、少しだけ気持ちが落ち着く。

「私？　これからニューヨーク。向こうに留学するの。まずは語学学校だけど」

やたら早口になってしまう。

「留学かぁ」

鷹野が白い歯を見せて微笑む。

「た、鷹野くんは？　ねぇ、鷹野くん、今、どこにいるのよ？　東京？　東京で働いてるの？」

矢継ぎ早の質問に、「うん、働いてる」と鷹野が頷く。しかしそれ以上のことは言わない。

詩織は鷹野が持っている航空チケットに目を向けた。行き先に「上海《シャンハイ》」とある。

「仕事？」と詩織は尋ねた。

「そう、出張。さっきの上司と一緒に」と鷹野が振り返る。

詩織は改めて鷹野の姿をまじまじと見つめた。

鷹野がとつぜん島を出ていって、まだ二ヶ月しか経っていない。しかし、その顔つきはずいぶん違っている。もし鷹野に兄がいたとしたら、きっとこんな感じに違いない。

「ねぇ、どんな仕事してるの？」と詩織は尋ねた。

もっと他に訊きたいことがあるはずなのに、何も浮かんでこない。

最後に会った日、「また青龍瀑布に連れてってって」と詩織は頼んだ。そして鷹野は、「分かった。じゃあ、明日」と約束してくれたのだ。

「小さな通信社に勤めてるんだ」

「通信社？」

「アジアの観光案内みたいなのを、ネットで紹介してる小さな会社」

そこで会話が途切れてしまう。目の前にいるのは鷹野なのに、自分が知っている鷹野ではないような気がしてならない。いや、元々、自分は鷹野という少年など知らなかったのではないかとさえ思えてくる。

「ごめん。俺、そろそろ行かなきゃ」

鷹野がまた上司が歩いていった方を振り返る。

「あ、うん。ごめん」

「じゃ」

「……うん」

歩き出した鷹野の背中を詩織は見つめた。あまりにも呆気なくて、声をかけた自分が恥ずかしくなりかけていた。

そのとき、鷹野が立ち止まった。詩織は思わず一歩前へ出た。

「詩織ちゃん」

振り返った鷹野に、「何?」と返す。

「……きっと、青龍瀑布より良い所、どっかにあるよ」

とつぜんのことに詩織は戸惑った。もちろん、一緒に行った青龍瀑布での会話は覚えている。

「え?」と詩織は訊き返した。

「きっとあるよ。俺、そう思う」

鷹野がそれだけ言ってまた歩き出す。

「私も……」と詩織は呟いた。ただ、その声は鷹野に届かない。

「鷹野くん! 私も見つけるから! 今度はそこで会おう!」

詩織がそう声を上げた瞬間、鷹野は角を曲がって姿を消した。もう振り返らなかった。

＊　＊　＊

この一連の出来事から二年後、主要な全国紙に次のような記事が一斉に掲載された。

『水道事業の民間委託　拡大へ改正法案を閣議決定／政府』

政府は二十一日の閣議で、水道事業の民間委託を大幅に認めることなどを柱にした水道法改正案を決定した。今国会に提出し、来年の施行を目指す。

改正法案は、小規模で経営難に悩む市町村の水道事業立て直しから始められる。

この作品は二〇一五年四月小社より刊行されたものです。
本書はフィクションであり、実在する人物・団体とは一切関係ありません。

森《もり》は知《し》っている

吉《よし》田《だ》修一《しゅういち》

平成29年8月5日　初版発行

発行人――石原正康
編集人――袖山満一子
発行所――株式会社幻冬舎
〒151-0051東京都渋谷区千駄ヶ谷4-9-7
電話　03(5411)6222(営業)
　　　03(5411)6211(編集)
振替00120-8-767643
印刷・製本―図書印刷株式会社
装丁者――高橋雅之

幻冬舎文庫

ISBN978-4-344-42643-6　C0193　　よ-7-3